KB266586

최후의 리얼리티

최후의 리얼리티

고하나 장편소설

열림원

프롤로그 6

1부: 클로즈업―하나의 지구에서 9

2부: 리버스 숏―또 다른 지구에서 115

3부: 파이널 컷―모든 프레임의 바깥에서 251

에필로그 342

*

작가의 말 347

프롤로그

수영장에 비친 하늘색은 방송 끝난 텔레비전 화면 색이었다.[*]
장마철 날씨를 담은 수면이 다시는 켜지지 않을 화면처럼 어둡
고 칙칙했다. 라라 엄마가 내게 준비 신호를 보냈다. 라라 엄마
는 이런 순간에도 촬영 현장을 지휘하는 감독 같았다. 수영장
위로 커다란 스크린이 드리우고 지금 하늘과는 전혀 다른, 맑은
하늘이 투영됐다. 라라 엄마가 내게 최종 큐 사인을 보냈다. 으
슬으슬한 날씨를 뒤로하고 망설임 없이 수영장에 몸을 던졌다.
채널 바뀌는 텔레비전 화면처럼 물살이 거칠게 흔들렸다. 라라

---

[*] 윌리엄 깁슨의 소설 『뉴로맨서』의 첫 문장을 패러디했다.

엄마와 조연출이 뭐라고 떠드는 소리가 웅웅대며 울렸다. 머리 끝까지 몸을 담근 채 30초를 셌다. 내 핸들러는 멀미를 피하려면 눈을 감고 있으라고 권했지만, 고집스레 눈을 떴다. 전체를 지켜보고 기록하려는 욕구가 수영장에 대한 트라우마를 이겨냈다. 오묘한 무지갯빛이 휘몰아치며 수많은 물방울과 기포들이 터졌다. 텔레비전에서 본 마법 소녀의 변신 장면이 떠올랐다. 30초가 지나고 바깥으로 나왔다. 푸우―하. 들어갈 때와는 전혀 다른, '진짜로' 밝고 환한 파스텔 톤의 하늘색 수영장에서 더운 숨을 내쉬었다. 한여름의 공기가 뜨겁고 습했다. 하얗게 부서지는 햇살 세례를 받으며 다른 지구로의 도착을 실감했다.

수영장. 내가 지구 1호에서 지구 17호로 이동한 방법이다.

1부

클로즈업
─하나의 지구에서

1

하여간 방송국 놈들은 다 똑같아. 사람들은 말하곤 했다. 주로 경멸을 담은 눈빛과 함께였다. 그들은 몰랐다. 그 말에 타격받는 방송국 놈들보다 즐기는 방송국 놈들이 훨씬 더 많다는 걸.

—오로라 핑크, 팜 그린을 지원사격 합니다. 이런 협곡에서는 팜 그린보다 오로라 핑크의 주특기가 승부수죠!

태블릿 화면에서 형형색색의 거대 로봇들이 치열하게 싸우는 장면이 나오고 있다. 이미 수십 번 본 장면이라 액션의 순서까지 외울 지경이지만 〈메가 로봇 배틀〉의 하이라이트 장면은 볼 때마다 희열을 느꼈다. 거대 로봇의 유려한 액션보다 그 화면 뒤, 조정실에 앉아 있는 피디에게 이입한 감각이었다. 그 피디는 자랑스러운 우리 언니다. 우리 언니 저 장면 컷팅 넘길 때 엄청 짜릿했겠다. 오로라 핑크가 죽을 위기를 넘기고 승리했을 때 조회 수 1억 거뜬히 찍을 거 예상했겠지. 연결 지구 네트워크 인기 급상승 동영상 1위 차지할 거 알았겠지. 솔직히 배신자 생겼을 때 배신자한테 고마웠겠지. 이야기가 흥미로워지니까. 부러워 죽겠다. 언니가 연출한 프로그램 보면서도 이런 방송국 놈들 같은 생각이나 했다.

화면 속 전투는 이제 절정을 향하고 있었다. 다채로운 색상의 거대 로봇들이 한꺼번에 날아오르는 장면. 단연 눈에 띄는 건 분홍색 바탕에 은은한 무지개색 그라데이션이 포인트인 거대 로봇과, 그 기체를 운용하는 파일럿 '오로라 핑크'였다. 오로라 핑크는 주특기 기술인 '오로라 임펄스'를 선보이며 적을 차례차례 무찔렀다. 그 모습은 스포츠 중계처럼 전문 해설과 함께 송출되었다. 오로라 핑크는 과거에 고향 잃은 아픔이 있었다. 그 아픔을 원동력으로 지구 128호를 지키는 데 누구보다 앞장서는 주인공이기도 하지. 사람들은 거대 로봇 파일럿 중에서 오로라 핑크를 가장 좋아했다. 그야 뭉클하잖아. 오로라 핑크의 진심이. 무력했던 과거에 지키지 못했던 고향과, 힘을 얻은 뒤 목숨 걸고 지키는 새로운 고향의 대비가 감동을 자아냈다. 오로라 핑크가 극적으로 승리할 때마다 연결 지구의 시청자들은 열광했다. 〈메가 로봇 배틀〉은 오로라 핑크의 인기에 힘입어 연결 지구의 베스트셀러 프로그램으로 굳건히 자리매김했다.

　—오로라 핑크의 진실한 마음이 로봇과 화면을 뚫고 나오네요.

　—오로라 핑크는 모든 액션에 진심이 담겨 있고, 근성의 결정체다. 오로라 임펄스가 탄생하기까지 보이지 않는 수많은 땀과 노력이 있었겠지. 매주 토요일이 기대된다.

　—무너지지 않는 마음. 서로를 믿고 돌격하는 정신. 오로라 핑크도 팜 그린도 너무 멋있습니다. 응원해요.

　—대충하는 법이 없다. 이건 진짜다. 오로라 핑크 덕분에 인류애가 샘솟는다.

　—다들 위선 쩌네. 지구 128호 사람들에게 못 할 짓이다. 연결 지구 방송 금지 청원에 동의해 주세요.

　연결 지구 시청자들은 기꺼이 그들의 감상을 댓글로 남겼다. 다만 그들의 즐거움이 지구 128호의 사람들에게는 하루하루 생사를 건 나날이었다. 오로라 핑크를 포함해 지구 128호 사람들은 이 거대 로봇과 외계인 사이의 전쟁을 둘러싼 이야기가 다른 지구들에 방송된다는 것을 몰랐다. 파일럿들이 힘겹게 무찌르는 적들은 알레프 프로덕션에서 고용한 또 다른 파일럿과 AI 로봇들이라는 사실 또한 몰랐다. 역설적으로, 그래서 '진짜'가 나올 수 있었다. 오로라 핑크가 진심을 다해 싸우는 모습이, 지구 128호 주민들의 진실한 공포와 두려움이, 거대 로봇 파일럿들의 진정한 우정과 갈등이. 제작진은 자랑스럽게 내세웠다. '리얼' 전투 예능, 〈메가 로봇 배틀〉.

그놈의 리얼리티. 방송국 놈들은 유독 리얼리티에 집착했다.

"우리 피디님 오늘도 열심이네."

황급히 태블릿 화면을 껐다. 한 선생이 맞은편 자리에 앉으며 쟁반을 내려놓았다. 한 선생은 시립 오케스트라의 오보에 연주자로 20여 년 활동하다 은퇴 후 이 카페 '풋사과 오두막'을 운영 중인 지구 17호 사람이었다.

"우와! 오늘은 딸기잼이 아니네요?"

쟁반 위의 커피와 스콘으로 화제를 돌렸다. 지구 17호는 연결 지구 통신 네트워크에 포함되지 않는 '비활성 지구'다. 한 선생이 연결 지구에만 송출되는 〈메가 로봇 배틀〉의 존재를 알면 안 됐다. 거대 로봇의 전투 따위를 봐도 곤란했다. 지구 17호는 알레프 프로덕션에서 제작한 방송이 송출되지도 않았고, 연결 지구라는 개념이 공유되지도 않았으니까.

"패션후르츠잼을 만들었거든. 따뜻할 때 먹어 봐요."

"지금 바로 먹을게요. 잼 향기가 너무 좋은데요?"

작은 유리그릇에 담은 패션후르츠잼을 나무 수저로 저었다. 상큼하고 진득한 냄새가 습한 공기에 퍼졌다. 등에 은은하게 땀이 차고 있었다. 지구 17호의 섬, '오로라티아'에 도착한 지 3일 차. 오로라티아에는 에어컨이 드물었다. 오로라티아 사람들은 개방형 건축을 추구했고, 그들에게 에어컨은 군더더기였다. 풋사과 오두막에도 에어컨이 없었다. 각각 분홍색, 주황색, 초록색 날개가 팽글팽글 돌아가는 오래된 선풍기 세 대가 전부였다. 한 선생이 내가 먹는 모습을 지켜보다 테이블 한편에 세워 둔 포켓 카메라를 흘깃 쳐다봤다. 한 선생은 내가 피디라는 사실을 흥미로워했다.

"피디님이 우리 조카 만나 보면 참 좋은데. 우리 조카도……."

"방송국 피디라고 하셨죠. 저도 만나 보고 싶어요."

진심이었다. 지구 17호에서, 지구 17호만의 이야기로, 지구 17호에만 방송되는 프로그램을 만드는 지구 17호의 피디가 궁금했다.

"곧 돌아올 거야. 본가에 갔는데, 꼭 데려올게."

"본가가 다른 도시에 있나 봐요?"

"응. 우리 친척들은 전부 샤데르발에 있거든."

샤데르발은 섬 남쪽의 해안가 도시였다. 오로라티아 기념품 상점에도 샤데르발을 그린 엽서가 가장 많았다. 지구 17호 사람들이 가장 사랑하는 도시라나 뭐라나.

"선생님, 이거 딸기잼보다 맛있는데요? 감동해서 땀인지 눈물인지 줄줄 흘러요."

"피디님한테는 뭘 만들어 주는 맛이 있다니까."

한 선생이 웃다가 빈 쟁반을 들고 자리를 떴다. 흐르는 건 눈물이 아니고 땀이었지만 패션후르츠잼은 정말 맛있었다. 따끈한 스콘에 잼을 발라 세 입 만에 접시를 비우고 아이스 라테를 마셨다. 지구 17호의 커피는 지구 1호의 것과 맛이 똑같았다. 심지어 이곳 풋사과 오두막의 커피는 지구 1호에서 마시던 것보다 맛있었다.

연결 지구 방송 백서에 따르면, 지구 1호의 숫자와 가까울수록 지구 1호와 큰 차이가 없는 지구다. 내가 와 있는 지구 17호는 '17'이라는 숫자만큼이나 내가 원래 살고 있던 지구 1호와 거의 다르지 않았는데, 커피를 마실 때만큼은 그 점이 감사했다. 다른 지구가 아닌 다른 도시로 여행을 온 기분이랄까. 지구 옆에 세 자릿수 이상의 숫자는 붙어야 지구 1호와의 차이점을 조명할 만했다. 오로라 핑크가 싸우고 있는 지구 128호처럼.

〈메가 로봇 배틀〉을 촬영 중인 지구 128호는 원래 거대 로봇만 대적할 수 있는 외계 생명체의 침입을 받아 인류 대부분이 멸망한 디스토피아였다. 더는 외계 생명체가 출현하지 않았으나, 알레프 프로덕션에서 〈메가 로봇 배틀〉 방송을 위해 끊임없이 빌런을 개발하는 중이었다. 연결 지구 방송의 인기 프로그램은 세 자릿수가 넘는 지구에서만 제작했다. 지구 17호처럼 지구 1호와 별 차이 없는 지구들은 연결 지구 방송의 소재가 되지 못했다. 나처럼 지구 1호에서 지구 17호로 취재를 오는 경우는 있어도 지구 17호의 사람이 다른 지구로 가거나, 지구 17호의 시청자들이 연결 지구 방송을 보는 일은 없을 것이다.

스콘 그릇을 옆으로 밀고 노트북을 바짝 당겼다. 컷 편집본 마감일이 다가오고 있었다. 마우스가 달칵거리는 소리와 키보드 단축키를 누르는 소리, 선풍기가 돌아가는 소리와 매미 울음 소리가 풋사과 오두막 2층 카페 공간을 채웠다. 노트북 화면에 띄운 영상 편집 프로그램에는 생명력 넘치는 지구 17호 사람들의 모습이 가득했다. 학생들이 자전거를 타고 등교하는 장면, 어린이들이 공을 차는 장면, 단란한 가족들이 야시장에서 저녁거리를 고르는 장면. 지구 17호 사람들의 평화로운 일상을 취재해 사이즈별로, 앵글별로 다양하게 찍어 둔 숏이었다. 화면 속 사람들은 땀을 뻘뻘 흘리거나 이가 보이도록 활짝 웃고 있다. 나는 화면의 밝기와 노출값, 채도를 조정하여 지구 17호 사람들의 모습을 애니메이션의 한 장면처럼 보정했다. 그들이 환하게 웃을수록, 생명력이 넘쳐 보일수록, 미래의 지구 17호가 마주할 비극과의 대비가 커져 시청자들에게 진정한 감동을 선사할 것이다.

커피를 다 마실 때까지 편집에 집중하다 잠깐 목을 뒤로 젖혀 스트레칭했다. 곧 비극이 닥칠 곳이지만, '생명력'이라는 단어를 도시로 만든다면 이 섬이 될 것이다. 지구 17호에서도 휴양지로 유명한 이 섬 오로라티아에는 3층 이상의 높은 건물이 없었고 자동차도 드물었다. 사람들은 대부분 자전거를 타고 다녔다. 2차선 이상의 도로가 없다시피 했고 좁은 도로를 사람들과 오토바이, 자전거가 질서 없이 나눠 썼다. 어딜 가나 도심 속 정글처럼 골목마다 나무와 풀이 울창했다. 아마존에 작은 도시를 만든다면 오로라티아 같지 않을까. 특히 오로라티아 시내에서 우연히 발견한 이 카페, 풋사과 오두막은 도시의 핵심 정서를 담고 있었다.

내가 매일같이 출석하는 풋사과 오두막은 오래된 다락방처럼 꾸민 2층짜리 목조 카페다. 수천 년은 된 것 같은 나무들이 각기 다른 초록을 내뿜으며 창문의 프레임마다 걸려 있다. 벽마다 활짝 열려 있는 창이 외부 세계의 빛과 공기와 소리를 흠뻑 빨아들인다. 나무 벽 한편에 달린 쨍한 색상의 법랑 그릇들. 야시장에서 볼 법한 화려한 패턴의 보자기들. 공간의 꼭짓점마다 배치된 선풍기들. 찬장을 가득 채운 빈티지 컵들. 어떻게 이런 소품을 배치할 생각을 했나 싶은, 더운 바람에 흔들리는 물고기 장신구까지 한 선생의 취향으로 선택한 지구 17호의 물건들이 풋사과 오두막을 완성했다.

"와, 진짜 좋다."

나도 모르게 좋다는 말을 자꾸만 내뱉었다. 시간 경과에 따라 나뭇잎 사이사이로 햇살이 다른 모양으로 흐드러졌다. 빛과 그림자가 순간순간 자아내는 장면은 카메라에 아무리 담아도 눈을 따라잡지 못한다. 나는 방송국 놈들 중 하나지만, 실존이 영상 매체를 이기는 공간에서 오히려 황홀해지곤 했다. 기록으로 따라잡지 못하는 실재(實在)가 여전히 많다는 점에 안도감을 느낀다. 필멸하는 모든 걸 기록하고 싶은 강박이 있지만, 어차피 완벽한 불멸은 불가능하다. 그래서일까? 기록되지 않고 사라지는 아름다움에 끌렸다.

눈앞의 풋사과 오두막을 실컷 음미하다 영상 편집 프로그램에도 풋사과 오두막의 여러 모습을 불러왔다. 이곳의 모든 순간을 기록할 순 없지만, 내가 원하는 방식으로 편집해서 영원히 기억할 순 있으니까. 게다가 초록과 햇살이 가득한 이곳의 그림도, 훗날 지구 17호에 닥칠 비극과 멋진 대비를 이룰 것이다. 마우스 커서가 빠르게 프로젝트 파일을 훑는다. 어떤 그림을 촬영했었는지 쭉 프리뷰를 하고, 군더더기를 잘라 낸다. 괜찮은 오디오를 골라 마커로 표시해 둔다. 숏 사이즈별로 데이터를 재정리한다. 풀숏, 미디엄숏, 클로즈업 숏을 나누고 숏 분할 작업을 한다.

같은 장면이라도 다른 구도, 다른 사이즈로 촬영한 장면을 어떻게 배치하느냐에 따라 영상의 템포와 흐름이 바뀐다. 방송국 사람들은 이런 숏 분할 작업을 '커트바리(cut variation)'라 불렀다.

커트바리 좀 다시 해 와. 컷이 튀잖아.

조연출 시절, 편집 피드백으로 이런 소리를 얼마나 들었던가? 하지만 가장 많이 들었던 말은 이거였다.

쪼아 줘야지.
빌드업해야지. 나열만 하지 말고 쪼라고. 시간 순서대로만 편집하지 마. 그 컷은 여기서부터 쪼아야 하는 거야. 시청자들의 마음을 계속 동하게 해야 해.

　방송국 놈들은 극적 질문으로 끝까지 보게 하는 편집을 ‘쪼아 준다’고 표현했다. 과연 저 사람이 데이트 상대로 어떤 출연진을 선택할지, 저 커플은 이어질지, 출연진들이 저 미션을 해낼 수 있을지, 야외 취침은 누가 할지, 제작진과 게임 내기에 이겨 무사히 식사할지, 배신자는 누구인지, 어느 팀이 이기는 건지, 최종 우승자는 누구인지, 최초 탈락자는 누구인지, 뭐 이런 것들을 계속 쪼아야 했다. 자막으로도 쪼고 편집 속도로도 쪼고 효과음으로도 쪼고 컷 순서 배치로도 쪼아야 했다.

　또 이랬다. ‘떼그림’ 좀 넣어 봐라. 방송국 아니면 떼그림 누가 하겠니. 아이돌이 우르르 모여서 하는 체육대회. 출연진을 전부 모아 놓고 하는 연말 결산. 카메라 개수에 비해 출연진 바글바글해서 컷마다 완성도 떨어져도 그게 또 매력이라며 박수를 쳤다. 얼마나 보기 좋냐. 우리니까 할 수 있는 거잖아. 방송국이니까 재들 다 부르는 거잖아.

　쪼아 주는 건 금방 익혔지만, 떼그림에는 끝내 적응할 수 없었다. 관습적인데 짜치기까지 한 기법이 싫었다. 그야 시각적으로 그림이 못생겼잖아. 억지로 텐션을 올리는 게 꼴 보기 싫잖아. 어벤져스가 다 모인 떼그림은 멋있지만 예능 떼그림은 볼품없는걸. 갈팡질팡 우왕좌왕하는 카메라 워크도 다섯 컷까지만 재미있지, 그다음부터는 거슬렸다. 선배들은 그거야말로 ‘날것

의 미학'이라고 했다. 떼그림을 싫어하는 나는 예능국에 영 적
응하지 못하는 아이, 탐사 보도로 시작해서 예능에서는 영 갈피
를 못 잡는 아이가 되어 갔다. 그런 나를 보다 못한 사수 선배가
제안했다.

—차라리 영화를 하는 게 어때? 너 통제광이잖아.

단번에 반박했다.

—한 장면 종일 찍는 건 취향 아니라서요. 콘티에 존재하는
걸 그대로 구현하는 작업이 무슨 재미가 있어요? 종이에 있는
걸 현실에 흉내 낸 것뿐이잖아요. 전 각본 없는 게 좋아요.

나도 영화를 좋아하고, 어릴 땐 영화감독을 꿈꿨으면서 이런
말부터 나왔다. 영화는 '리얼'하지 않다고 생각했다. 각본이 있
는 게 시시하게 느껴졌다. 나는 리얼한 그림을, 예측 불가능한
장면을 추구하는 사람이라고 믿었다. 엄마가 방송 경력 내내 해
왔던 것처럼. 언니가 〈메가 로봇 배틀〉로 성공한 것처럼. 나 또
한 출연진들의 진정성이 시청자들의 몰입을 불러일으키는, 리
얼한 방송 제작을 꿈꿨다. 통제광이지만, 통제를 벗어난 장면이
더 짜릿했다.

—그럼 '날그림'이 좋긴 좋다는 거지?

그 말에 대답하지 못했다. 나도 결국은 리얼리티에 환장하는 방송국 놈인 걸까?

10년간 몸담았던 일반 방송국을 떠나 연결 지구 방송국인 알레프 프로덕션으로 이직했을 때, 사람들은 그럴 줄 알았다며 비웃었다. 알레프 프로덕션의 공주님이 기어이 엄마 품으로 가는구나. 고고한 척하더니 언니의 발자취를 따르는구나. 다를 줄 알았는데 결국 똑같구나. 편하게 연결 지구 방송이나 만들겠구나.

사람들의 말을 반박하긴 어려웠다. 일반 방송국에서 경력을 시작한 나와 달리, 우리 언니는 애초에 알레프 프로덕션에서 방송 일을 시작했고 그 결과 연결 지구 방송의 베스트셀러 〈메가 로봇 배틀〉을 연출하며 스타 피디가 되었으니까.

알레프 프로덕션이 연결 지구 방송 시대를 개척하자, 지구 1호의 방송국들은 두 갈래로 나뉘었다. 알레프 프로덕션을 따라 연결 지구 네트워크 개발에 적극적으로 동참하거나 혹은 흐름을 거부하고 원래 하던 것처럼 지구 1호 내부 방송에만 집중하거나. 대부분 전자로 귀결되었다. 내가 10년간 일했던 방송국은 지구 1호의 방송에만 집중하자는 쪽이었다. 그러다 결국 알레프 프로덕션에 인수 합병되었다. 지구 1호에서 알레프 프로덕션만큼 영향력이 큰 미디어 기업은 없었다. 알레프 프로덕션은 연결 지구 방송의 제작과 송출을 독점하며 그 영향력을 다른 지구까지 뻗어 나갔다.

연결 지구 방송국을 총괄하는 사람이자, 내가 다니던 직장을 사 버린 사람은 우리 엄마였다. 정확히는 엄마 중 한 명이다. 지구 1호의 일반적인 방송국 놈이었던 엄마가 우연히 다른 지구들의 존재를 알게 되어 연결 지구 방송을 시작한 이야기에는, 엄마들의 러브 스토리가 영화 오프닝 장면처럼 들어가야 한다.

내게는 엄마가 두 명 있다. 라라 엄마와 하니 엄마. 두 엄마는 서로 다른 지구 출신이지만 금세 사랑에 빠졌다.

라라 엄마는 지구 1호 사람이다. 어린 시절 내가 기억하는 라라 엄마는 수영장에서 과학자들과 입씨름하는 모습, 카메라와 모니터 같은 시커멓고 커다란 장비들에 둘러싸인 모습, 집에 양복 잘 차려입은 사람들을 잔뜩 초대해서 회의하는 모습, 전 세계로 출장을 떠나는 모습이 대부분이다. 라라 엄마는 내가 기억하는 모든 시간을 연결 지구 방송 개발에 쏟았고, 내가 대학생이 되었을 무렵 알레프 프로덕션은 유일무이한 연결 지구 방송국이자 제작사가 되었다.

라라 엄마가 알레프 프로덕션을 일구는 동안 나와 언니를 돌본 건 다른 지구에서 온 하니 엄마였다. 하니 엄마는 멸망해 버린 어느 지구에서 '연결 지구 수영장'을 통해 지구 1호로 건너왔다. 하니 엄마는 우리에게 아낌없이 사랑과 시간을 쏟았다. 매일 안아 주고 애정을 속삭이고 함께 낮잠을 자고 맛있는 걸 요리해 먹고 나란히 텔레비전을 보고 수영을 하고 쇼핑을 했다. 나와 언니는 하니 엄마와 함께 행복한 유년 시절을 보냈다. 라라 엄마의 빈 자리가 느껴지지 않았다.

라라 엄마가 연결 지구 수영장에서에서 하니 엄마를 처음 발견했을 때, 라라 엄마는 불명예스러운 일로 글로벌 미디어 그룹의 총괄 프로듀서에서 은퇴한 직후였다. 게다가 복잡한 이혼 소송까지 겹쳐 벼랑 끝에 몰린 상태였다. 삶의 의욕을 상실한 라라 엄마는 오랜만에 고향을 찾았다. 내가 세 살, 언니가 일곱 살 때였다. 그곳에는 은퇴 후 가족들과 함께 시간을 보내려고 지었던 별장이 있었다. 뉴스를 도배한 아빠의 불륜과 지저분한 이혼 과정 끝에, 별장은 엄마 소유가 되었다. 엄마는 별장의 처분을 결정할 겸 고향을 방문한 차였다. 실은 세상으로부터 숨어 있고 싶었다고, 라라 엄마가 나중에 말해 주었다.

숨은 지 한 달 만에, 라라 엄마는 재미있는 일이라곤 하나도 일어나지 않는 이곳에 다시는 올 일이 없겠다고 결론지었다. 별장도 처분하기로 했다. 마지막으로 별장에서 시간을 보내며, 라라 엄마는 처음으로 수영장에 물을 채웠다. 후회로 얼룩진 과거를 지우고 새로운 출발을 하기 위한 의식이었다.

그날 밤, 하니 엄마가 별장 수영장에서 뚜벅뚜벅 걸어 나왔다. '연결 지구'라는 새로운 가능성을 들고, 알레프 통신기와 함께. 달빛이 환한 새벽이었다. 라라 엄마는 곧 하니 엄마와, 하니 엄마가 불어넣은 새로운 삶과 사랑에 빠졌다. 하필 지구 1호에서도 가장 방송국 놈에 속했던 라라 엄마 소유의 수영장이 연결 지구의 통로였다는 건 운명적이다. 라라 엄마가 하니 엄마에게 연결 지구의 모든 것을 알려 줬다는 이야기 또한 운명적이다.

하니 엄마가 알레프 통신기를 내밀었을 때 라라 엄마는 연결 지구 탐사와 정부 주도 개발과 같은 가능성이 아닌 '방송 각'을 쟀다. 라라 엄마는 과학자가 아닌 피디였다. 하니 엄마와 함께 찾아온 새로운 가능성은 황홀했다. 끝난 줄 알았던 인생이 다시 시작되고 있었다. 라라 엄마는 또 한 번 방송국 놈이 될 수 있었다. 심지어 그냥 방송국 놈도 아니고, 세상에 존재하는 미지의 지구를 소재로 삼는 방송국 놈이었다. 라라 엄마는 신문에서 '천문학적 위자료'라 떠들었던 돈과 모든 자금을 끌어들여 산 별장 근처 부지를 하니 엄마와 함께 연결 지구 개발 단지로 꾸렸다. 알레프 프로덕션의 초석이었다. 두 엄마와 알레프 프로덕션은 내가 대학을 졸업할 때쯤 지구 128호와 267호, 두 개의 지구에서 촬영을 시작했고, 현재는 아흔 개의 지구에서 동시에 방송을 제작 중이다. 천여 개가 넘는 지구에서 알레프의 방송을 즐긴다.

숙소로 돌아가는 길에 올드타운에 들러 이른 저녁 식사로 갈비국수를 사 먹었다. 길거리에서 망고와 로띠도 샀다. 골목마다 하나씩 있는 형형색색의 사원을 구경하며 강가 다리를 건너, 풋사과 오두막을 지나면 숙소였다. 숙소에 도착하면 늘 땀에 흠뻑 젖어 있었다. 짧은 샤워를 하고 침실에 있는 텔레비전을 켰다. 오로라티아 사람들이 제작하는, 오로라티아 시청자들의 저녁 식사 시간과 벗해 줄 지방 방송 프로그램들이 채널마다 스쳤다.

여름철 식물을 가꾸는 교양 프로그램. 진행자가 아름답다며 호들갑을 떠는 식물은 풋사과 오두막 정원에서도 본 적 있는, 잎이 우산보다도 큰 나무였다. 주인공들이 서로의 마음을 확인하지 못하고 갈팡질팡하는 드라마. 어제는 서로 다른 사람과 있는 모습을 보고 오해하더니 오늘은 여자 주인공에게 급한 사정이 생겼고(여자 주인공의 동생이 갑작스레 사고를 당했다.) 남자 주인공은 여자 주인공을 기다리다 버림받았다 여기며 가슴앓이 중이었다(전화를 좀 하지……). 도시의 특산품인 공예 그릇의 생산과정을 보여 주는 교육 방송. 방송 끝에는 원데이 클래스 광고가 붙어 있었다. 기도하는 사제들의 모습을 내내 보여 주는 종교 방송. 종교에는 흥미가 없어 금방 채널을 돌렸다.

생전 처음 보는, 곤충끼리 달리기 시합을 하는 프로그램도 있었다. 회차마다 다른 곤충들이 달리기 시합을 벌이고 패널로 출연한 연예인들이 어느 곤충이 이길지 내기하는 구조였다. 뭐 저런 방송이 다 있담. 곤충들이 경주를 이해할 수 있어? 그저 먹이를 향해 돌진할 뿐이지. 그러고 보니 지구 1호의 유튜브에는 구슬끼리 경주하는 콘텐츠가 있었다. 구슬들이 다양하게 설계

된 레이스를 굴러가며 경주하는 건데 사실…… 구슬이 직접 달리는 건 아니잖아? 구슬은 그저 굴러갈 뿐. 그럼에도 어느 구슬이 이길지 궁금하고 은근히 몰입하게 된단 말이지. 구슬로도 '쪼아 주기'가 가능한 거구나…….

텔레비전 불빛을 이불처럼 덮고 까무룩 잠이 들었다.

2

숙소에서 풋사과 오두막까지 가는 길목에는 아침마다 무지개 방울이 가득했다. 무지개 방울은 누름돌 크기부터 쫙 펼친 책 크기까지, 다양한 형태의 물방울이 무지개색을 머금고 둥둥 떠 있는 기상 현상이다. 학계 명칭은 오로라티아지만 사람들은 주로 무지개 방울이라 불렀다. '오로라티아'는 이 섬의 기상 현상이자 이름인 것이다. 연결 지구 방송 백서에 따르면, 지구 17호를 통틀어 지구 1호와 가장 다른 점이 무지개 방울이라고 한다. 무지개 방울은 이곳의 여름마다 찾아왔는데, 몇 년 전부터는 계절에 상관없이 나타났다. 무지개 방울은 건드리면 물방울이 톡 터지면서 비처럼 내렸다가 금세 다시 부풀어 올랐다. 오로라티아가 머금고 있는 무지갯빛은 방울마다 색의 비율도 모양도 달랐고, 햇살을 받으면 세상에서 가장 아름다운 공예품처럼 반짝거렸다. 처음 이곳을 탐색하던 며칠은 무지개 방울을 발견할 때마다 카메라를 꺼내 한참이나 촬영했다. 무지개 방울에 비친 나무와 햇살이 어찌나 환상적인지, 둘째 날엔 무지개 방울만 찍다가 카메라의 배터리를 다 써 버렸다.

오늘따라 평소보다 커다란 무지개 방울들이 눈에 띄었다. 심지어 우산 크기의 무지개 방울도 있었다. 쫄딱 젖을까 건드리기 겁났다. 무지개 방울의 표면으로 보석처럼 굴러떨어지는 햇살이 아름다웠다. 지구 1호의 사진가 다이스케 코야마가 작업한 「Rainbow Variations」 시리즈가 떠오르는 심상이었다. 그 시리즈의 사진들은 있는 그대로 재현한 사진이 아니었다. 그 작업은 컴퓨터 그래픽을 거쳤으므로 '카메라로 찍은 사진의 리얼리티를 초과하는 작업물'에 속하는데, 지구 17호의 무지개 방울은 컴퓨터 그래픽을 전혀 쓰지 않았음에도 CG로 합성한 것 같은 것처럼 신묘했다. CG처럼 생겼지만 실존하는 날것의 피사체라는 점이 흥미로워, 틈날 때마다 무지개 방울을 카메라에 담았다.

무지개 방울이 둥둥 떠 있는 길목의 양옆으로는 키가 크고, 잎이 무성한 나무들이 가득했다. 초록의 명암과 농도가 이토록 다양할 수 있다는 것을 다른 지구에 와서야 깨닫는다. 지구 1호에서는 편집실에서 대부분의 시간을 보냈으니까. 외출하더라도 그날그날의 동선이 전부 촬영 계획에 달려 있었다.

반면 지구 17호에서는 어디든 적극적으로 떠돌았다. 무엇을 어떻게 찍을 수 있을지 모르기 때문이었다. 지구 1호와 아무리 비슷해도 지구 17호는 미지의 영역이니까. 카메라에 '무엇을', '어떻게' 담을 건지, 많은 것 중에 도대체 '왜' 그것을 찍을 건지 충분히 탐구해야만 했다. 카메라는 나의 눈과 입이 되어 줄 수 있으니까. 카메라는 나의 관점이자 목소리였다. 그러려면 내가 느끼고, 경험하고, 헤아리는 과정이 필요했다. 셔터를 한참 누르다 보면 핸들러가 내게 가장 많이 하는 잔소리가 들리는 것만 같았다.

소랑, 모든 걸 찍는 건 아무것도 찍지 않는 것과 같아. 일단 느껴.
그리고 다 찍어야 한다는 강박을 버려.

핸들러의 바람과는 달리 나는 아직도 모든 걸 다 찍고 싶다. 내가 무엇을 강조하고 싶은지를 선택하고, 클로즈업해야 하는 순간이 올 것이다. 언제까지고 모든 걸 공평하게 담는 광각렌즈만 쓸 수는 없다. 하지만 어떡해. 난 모든 걸 다 담아야만 안심되는 제작자였다. 그런 나에게도 유독 망원렌즈를 들이댄 장면이 있다.
풋사과 오두막.
망원렌즈를 이렇게 많이 쓴 건 지구 17호에서 처음 있는 일이었다. 이곳에 온 지 4일 차, 풋사과 오두막은 지구 17호에서 나의 눈이 가장 많이 닿은 곳이자 지구 1호에서 담았던 피사체를 통틀어서도 유달리 애착이 가는 장소였다. 풋사과 오두막을 처음 발견했을 때, 어릴 적 상상했던 아지트가 일기장에서 그대로 튀어나온 것 같았다.

풋사과 오두막까지의 여정을 원 테이크 샷으로 담아 볼까? 숙소를 나와 초록이 울창한 도로를 따라 무지개 방울을 100개쯤 세다 보면 풋사과 오두막에 도착한다. 풋사과 오두막 입구에는 어른 키만 한 울타리 기둥에 빛바랜 연둣빛 사과가 그려진 정사각형 나무 간판이 달려 있는데, 책보다도 작아서 지나치기 쉽다. 울타리 안으로 들어서면 풋사과보다 훨씬 짙은 녹색의 나무들이 2층짜리 오두막을 감싸고 있다. 얇은 나뭇가지마다 화려한 종이 장식들이 더운 바람에 나부낀다. 1층에는 야외 자리뿐이었는데, 테이블마다 다른 색상과 모양의 천이 깔려 있다. 어디서 왔는지 테이블 사이로 닭 두 마리가 걸어 다닌다. 1층에서 주문한 뒤 신발을 벗고 삐걱거리는 나무 계단을 오르면 아지트 같은 공간이 나타난다. 저마다 창가를 곁에 둔 테이블 세 개. 선풍기도 세 대. 짙은 나무 토대와 알록달록한 소품들의 조화. 활짝 열린 창으로 초대된 초록빛의 향연이 펼쳐진다.

항상 앉던 창가 자리에 무거운 짐을 풀었다. 기다란 나무 테이블에 의자 두 개가 나란히 놓여 있는 자리였다. 창을 타고 매미 소리와 커피 그라인더 소리가 섞여 들어왔다. 한여름의 공기가 땀방울이 되어 흘렀다. 가까이 있던 선풍기를 끌어당겼다.

주황색 날개가 빠르게 돌아가며 열기를 식혀 주었다. 태블릿으로 〈메가 로봇 배틀〉의 하이라이트 장면을 틀었다. 오로라 핑크가 동료 파일럿인 나이트 블루(Knight Blue)의 도움으로 극적인 승리를 거두는 장면이 나왔다. 오로라 핑크는 대부분 이겼다. 주인공이니까. '리얼리티' 예능이지만 의도한 결말이 없는 것은 아니었다. 변수는 있겠지만, 제작진은 언제나 밑그림을 그려 놓고 판을 깔았다.

"소랑 피디님이시죠?"

한 선생 대신 처음 보는 사람이 커피와 스콘이 든 쟁반을 내려놓았다. 본능적으로 태블릿부터 뒤집었다. 올려다보자 호리호리한 체격에 큰 눈, 어깨에 닿을 듯 말 듯한 곱슬머리를 한 사람이 서 있었다. 목에는 필름 카메라를 걸고 있었다. 화이트 톤으로 맞춘 옷차림이 멋스러웠다.

"어, 혹시 사장님 조카분……?"

"놀라게 했으면 미안해요. 근데 잠시만요……."

낯선 이의 왼손이 연두색 스크런치로 묶은 내 뒷머리로 향했다. 본능적으로 몸이 움찔거렸다.

"무지개 방울을 달고 있어서요."

"네?"

"아, 됐다."

한 선생의 조카가 내 머리에서 무지개 방울을 떼어 냈다. 무지개 방울은 터지지 않고, 그의 손가락에 걸쳐 있다가 우리 사이를 둥둥 떠다녔다.

"여름이네요."

그가 활짝 웃으며 말했다. 무지개 방울이 선풍기 바람에 나부
꼈다. 해가 구름 밖으로 나왔는지 순간적으로 창밖의 초록이 환
해졌다.

"앉아도 될까요?"

"네, 네!"

옆 의자에 뒀던 가방을 바닥에 내려놓았다. 손짓과 움직임이
과장되었다. 매미 소리가 유독 찌르르 크게 들렸다.

"카이예요. 풋사과 오두막 사장님 조카."

카이가 의자를 내 쪽으로 돌려 앉으며 말했다. 나도 어색하게
의자 방향을 조정했다.

"아, 저는, 소랑이에요. 사장님이 조카가 피디라고 엄청 자랑
하셨어요."

"눈에 선해요. 이모가 피디들을 저보다 더 좋아하거든요."

회전하는 선풍기가 이번에는 카이의 머리카락을 잠시 흩트렸
다. 카이가 내 뒷머리에서 떼어 낸 무지개 방울이 여전히 우리
주위를 맴돌고 있었다.

"명함 드릴게요."

카이가 건넨 명함에는 카이의 이름과 함께 'OBS', '84기', '예
능 본부' 같은 글자가 적혀 있었다. 예능 피디님이시구나. 처음
만난 지구 17호 사람에게 벌써 유대감이 생기는 기분이었다.

"저는 프리랜서 피디예요."

명함 대신 악수로 화답했다. 카이에게 지구 1호의 명함, 그것도 알레프 프로덕션의 명함을 내밀 순 없었다.

"길게 방해하진 않을게요. 출근 전에 들른 거라 곧 일어나야 해요."

카이가 제 몫으로 가져온 아이스 아메리카노를 마셨다. 나는 흐르는 땀방울을 몰래 훔치느라 곤혹인데, 카이는 이 더위에 땀도 나지 않는지 여유만만이었다. 한 선생이 조카가 오늘 올 거라고 미리 말해 줬으면 좋았을 텐데. 이 아쉬움이 취재 욕구인지 호감인지 혼란스러웠다.

"샤데르발엔 잘 다녀오셨나요?"

"아, 네, 뭐. 짧은 일정이었어요."

"본가가 거기 있다고 들었어요."

"맞아요. 이모가 별 얘길 다 했네요."

잠시 정적이 흘렀다. 카이는 본가를 별로 좋아하지 않는 것 같았다. 나란히 앉은 창가 자리로 더운 바람이 불었다.

"뭐 편집 중이었는지 물어봐도 돼요?"

카이가 화제를 전환했을 때, 다행히 노트북에는 풋사과 오두막 폴더가 열려 있었다. 화면을 보여 주며 태연하게 답했다.

"풋사과 오두막 브이로그 영상이요. 저 여기 되게 좋아하거든요. 여기서 어떻게 시간을 보내는지, 이곳은 어떤 곳이고 왜 좋아하는지, 자막 넣고 있었어요. 풋사과 오두막 찍은 건 여기 와서 편집하는 게 좋더라고요.”

“브이로그 해요? 그럼 스타넷 채널도 있어요?”

스타넷은 지구 17호의 유튜브 같은 플랫폼이다. 나도 가끔 들어가서 지구 17호 사람들의 다채로운 영상을 구경하곤 했다.

“아직이요. 그치만 언젠가는 누가 시켜서 만드는 영상 말고…… 제가 만들고 싶은 영상만 하고 싶어요. 제 채널에 직접 올리는 거요.”

누구에게도 한 적 없는 말이었다. 언니처럼 알레프 프로덕션의 간판 프로그램을 연출하는 게 나의 예정된 진로였고, 연결 지구 방송 시대에 유튜브와 같은 개인 방송은 저물어 가는 매체였다. 연결 지구 방송은 진입 장벽이 매우 높다. 아무나 연결 지구로 갈 수도 없었고, 다른 지구를 로케이션 삼아 촬영하는 일엔 엄청난 제작비와 시간이 필요했으니까. 개인이 제작하는 영상은 연결 지구 방송의 규모를 이기기 어려웠다.

“어떤 영상을 만들고 싶은데요?”

“그걸 모르겠어서 저는 다 찍어요.”

“다 찍는다고요?”

“내 걸 만들고 싶긴 한데, 뭘 만들고 싶은지를 도통 모르겠어서 일단 다 찍어요.”

“하고 싶은 말이 엄청 많거나, 아님 아직 없나 보다.”

카이의 말이 나의 폐부를 찔렀다. 한의원에서 침을 맞았을 때처럼 시원했다. 핵심을 간파당하면 오히려 후련할 때가 있는데 지금이 딱 그랬다.

"아직 없는 것 같아요."

"'아직' 없는 거니까요. 자기가 뭘 만들고 있는지, 진짜로 만들고 싶은 게 무엇인지도 모른 채로 방송하는 것보단 훨씬 낫다고 생각해요."

처음 보는 지구 17호 피디의 말에 위로를 받다니. 문득 전원이 꺼진 카메라가 신경 쓰였다. 카메라가 돌아가지 않으니 모든 순간을 놓치고 있는 기분이었다. 카이가 취재 대상인지 친구가 될 사람인지 확신이 서지 않기도 했다.

"저, 미래의 브이로거니까! 혹시 카메라 켜도 될까요?"

"네. 채널 열면 첫 번째로 구독할게요."

다행히 카이는 가볍게 웃으며 내 요청을 수락했다.

"그리고 혹시……."

"블러 처리 안 해도 괜찮아요. 오디오도 편하게 쓰세요."

채 묻기도 전에 술술이다. 지구 17호도 방송국 놈들은 다 똑같나 보다. 가방에서 포켓 카메라와 미러리스 카메라를 꺼냈다. '지구 17호의 피디님을 만났습니다.' 불투명한 앞날이지만 유튜브 각을 쟀다. 우리 둘 다 잘 나오도록 테이블 구석에 카메라를 세워 뒀다. 녹화 버튼을 누른 상태로 30분은 더 대화를 나눴다. 억지로 노력하지 않아도 대화가 매끄럽게 이어졌다. 함께 일하는 방송국 동료를 대하듯 대화는 방송 취향으로 흘러갔다. 나는 중간중간 화면에 우리의 모습이 잘 담기고 있는지 확인했다. 카이는 카메라에 실물이 잘 담기는 사람이었다.

"소랑 피디님은 목에도 카메라를 걸고 있네요? 카메라가 몇 대야, 여기."

카이가 내 목에 걸린 목걸이를 가리키며 장난스레 물었다. 나는 카메라 모양 목걸이를 하고 있었다. 다만 렌즈가 있어야 할 자리에 지구가 들어가 있다. 이 팬던트는 연결 지구 방송을 가능하게 해 주는 알레프 통신기 모양이기도 했다. 그렇게 모티브를 얻은 사각형과 동그라미의 조합은 알레프 프로덕션의 로고가 되었다.

"엄마가 만들어 줬어요."

"카메라에 지구가 달렸어요. 한 번 보면 잊기 힘든 목걸이네요."

"그래서 이 목걸이를 아껴요. 한 번도 뺀 적 없을 정도로요."

"어, 잠시만. 지금 자연광 너무 좋은데요?"

나도 찍어도 될까요? 내 목걸이를 한참 들여다보던 카이가 필름 카메라를 들어 올리며 물었다. '촬영 각'이 나오면 흥분하는 건 지구 17호의 피디도 마찬가지인가 보다. 카이가 눈빛으로 답변을 재촉했다. 찰나의 자연광이 언제 사라질지 몰라 조급해 보였다. 피사체가 되는 건 어색했지만 거절할 이유는 없었다. 애초에 내 쪽에서는 카메라를 두 대나 돌리고 있었다. 내 승낙과 동시에 카이가 셔터를 누르기 시작했다. 나는 카이의 디렉션에 따라 창밖을 보는 척, 빈 잔으로 음료를 마시는 척, 수첩의 빈 페이지를 들여다보는 척을 했다.

카메라 속 프레임에 집중한 카이의 한쪽 눈과 찌푸린 다른 쪽 눈 위로 빛 그림자가 지나갔다. 사진에 찍히는 중이었지만 손을 뻗어 내 카메라를 집었다. 카이가 나를 촬영하는 모습을 영상에 남기고 싶었다. 클로즈업을 쓰고 싶은 순간이었다. 카이는 별말 하지 않았다. 오히려 내가 자연스럽게 움직일수록 더 좋다는 듯 셔터를 눌렀다. 거치해 둔 내 미러리스 카메라에는 각자의 카메라를 들고 마주 보는 우리 모습이 찍히고 있겠지. 광각렌즈를 끼워 둬서 다행이었다. 카이의 필름에는 '카이의 모습을 영상으로 담는 내 모습'이 찍힐 것이다. 주체와 대상의 경계가 흐릿해지는, 카메라 속 카메라 속 카메라의 향연이었다.

"인화해서 선물할게요. 진짜 예쁘다."

선풍기 바람이 또다시 카이의 머리와 옷매무새를 스쳤다. 핸들러가 수십 번 강조했던 규칙이 떠올랐다. 비활성 지구의 사람들과 관계를 맺거나 일정 시간을 함께하는쪽 건 연결 지구법 위반이다. 지구 17호의 사람들과 30분 이상 대화하는 것부터 규칙에 어긋난다. 우리는 지구 17호의 그 누구와도 관계를 맺으면 안 된다. 연결 지구인과 비활성 지구인 사이에서는 서로 다른 점이 부각되어 위화감을 줄 수도 있고, 지구 17호에 존재하지 않는 대전제나 고유명사를 노출할 위험도 있으니까.

그런데 카이의 눈을 봐. 목덜미에 아슬아슬하게 닿아 있는 머리카락을 봐. 샤를리즈 테론 같잖아. 카메라를 능숙하게 조작하는 저 손가락을 봐. 이러면 얘기가 전혀 달라진다. 지구 17호에 와서 이렇게까지 강한 충동을 느낀 적은 처음이다. 지구 1호 방송국 탐사 보도 팀 막내 시절, 진부하지만 사수 선배가 '사냥개'라는 별명을 붙여 줬었다. 왕작가님도 총괄 연출 선배도 혀를 내두른 나의 집념 때문이었다. 나중엔 총괄 선배까지 물어 버렸지만. 선배님들 잘 지내시죠? 다름 아니라 그 사냥개, 오랜만에 출격합니다.

"퇴근 몇 시예요? 같이 저녁 먹을래요?"

오로라 핑크보다도 대범한 출격이었다.

식당 이름이 '잃어버린 시간을 찾아서'라니. 지구 17호에도 프루스트가 있는 걸까? 지구 17호에서만 쓸 수 있는 휴대폰으로 마르셀 프루스트를 검색했지만 나오지 않았다. 그런 제목의 책도 없었고, 지금 내 눈앞에 있는 식당 후기만 나왔다. 식당 내부는 일찌감치 저녁 식사를 시작한 손님들로 활기가 가득했다. 세월을 고스란히 담고 있는 주황색 타일 바닥과 군데군데 달린 빈티지 조명 때문에 관념적인 할머니 집에 들어온 것 같았다. 무엇보다 식당 이름을 보충 설명하듯 온갖 종류의 시계들이 온 벽면에 걸려 있었다. 고풍스러운 벽걸이 시계부터 요즘 유행하는 시계까지 다채로웠다. 저마다 시침과 분침의 위치도 멋대로였다. 이런 시계들에 둘러싸여 있으면 충분히 시간을 잃어버릴 것 같았다.

창가 테이블에 자리를 잡았다. 올드타운 길거리가 가로등의 주황색 불빛으로 물들고 있었다. 군데군데 젖은 바닥을 오토바이가 가로질렀다. 길거리 좌판에서 꼬치나 과일을 사고파는 사람들이 지나다녔다. 에어컨 바람에 땀이 식을 때쯤 카이가 들어왔다.

"늦어서 미안해요. 왜 사고는 꼭 퇴근 직전에 터지는 걸까요."

"전 괜찮아요. 그야, 여기 시계들을 봐요."

카이가 주변을 둘러봤다. 그곳엔 3시 35분을 가리키는 시계와 10시 10분을 가리키는 시계가 걸려 있었다. 카이가 활짝 웃었다.

"올 때마다 재밌는 곳이에요. 어째 시계가 늘어난 것 같아요."

"가게 이름부터 재밌어요. 자주 오세요?"

프루스트 이야기는 물과 함께 간신히 삼켰다. 연결 지구의 규칙을 읊는 핸들러의 엄한 목소리가 자동 재생되는 것 같았다.

"일주일에 두 번 정도? 여기 공간도 재밌지만, 음식 맛이 제일 재밌거든요. 메뉴 선택 맡겨 볼래요?"

카이가 종업원을 불러 음식을 주문하는 사이 나는 카메라 두 대를 꺼내 테이블에 세팅했다. 포켓형 브이로그 카메라는 셀프캠 구도를 잡아 수저통 위에 세워 두고, 미러리스 카메라는 테이블 가운데에 거치했다. 우리 둘과 음식이 함께 담길 앵글이었다. 카이는 카메라를 잠깐 보더니 미소만 짓고 별말 하지 않았다. 우리는 같은 지구에 사는 사람들이 퇴근 후에 일상을 보내는 것처럼 대화를 이어 나갔다.

"우와. 방송은 몇 시에 볼 수 있어요?"

생맥주 두 잔을 마시며 알게 된 사실. 카이는 음악 쇼의 피디였다. 매주 토요일마다 생방송으로 송출되는 음악 방송을 연출한다고 했다. 시간을 잃은 시계들에 둘러싸여 지구 17호의 방송국 얘기를 듣고 있다니. 처음으로 지구 17호에 오길 잘했다는 생각이 들었다. 지구 17호의 음악 방송VS지구 1호의 음악 방송. 자연스레 콘텐츠 꼭지가 잡혔다. 본능적으로 카메라 화면을 확인했다. 이곳의 시계들과 달리, 시간에 맞춰 제대로 바뀌는 숫자와 REC 글자 옆 빨간 동그라미가 제대로 녹화되고 있단 걸 보여 주었다.

"오후 5시요. 생방송이라고 해도 사전 녹화가 대부분이에요."

카이에게 들은 지구 17호의 음악 방송 제작 시스템은 지구 1호와 흡사했다. 주중에 주요 무대는 대부분 사전 녹화와 편집을 해 두고 일부 무대와 진행자 멘트, 1위 발표만 생방송으로 송출하는 방식이었다. 지구 17호가 지구 1호와 어떤 특수한 점을 똑같이 공유하고 있다는 게 묘했다.

지구 17호에서 하루하루 지날 때마다, 지구 1호와의 다른 점보다 비슷한 점이 훨씬 신기했다. 물리적으로 헤아릴 수 없는 곳에 존재하는 또 다른 지구가, 나의 지구와 비슷하게 펼쳐져 있다는 실감이 경이로웠다. 맞은편에 앉아 맥주를 마시는 카이도 그랬다. 다른 지구 출신인데 교집합을 두고 대화를 할 수 있다니. 그것도 음악 방송 이야기를. 10년을 함께한 방송국 동료들에게도 하지 않았던 말이 편하게 나왔다. 야채볶음 요리와 잘게 다진 고기가 듬뿍 들어간 볶음밥이 나올 때쯤 나는 어린 시절까지 읊어 대고 있었다.

"전 탐사 보도 팀에서 시작했다가 예능국으로 옮겼는데요. 음악 방송은 안 해 봤어요."

"해 보고 싶은 적은 있었어요?"

"솔직히 말하면, 아니요. 어릴 때 무대에 서는 걸 좋아했거든요? 학교 축제 때 춤추고 노래 부르고. 솔직히 그런 행사 때마다 주인공이 되지 못해서 안달이었어요. 네, 저 엄청 나댔어요. 관심도 즐겼고요. 근데 그럴수록…… 음악 방송은 오히려 안 보게 되더라고요. 옳지 않은 느낌이랄까, 잃어버린 무대를 보는 것 같달까. 가수가 꿈이었던 것도 아닌데 상실감이라니, 되게 웃기죠? 그 세계는 애초에 제가 가졌던 세계도 아니잖아요. 꿈꿨던 세계도 아니고요. 설명하기 힘든데요. 공허해져서 잘 안 봤어요. 그러다 보니 제작에도 영 관심이 안 생기더라고요."

음악 방송 출신 피디들이 거대 로봇 전투 프로그램으로 이직한 건 부러웠지만요. 이 말은 삼켰다. 우리 언니를 포함해 〈메가 로봇 배틀〉 제작진 대부분은 스포츠 중계 혹은 음악 방송 중계 경력이 있는 피디들이었다. 카이한테는 절대 하지 못할 말이었다.

“그럴 수 있죠. 보기에 좋다고 다 살고 싶은 세계는 아니니까
요.”

카이에게는 곱씹고 싶어지는 말을 아무렇지 않게 툭 던지는
재주가 있었다. 내가 설치한 두 대의 카메라에 우리의 대화가
백색소음과 함께 녹화되고 있었지만, 지금 카이와 내가 눈 마주
치며 서로를 담은 것보다 더 잘 담을 순 없었다.

“한잔 더 할래요?”

마지막 한 모금을 마시며 고개를 끄덕였다. 카이가 종업원을
불러 생맥주를 새로 주문했다. 벽면에 걸린 시계들은 여전히 시
간의 경과를 파악하는 데 도움이 되지 않았다.

“카이 피디님은 언제 제일 재밌어요? 음악 방송 만들면서요.”

“음, 세트장 설치할 때랑 허물 때요.”

카이가 고민 없이 말했다. ‘무대 잘하는 가수를 찍을 때’나
‘세상을 휩쓴 인기곡 발굴했을 때’와 같은 말을 예상했지만, 전
혀 다른 답변이었다.

“길어야 5분 정도만 작동하는 작은 세계가 생겼다가 빠르게
사라지는 걸 볼 때 마음이 평화로워져요. 조악한 세트지만 5분
동안은 고유한 세계잖아요. 무대가 끝나면 철거되는 세계요. 그
마저도 녹화 시간이 촉박해서 빨리 사라져 줘야 하는. 그럼에도
금세 새로운 세트를 설치하죠. 또 다른 장르의 음악을 담을 세
계가 만들어지는 거예요. 카메라 잠깐 멈추고 미술 팀이 세트를
철거하고 설치하는 동안 어둠 속에서 보내는 시간을 좋아해요.

이렇게 사라져도 금방 다른 세계가 생길 수 있다는 걸 아니까, 안도감이 생겨요.”

안도감이 드는 게 곧 재미있다는 뜻이 될 수도 있는 걸까. 어쩐지 이 말을 오래오래 쓰다듬을 것 같다는 예감이 들었다. 근사한 반응을 해 주고 싶어 문장을 고르는 동안 카이가 차분히 말을 이었다.

“뭐, 조명 큐시트 짜는 것도 재밌고요.”

카이는 다양한 조명 기기를 미학적으로 운용하는 것의 즐거움을 떠들었다. 무대조명은 필멸하는 빛이다. 무대와 함께 사라지는 빛이다. 그러나 무대가 시작되면 언제든 다시 켜질 수 있다. 그래서 즐겁다. 카이는 쉬지 않고 이런 말들을 했다.

“저는 통제할 수 없는 빛이 좋아요.”

“자연광처럼?”

“네. 무대조명처럼 통제할 수 있는 빛이…… 저한테는 오히려 어려워요.”

“통제할 수 있는 빛이 어렵다는 말. 되게 흥미로운데요?”

“모든 게 통제 가능하다고 생각하면 답답해요. 마구마구 제 통제를 벗어났으면 좋겠어요.”

나는 예상치도 못하게 만들어진 장면들을 편집하는 걸 좋아했다. 빛도 마찬가지였다. 그 빛이 필멸하는 빛인지 통제 가능한 빛인지 그 여부조차 모르고 대하고 싶었다. 모든 걸 통제할 수 있는 세계관에서는 전부 다 통제해야만 성에 찰 테니까. 차라리 통제 불가능한 것과 우연성에 어느 정도 위탁하는 편이 숨통 트였다.

"소랑 피디님이 만들, 소랑 피디님만의 방송이 기대되네요."

진심이에요. 카이가 내 손목 위로 자신의 손을 올려 두며 말했다. '소랑! 절대, 절대로 지구 17호 사람들과 가까워지면 안 돼.' 나를 담당하는 핸들러의 뾰로통한 잔소리가 떠올랐지만, 나는 카이의 손을 그대로 두었다.

"음악 방송이요. 지금은 담담하게 볼 수 있을 것 같아요."

이제 더 이상 잃어버린 무대라는 생각조차 들지 않아서요. 내가 조그마한 목소리로 덧붙였다. 음악 방송을 봐도 아무렇지 않아졌다는 게, 한 시절이 끝났다고 선을 긋는 것 같아 씁쓸했다.

"그럼 보러 올래요?"

"네?"

"보러 오세요. 제가 만드는 음악 방송."

나는 인상 쓰는 핸들러의 얼굴을 애써 머릿속에서 지우며, 카이가 만드는 지구 17호의 음악 방송 사전 녹화 현장을 찾아가겠다고 약속했다. 이로써 연결 지구 방송 백서의 규칙을 100가지쯤 어기고 있을 것이다.

식사를 마칠 때까지도 우리의 대화는 계속 방송국으로 흘렀다. 방송국 놈들끼리는 뭐가 그리 재미있는지 방송국 얘기만 계속하는데, 지구 17호의 방송국 놈들도 똑같나 보다. 우리는 식당을 나와 야시장을 통과했다. 온갖 것이 불에 익어 가는 꼬치구

이 냄새, 라임과 망고와 수박이 믹서기에 돌아가는 소리, 화려한 패턴의 잠옷 바지들로 감각이 극대화되는 기분이었다. 카이와 걸으면서도 야시장을 카메라에 틈틈이 담았다. 시계에 둘러싸여 함께 밥을 먹고 야시장을 걷는 동안, 우리는 서로를 피디님이라고 부르는 걸 관두고 '언니'와 '소랑'으로 부르고 있었다.

"시사 교양국에 있다가 예능국으로 옮겼댔지? 적응 힘들었겠다."

"뭐, 쉽진 않았어요. 탐사 보도 하다가 예능 하려니까 어려운 것도 있지만…… 방송은 집단 창작이잖아요. 그게 제일 힘들었어요."

"그건 앞으로도 계속 어려울 것 같네, 나도."

"그쵸? 별의별 사람이 다 있잖아요, 방송국 놈들."

그렇지, 방송국 놈들 다 똑같지. 카이가 씁쓸하게 중얼거렸다. 지구 1호에서도 많이 들어 본 말이었다.

"그래도 모두 함께 공동의 목표를 향해서 돌진하는 감각은 좋아. 다 같이 밤새우면서, 광기와 몰입을 더하는 그 집단 감각."

"아무래도 언니는 방송쟁이 오래오래 하겠어요."

내 말에 카이가 웃음을 터트리며 방송쟁이라는 말을 조곤조곤 중얼거렸다.

"이 일, 왜 계속하는지 물어봐도 돼?"

오로라티아 이름이 새겨진 자석을 수백 개 늘어놓은 좌판을 지날 때 카이가 물었다. 무리해서 마신 맥주 때문이었을까? 순간 얼굴에 열이 오르며 울컥했다. 방송국을 다닐 때조차 그 누구도 물은 적이 없었기 때문이다. 나는 세계적으로 유명한 방송 프로듀서이자 연결 지구 방송을 개척한 사람의 딸이었고, 언니는 〈메가 로봇 배틀〉을 연출한 스타 피디였다. 그런 환경에서 자란 내가 방송 일을 계속하는 이유 따위 궁금해하는 사람은 없다. 모두 내가 하고 있는 일을 당연하게 여겼다. 잘해야 본전인 나날들이었다. 자기 연민을 경계하면서도 쌓인 서러움이 없는 건 아니었다. 카이의 질문에 다소 벅차오르는 말이 쏟아졌다.

"방송에서는 세계가 펼쳐지잖아요. 그게 저는…… 견딜 수 없을 만큼 재미있어요."

어떤 방송에서는요. 출연진끼리 탐색하면서 연애의 가능성을 시험해요. 근데 그거 알죠? 이 세계관에서는 출연진 입장하는 순서도 중요하잖아요. 출연진 들어오는 장면만 따로 찍잖아요. 처음에 임팩트 있는 출연진 등장시키고, 마지막에 여자 남자 출연진들 골고루 모였을 때 또 회심의 출연자가 나오죠. 판을 흐리니까 '메기'라고 부르는 출연자요. 그땐 먼저 앉아 있던 출연진들의 비언어적인 반응을 카메라에 담아야 해요. 동요하는 눈빛, 어쩔 줄 모르는 손가락, 작게 움직이는 입 모양 같은 거요. 모든 장면을 다양하게 담을 수 있도록, 거치 카메라 팀의 역할이 중요해요. 화분 뒤에, 특수 제작한 벽장 뒤에도 카메라가 있어요. 잘 숨어야 하죠. 출연진들이 '진짜로' 몰입할 수 있는 환경을 만들어 줘야 하니까요. 오디오요? 얼마나 중요한지 말 안 해도 아시죠. 때로는 오디오 수음이 전부예요. 그림은 거들 뿐.

또 다른 예능 세계에서는요. 영원한 엠티가 이어져요. 그 세계 안에서 영영 끝나지 않는 엠티예요. 계속 게임하고 맛있는 거 먹고 떠들고 같이 자고 다시 일어나서 게임하고 벌칙받고, 미션 하고 웃고 울고 떠들고 다시 맛있는 거 먹고 때로는 순전히 재미를 위해 굶기도 하고 고생도 하고. 꼭 네 명, 다섯 명이서 어울려야 해요. 영원한 엠티처럼요. 기상천외한 미션이 주어지는데 그걸 또 어찌저찌 해내기도 하고요. 미션 해내면서 배신하고 들통나고 또 결국엔 웃음으로 마무리되는 그런 세계요.

그리고 또 있잖아요. 이야기를 하는 거예요. 얼마나 끔찍한 범죄가 있었는지, 반전은 무엇인지 꼬리에 꼬리를 물면서요. 저는 이 모든 세계가 좋아요.

"모든 세계가 리얼이지만 동시에 누가 죽는 일도, 돌아갈 세계가 영영 사라지는 일도 없지."

"그쵸. 방송 속 세계는 언젠가 끝나요. 어느 정도 진짜지만, 언제든 안전하게 일상으로 돌아갈 수 있어요."

요리 서바이벌 얘기를 할 때쯤 은반지와 장신구가 가득한 부스를 지났다. 서바이벌 예능이 화제에 오르자 채도값을 조절한 것처럼 카이의 눈빛과 표정이 또렷해졌다. 목소리 톤도 선명하게 바뀌었다.

"난 서바이벌 예능은 싫어. 음악 쇼 피디라 출연진끼리 경쟁하는 음악 예능 많이 만들었고 앞으로도 그래야 하겠지만, 확실히 내 취향은 아니야."

"왜요? 서바이벌 예능 재밌잖아요. 전 예능 중에선 그나마 서바이벌이 마음 가던데."

"음……. 이렇게 말해 볼게. 서바이벌 예능의 가짜 생존 감각이 싫어. 탈락했을 때 지구가 멸망하는 것도 아니잖아. 물론 피디는 지구가 멸망하는 것처럼 몰입하게 만들어야겠지. 근데…… 굳이 왜 그래야 하냐는 거야. 무엇을 위해서? 시청률 중요하지. 거기에 무슨 의미가 있는지 모르겠어. 진짜를 짜내려고 가짜를 만드는 거잖아. 가장 최악이 뭔 줄 알아? 거기서는 피디의 가장 중요한 일이 진짜라는 이름으로 가짜의 판을 깔아야 한다는 거야."

카이는 예의 있는 말투와 다정한 표정 뒤에 깔린, 날것의 진심을 꺼냈다. 카이가 우리 언니가 만드는 〈메가 로봇 배틀〉을 보면 정말 기절할 것 같다고 생각했다. 지구 128호 전체의 위기가 가짜였으니까. 〈메가 로봇 배틀〉에도 윤리적인 문제를 제기하는 사람은 많았지만, 언니는 그런 비판을 가볍게 무시하는 쪽에 속했다. 방송 각만 잘 잡히면 무슨 일이 벌어져도 그저 열광하는 유형의 방송국 놈이었다(스태프들이 우리 언니를 사이코패스라 험담하는 것도 자주 봤다). 그런 면에서 언니는 라라 엄마를 꼭 닮았다. 문득 카이와 언니가 치열하게 토론하는 모습이 궁금해졌다.

"진짜 생존을 기만하는 기분이 싫어."

그럴 수도 있겠네요. 내가 자신 없는 목소리로 답했다. 나는 여전히, 방송국 놈이라면 라라 엄마와 언니처럼 되어야 한다고 믿었다. 언니였으면 가짜 생존 감각, 진짜 생존 감각을 나누는 기준에 반발하며 자신 있게 자신의 방송론을 펼쳤을 것이다. 나는 여기서도 나의 주장을 펼치지 못하고, 일단 카메라에 다 담는 것처럼 카이의 말을 전부 경청하고 흡수했다.

야시장을 완전히 벗어나 5분 정도 더 걸었더니 유럽풍 건물이 나타났다. 새하얀 외벽에 테라스가 딸린 2층짜리 건물이었다. 넓은 정원 한가운데에 작은 분수가 있었고, 깔린 자갈이 걸음마다 서걱거렸다.

"여긴 낮에 와야 더 예쁜데. 자연광이 엄청나."

"저는 풋사과 오두막의 자연광이 제일 좋아요."

"다정한 말이네."

나는 머쓱하게 웃었다. 탐사 보도 팀 선배들이 들으면 분통 터질 소리였다. 조연출 막내 시절부터 말 좀 예쁘게 하라고 얼마나 잔소리를 들었던가? 하다못해 메신저에서 가끔은 이모티콘이라도 쓰라고, 사수 선배가 거의 빌다시피 했었다.

"여긴 오로라티아 라테 정말 잘해. 믿고 시도해 볼래?"

잠깐 고민하다 고개를 끄덕였다. 오로라티아 라테는 풋사과 오두막에는 없는 메뉴로, 이 도시의 명물 음료였다. 지구 17호에 도착한 다음 날 시장에서 사 먹어 봤는데 너무 달아 취향이 아니었다. 온갖 시럽을 다 때려 부은 맛이랄까. 그 뒤로 오로라티아 라테는 눈길조차 주지 않았지만 카이의 자신감에 홀렸다. 카페 안의 빈티지 가구와 그릇장을 구경하다 보니 오로라티아 라테 두 잔이 나왔다. 무지개 방울을 머금은 듯한 생김새였다. 은은한 무지개 그라데이션이 에스프레소와 함께 흰 우유를 물들였다. 지구 1호였으면 인스타그램에서 오랫동안 유행했을 것이다.

"믿어 봐. 안 달고 고소해. 우유 질감도 진짜 좋아."

음료를 쭉 빨아올렸더니 카이의 말처럼 너무 달지도 않고 고소했다. 뒷맛이 깔끔하고 향이 기분 좋게 남았다. 고소한 아이스 플랫화이트에 달콤쌉싸름한 견과류 향이 적당히 섞인 맛이었다. 화려한 생김새에 이런 맛이 나오다니 신기했다. 나는 한참이나 감탄하며 음료를 즐겼다.

"낯선 사람한테 이런 얘길 하는 것도 이상한데."

내가 오로라티아 라테를 반쯤 마셨을 때, 카이가 불쑥 자신의 이야기를 꺼냈다.

"나는 영화를 하고 싶었어. 되게 뻔하지?"

카이가 낮은 목소리로 말했다. 영상 하는 사람 중에 영화 생각 안 해 본 사람도 있어요? 저도 예전에 그랬어요. 귓속말처럼 작게 덧붙였다.

"왜 영화가 하고 싶었어요?"

"음……. 제일 진실한 것 같아서?"

그리고 영화가 제일 재미있으니까. 방송보다 의미 있는 매체니까. 적어도 예전엔 그렇게 믿었지. 카이가 혼잣말처럼 빠르게 중얼거렸다. 지금은 영화를 하지 않는 대신 사진을 많이 찍고, 전시회도 준비 중이라는 말을 덧붙였다. 카이가 오로라티아 라테 속 무지개를 정신없이 휘저었다. 수영장으로 이동할 때 마주친 마법 소녀 변신 장면처럼, 카이의 음료 안 색깔들이 서로 뒤섞였다.

우리는 한참 동안 이미지를 사진과 영상으로 고정하는 일을 토론했다. 나는 이 자리에 라라 엄마와 우리 언니가 앉아 있었다면 뭐라고 했을지 상상했다. 라라 엄마와 언니는 영화도 드라마도 관심이 없었다. 각본 있는 촬영을 재미없다고 했다. 엄마도 언니도, 각본이 없는(Non-Scripted) 장르만 추구했다. 나도 그래야 한다고 생각했다. 한참 대화에 골몰하다 카이가 자리를 정리하려는 듯 짧게 말했다.

"신기하다. 평소에 나 진짜 이런 얘기 잘 안 하거든."

"저도요. 언니 처음 만나자마자 언젠가 제 콘텐츠를 만들고 싶다고 포부 밝혔잖아요. 저 원래 안 그래요."

"잘 모르는 사이라서 더 정확히 얘기할 수 있나 봐. 서로에 대해 고정된 이미지가 없으니까."

방송국에서 일하는 동안에도 이런 이야기를 나눌 만큼 가까운 사람은 생기지 않았다. 특히 지구 1호의 방송 업계에서는 라라 엄마와 언니의 이야기를 모르는 사람이 없어서, 나를 대할 때에도 라라 엄마와 수지 언니의 얼굴이 필터처럼 씌워졌을 것이다. 다른 지구까지 와서 얻어야 하는 해방감이라기엔 사치일지도 모르지만, 지금만큼은 타인에게 나를 정확하게 공유할 수 있어서 벅차올랐다.

카페를 나와 카이와 함께 걸었다. 지구 17호에서 이렇게 늦은 시간까지 바깥에 나와 있는 건 처음이었다. 우리는 흙탕물에 가까운 강가 다리를 건넜고, 금색으로 환하게 빛나는 사원을 여섯 개 정도 지나쳤다. 내 숙소로 가는 방향이었다.

"언니도 사원에서 소원 빈 적 있어요?"

"있지. 방금도 지나가면서 빌었는걸."

"무슨 소원인지 물어봐도 돼요?"

별 뜻 없는 질문이었다.

"제발 여름휴가 좀 가고 싶어."

실컷 수영하고 낮잠 자고 비치 클럽에서 음악 듣고 종일 멍 때리는 여름휴가를 가고 싶어. 작년에도 못 갔고 그전에도 못 갔고 올해도 못 갈 것 같거든. 내년 여름엔 꼭 해변 도시로 휴가를 가고 싶어. 소박한 소원을 읊는 카이의 뒤로 작은 무지개 방울이 떠다녔다.

"너는? 소원 빌었어?"

"아, 저는…… 너무 많아서요."

카메라로 뭘 찍어야 할지 모르면 다 찍게 된다. 어디를 프레이밍 할지 과감하게 결정하지 못하면 일단 풀숏으로 모든 걸 찍게 된다. 내가 무엇을 원하는지 정확하게 모르면 너무 많다고 답할 수밖에 없다.

“신이 부지런해야겠네.”

우리는 말없이 걸었다. 나는 렉이 걸린 편집 프로그램처럼 조금 전 여름휴가를 가고 싶다는 카이의 말에서 벗어나지 못하고 있었다. 카이가 숙소까지 바래다주겠다는 걸 한사코 거절했다. 카이에게 내 숙소와 수영장을 보여 줄 순 없으니까.

오로라티아에는 널린 게 사원인 걸로 보아 이곳 사람들은 종교와 굉장히 가까운 것 같은데, 신은 카이의 소원을 듣고 있을까? 여름휴가. 방송국 놈들도 직장인이니까 충분히 빌 수 있는 소원이다. 어떡하지. 누군가에겐 참 간단한 소원인데 곤란하게 됐다. 카이의 소원은 이뤄지지 않을 것이다. 카이는 여름휴가를 영영 가지 못할 것이다.

지구 17호에 내년 여름은 없을 테고, 그것이 지구 17호에 곧 닥칠 비극이었다.

지구 17호는 다섯 밤이 지나면 멸망한다.

그리고 그 멸망의 이미지는 내 카메라에 담길 예정이다.

나는 멸망하는 세계의 인서트 컷을 따기 위해 지구 17호에 파견된 방송국 놈이었다.

3

지구 1호에서 다른 지구로 넘어가는 건 지하철 환승과 같아.

츠키는 이렇게 말하곤 했다. 츠키는 소꿉친구이자 나의 핸들러다. 다른 지구로 촬영을 나가는 피디는 의무적으로 핸들러를 배정 받았다. 핸들러는 담당 피디에게 파견 지구에 관한 정보를 제공하고 필요한 장비를 지원할 뿐만 아니라, 수영장 이동까지 책임졌다. 명목상으로는 파견한 피디의 안전을 위한 직무였다. 그러나 핸들러의 중요한 가장 중요한 역할은 다른 지구에서 촬영한 데이터를 오류 없이 하나의 시스템으로 안전하게 백업하는 일이었다. 때문에 대부분의 핸들러가 DIT(Digital Imaging Technician) 전문가 출신이었다. 츠키 역시 대형 스트리밍 플랫폼에서 데이터 매니저로 일하다가 알레프 프로덕션에 입사했다.

라라 엄마가 츠키를 직접 섭외해 왔다. 핸들러는 그 정도로 중요했다.

촬영 버튼을 누르는 건 시작에 불과하다. 규모가 큰 촬영장일수록 데이터 전문 매니저의 역할은 중요하다. 데이터는 저절로 저장되지 않는다. 제대로 백업하지 않으면 스태프들의 노고가 무산될 수 있다. 백업과 편집과 납품까지의 워크플로우를 전반적으로 관리하는 것까지, 핸들러의 업무 범위는 넓었다. 츠키에게는 '알레프 회장님의 막내딸 돌보기'라는 별도 임무까지 있었지만.

—지하철 환승이라고?

—지하철 노선도를 상상해 봐. 지금까지 알아낸 바로는, 연결 지구도 그런 식으로 이어져 있어. 지하철역이 각기 다른 지구인 거고, 지하철 대신 수영장으로 이동할 뿐이야. '연결 지구 노선도'가 있는 셈이지.

츠키는 다른 지구로 가는 수영장이 마치 지하철이라도 되는 양 말했다.

—연결 지구는 도쿄 지하철 노선도보단 덜 복잡했으면 좋겠는데…….

내 말에 츠키가 자신의 고향인 도쿄를 떠올리며 웃음을 터트렸다. 지구와 다른 지구 사이를 오가는 일인데 그 정도의 복잡함도 싫다니 욕심도 크다고 덧붙였다.

—그치만 소랑에게 좋은 소식. 연결 지구는 도쿄 지하철보다 훨씬 단순해. 아직 제대로 연결된 지구의 개수가 도쿄의 지하철역 개수만큼 많은 게 아니니까. 개념만 비슷하다고 생각해 줘. 연결 지구도 하나의 노선만 타고 직행할 수도 있고, 직접 연결되지 않은 지구끼리는 여러 지구의 수영장을 '환승'해서 갈 수 있어. 예를 들면, 지구 1호에서 지구 17호는 한 번에 못 와. 다른 지구의 수영장을 거쳐야 지구 17호에 도착할 수 있어.

그러나 츠키가 말한 연결 지구 노선도는 곧 필요가 없어졌다. 알레프 프로덕션이 '아쿠아 시네마 기술'을 개발했기 때문이다.

연결 지구의 수영장은 고정된 닻과 같다. 어떤 지구에 가도 이 수영장의 좌표만큼은 똑같다. 어떤 지구에 가도, 이 위도와 경도에 수영장이 존재한다면 해당 지구끼리는 연결 지구가 될 수 있었다. 여기까지가 하니 엄마가 가족들에게 직접 말해 준 진실이었다. 그러나 라라 엄마는 궁금했다. 왜 어떤 지구들은 '직행'으로 연결되어 있고 어떤 지구들은 '환승'해야만 갈 수 있는 걸까? 하니 엄마는 모른다고 했다. 라라 엄마와 하니 엄마는 딱 세 번 싸웠는데, 그중 한 번이 연결 지구의 규칙 때문이었다.

라라 엄마는 전부 다 알려 주지 않는 하니 엄마를 압박했고, 하니 엄마는 물러서지 않았다. 하니 엄마는 '하늘에 답이 있다'는 말만 했다.

라라 엄마는 하니 엄마의 도움 없이 연결 지구 이동의 규칙을 알아냈다. 이동하려는 지구와 지금 서 있는 지구의 '수영장'에 비친 하늘의 모습이 동일하면 그 지구끼리 연결된다. 직행으로 갈 수 있는 지구끼리는 수영장에 비친 하늘의 모습이 일치했기 때문에 이동이 가능했던 것이다. 하니 엄마는 마지못해 인정했다. 더불어 그 규칙을 악용하면 안 된다고 덧붙였다. 지구를 막 이동하는 건 좋지 않아. 하니 엄마는 왠지 자신 없게 말했다. 라라 엄마는 개의치 않았다. 오히려 라라 엄마는 방송국 놈들처럼 발상했다. 그럼 다른 지구의 하늘을 실시간으로 송출해서 지구 1호의 수영장 위로 띄우면 되지 않을까? 다른 지구와 지구 1호의 하늘이 똑같은 것처럼 비춰 보면 어떨까? 필름에 피사체를 투영하듯이. 스크린에 영화를 투영하듯이. 사이즈와 노출값, 방향도 딱 맞춰서. 원하는 지구로 언제든 이동할 수 있게 만들자. 영상 기술을 이용해서. 기술 개발에 과학자와 미디어 파사드 전문가, 필름 전문가가 동원됐다. 라라 엄마는 특유의 창의력과 추진력으로 결국 아쿠아 시네마 기술 개발에 성공했다. 언제든지 다른 지구로 이동하는 문을 열어젖힌 것이다.

라라 엄마의 방법은 통했다. 다른 지구의 하늘 데이터를 실시간으로 지구 1호의 수영장에 띄우면 환승 없이 그 지구에 갈 수 있었다. 그렇게 탄생한 직군이 '하늘 중계 피디'였다. 아쿠아 시네마 기술을 자유자재로 다루는 하늘 중계 피디. 아쿠아 시네마 기술은 수영장 표면에 다른 지구의 하늘을 그대로 비추는 기술이고, 중계와 상영 기술 이해도가 필수였다. 하늘 중계 피디는 다른 지구로 넘어가서, 365일 수영장을 둘러싼 하늘을 촬영하고 송출했다. 하늘 데이터가 실시간으로 연동되면 언제든 다른 지구의 하늘을 지구 1호의 수영장에 비출 수 있다. 그렇게 언제든 다른 지구로 이동할 수 있었다.

지구 17호도 원래라면 환승을 여러 번 해야 도달할 수 있는 지구였다. 길게 잠수해야 한다는 뜻이고, 횟수를 착각하면 다른 지구로 가 버리기 십상이었다. 그러나 나는 딱 한 번 수영장에 들어갔고 그대로 충분했다. 아쿠아 시네마 기술 덕분에 지구 17호로 한 번에 직행할 수 있었거든. 츠키가 지구 1호의 연결 지구 수영장에, 지구 17호의 실시간 하늘을 투영해 줬으므로 가능했다.

이곳에서의 아침은 창문을 다 열어야 비로소 시작된다. 내가 머무는 숙소는 한때 오로라티아의 관광객을 대상으로 인기가 많았던 '유록 리조트'였다. 불미스러운 일로 리조트를 폐업한 뒤에는 알레프 프로덕션 소유가 되었다. 알레프가 이 리조트를 매입한 이유는 간단했다. 지구 17호의 연결 지구 수영장이 이 리조트에 있었거든. 이제 유록 리조트는 알레프 프로덕션의 지구 17호 지사와도 같았다. 다만 근무하는 사람이 나와 츠키뿐이지.

유록 리조트는 생김새만 보면 리조트라기보다는 작은 집들이 여럿 모인 마을에 가깝다. 처음 도착한 날 이곳을 산책하며 「반지의 제왕」에 나오는 '샤이어'를 떠올렸는데, 검색해 보니 지구 17호에는 반지의 제왕도 샤이어도 없었다. 유록 리조트는 큰마음을 먹으면 올드타운에서 도보로 이동할 수 있었고, 숲에 둘러싸여 생활 소음이나 오토바이 소리조차 없어 잠이 잘 왔다. 리조트 안에는 널따란 숲속에 저마다 개성 있는 오두막이 존재했다. 길을 따라 걷다 보면 나무 사이로 집이 불쑥불쑥 나타났다. 집들은 하나같이 무언가를 차단하기 위해서가 아닌 받아들이기 위해 세운 것 같은 낮은 울타리 안에 있었다.

이곳의 다양한 집 중 내가 머무는 곳은 2층짜리 목조 가옥이었다. 부드러운 나무 문을 열고 들어가면 왼쪽엔 영롱한 청잣빛 타일의 부엌과 그릇장이 있었다. 오른쪽엔 넓은 평상처럼 펼쳐진 나무 마룻바닥이 있었다. 신발을 벗고 짙은 나무 마루에 맨발로 올라가면 살짝 뜨거운 햇살과 오래된 나뭇결의 질감이 섞여 발바닥을 간질였다. 마루 끝에는 자주색과 주황색의 쿠션, 무채색의 푹신한 방석이 여러 개 놓여 있었다. 가끔 리조트를 떠도는 고양이가 들어와 여기서 낮잠을 자고 갔다. 마루와 연결된 얇은 나무 계단을 밟고 올라가면 2층에는 침실과 욕실이 있었다.

풋사과 오두막의 커피를 마시는 일만큼이나 지구 17호에서 거르지 않는 루틴이 있다면 '창문 열기'였다. 매일 아침 하루를 시작하는 의식처럼 하나씩, 오랫동안 창문을 열었다. 오늘도 예외는 없었다. 이곳의 창문은 얇은 나무틀과 전통 무늬가 그려진 간유리가 겹쳐 있었다. 창에 잠금장치가 따로 없어 손바닥으로 세게 밀면 열렸다. 내가 와 있는 곳이 다른 세계라는 걸 곱씹으며 창문을 열면 바람이 숨을 쉬었다. 빛이 기다렸다는 듯 후다닥 들이쳤다. 막 영화 상영이 시작된 스크린처럼 나무 바닥 곳곳이 환해졌다. 침실 창을 다 열면 삐걱거리는 나무 계단을 밟고 내려가 마루와 부엌의 창을 차례로 열었다. 처음 여는 창에서는 눅눅한 풀 냄새가 들이쳤고 두 번째 창에서는 새소리가 또렷이 들렸다. 세 번째 창을 여는 순간, 아직 데워지지 않은 아침 공기가 살짝 스쳐 지나갔다. 모든 창을 다 열고 둘러보자 각기 다른 채널을 켠 텔레비전처럼, 창문 프레임마다 다른 장면이 또렷했다.

올드타운에서 산 라탄 가방에 수건과 카메라, 선글라스와 맥주 한 캔을 챙겨 바깥으로 나왔다. 수영장에 가려면 츠키의 숙소를 지나쳐야 한다. 츠키는 2분 거리에 있는 단층집에 머물고 있었다. 새하얀 어도비 양식의 외벽과 밀짚 지붕, 테라스와 이어진 널따란 야외 주방이 특징이었다. 매일 아침 침실의 창문을 열 때마다 박쥐란 사이로 츠키가 있는 코티지의 밀짚 지붕이 보였다. 츠키는 열일곱 번 환승을 해서 지구 17호에 나보다 먼저 도착했다. 츠키가 하늘 중계 카메라를 설치하고 아쿠아 시네마 기술을 작동시켜야 내가 지구 17호로 직행할 수 있었으니까. 츠키는 나의 핸들러지만 오랜 친구이기도 해서, 내가 한 번도 자신의 숙소에 찾아오지 않는다는 이유로 크게 서운해했다. 나는 츠키의 시무룩한 표정을 외면했다. 츠키는 이제 그냥 방송국 놈도 아니고 알레프 방송국 놈이다. 우리 엄마가 보낸 보모이기도 했다. 탐사 보도 팀 출신이지만 나 자신이 탐사 보도 당하는 건 죽어도 싫었다. 나는 츠키가 알레프 프로덕션에 입사한 뒤로 있는 힘껏 츠키와의 틈을 벌렸다. 여기 와서도 츠키에게 내 동선을 공유하지 않았고(파견 피디는 핸들러에게 매일 동선을 공유해야 한다), 츠키가 지구 17호 사람이라도 되는 것처럼 5분 이상 대화하지 않았다.

수영장 주위로 진홍빛 꽃나무가 흐드러졌다. 지구 1호에서 지구 17호로 올 수 있었던 바로 그 수영장이다. 하얀 선베드 중 하나에서 삼색 고양이가 때 이른 낮잠을 자고 있었다. 수영장 물 위로는 새하얀 플루메리아 꽃잎이 떠다녔다. 꽃잎은 가운데만 은은하게 노란색이었는데, 마치 햇살이 떨어트린 조각 같았다. 여기까진 일반적인 휴양지의 수영장 같지만 시커멓고 커다란 알레프의 촬영 장비들이 휴양지의 풍경에 끼어들었다. 수영장 꼭짓점마다 키가 큰 카메라와 중계 장비가 서 있었다. 아쿠아 시네마 기술이 탑재된 알레프 프로덕션의 장비였다. 수영장에서 자리를 지키며 지구 1호의 실시간 하늘을 송출 받는 중이었다. 귀환 날이 되면, 이 수영장에 아쿠아 시네마 스크린을 드리우고 지구 1호의 실시간 하늘을 수면에 정확히 구현해야만 지구 1호로 돌아갈 수 있었다. 그리고 이 하늘 중계 장비가 지구 1호의 하늘 데이터를 잘 받고 있는지 확인하고 배터리를 교체하는 건 핸들러인 츠키의 몫이었다.

수영장으로 뛰어들었다. 신나게 물살을 가르며 첨벙거렸다. 물에 누워 구름 한 점 없는 하늘을 마주했다. 구름 대신 무지개 방울이 떠다녔다. 풍경을 도화지 삼아 어제 만났던 카이를 떠올렸다. 군더더기 없는 말투. 상대방에게 자신을 과장해서 어필하지 않으려 하는 여유로움. 멋들어진 실루엣이지만 영화를 하고 싶다는 말을 꺼냈을 땐 속살이 살짝 보인 느낌이었다. 카이는 진실하고 의미 있는 작업을 위해 영화를 하고 싶었다고 말했다. 지금 연출 중인 음악 방송은 의미가 없다고 생각하는 걸까?

진실한 방송, 의미 있는 방송을 만들자.

탐사 보도 팀에서 지겹게 들었던 사명감이다. 편집하느라 밤새우고 협박 전화를 받다 보면 가끔 잊어버리기도 했다. 예능국에서는 탐사 보도 팀에 있을 때와는 다르게 접근할 수 있었다. 리얼리티에 집착하는 건 똑같았지만 후자가 달랐다.

진실한 방송, 재미있는 방송을 만들자.

시사 교양국에 있을 때보다 시청률도 잘 나왔다. 예능국에 오래 있었던 선배들은 나를 볼 때마다 돈은 예능에서 벌고 중요한 직책은 시사 교양에서 독차지한다고 불평했다. 내가 본부를 이동한 일이 시사 교양국보다 예능국이 더 낮다는 증거라고 뒷말이 돌기도 했다. 나는 의미와 재미 사이에서 방황했다. 특수 효과가 잔뜩 들어간 자막의 위치를 고민할 때, 예능 효과음을 고를 때, 그걸 수정하느라 며칠이나 밤새울 때마다 '이게 이만큼 투자할 가치가 있나?' 이런 생각을 멈출 수 없었다.

재미도 의미가 될 수 있어.

지금은 연락하지 않는 입사 동기가 해 준 말이 자막처럼 떠올랐다. 나는 당시 예능국 조연출로서 연예인의 일상을 관찰하는 '리얼 관찰 예능'을 담당하고 있었다. 주마다 15분 꼭지를 단독 편집하느라 밤새우기 일쑤였다. 어느 날, 시사를 마치고 담당 작가들의 의견을 반영해 의성어와 '말 자막'을 수정하다가 한계가 왔다. 편집실로 배달시킨 요거트 아이스크림을 먹으며, 가치가 없는 일을 하고 있다고 동기들에게 푸념했다. 평소 말이 없던 동기가 망고를 퍼먹다 말고 내게 말했다.

—우리 엄마는 밤 9시부터 11시까지 제일 크게 웃고 즐거워해. 종일 고되고 힘겨운 일이 많았을 텐데 그 시간만큼은 풀어져서 웃으셔. 세상엔 온통 부정적인 뉴스뿐이잖아. 인간이 인간을 믿을 수 없게, 사랑할 수 없게 만들기도 하고. 삶이 너무 팍팍해. 난 우리 엄마가 그렇게 진짜 즐겁다는 듯, 불안과 걱정을 멈추고, 실컷 웃으면서 몇 시간을 보낼 수 있다면 그걸로 됐다고

생각해. 엄마를 즐겁게 하는 일인 거잖아. 나도 하기 어려운 일인데 이 방송이 해 주잖아. 적어도 우리 엄마한텐 일주일에 몇 번씩, 어떻게든 숨 돌리고 웃을 수 있는 두 시간이야. 난 그걸로 됐다고 봐.

그 뒤로 예능국에서 회의감 스멀스멀 올라올 때마다 그 말을 떠올렸다. 동기의 이름도 얼굴도 흐릿해졌지만 그 말만은 잊을 수 없었다. 그의 말에 따르면 카이가 만드는 음악 방송은 가령…… 지구 17호에서 수험 스트레스를 받는 누군가에겐 숨 돌리는 시간이 될 수 있었다. 그럼 된 거 아닐까? 그런 의미로는 안 되는 걸까? 몸을 뒤집어 물속으로 들어갔다. 의미와 재미를 따질 새 없이 수영에 몰두했다.

강한 햇살이 수영장을 완전히 덮었을 때쯤 츠키가 왔다. 츠키는 노란색 수영복을 입고 한 손에 망고 스무디를 들고 있었다. 양 갈래로 땋은 갈색 머리카락의 끝에도 노란색 머리핀이 달려 있었다.
"망고 인간이네."
"안녕, 소랑."
대충 손을 흔들어 화답했다. 츠키는 뚱뚱한 백팩을 메고 있었다. 배터리와 외장 하드로 가득할 것이다. 낮잠 자던 삼색 고양이가 츠키를 알아보고 잠에서 깼다. 야옹야옹 소리를 내며 츠키의 주변을 맴돌았다.

"애옹이도 안녕."

츠키가 삼색 고양이를 쓰다듬었다. 삼색 고양이가 엉덩이를 두드려 달라는 듯 츠키 방향으로 등을 돌렸다. 이곳에서 만나는 모든 고양이가 츠키를 잘 따랐다.

"수영하려고?"

"햇볕 쬘 거야."

츠키가 선베드에 자리 잡았다. 나는 더 이상 수영장을 무서워 하지 않는데도, 츠키는 내가 수영장에 들어올 때면 꼭 나를 돌 보려고 했다. 어릴 때부터 내가 수영장을 얼마나 무서워하는지 봐 왔기 때문일 것이다. 정작 츠키는 수영할 줄도 모르면서.

"오늘 같이 갈 거지?"

츠키가 물었다. 오후에 지구 17호에 파견된 다른 피디들과 체 크인 미팅을 하는 날이었다.

"호텔에서 바로 만나. 나는 들를 곳이 있어서."

"어디 가는데?"

"카페에서 편집하다 가려고."

"카페? 나도 같이 가. 미팅 전에 정리할 것도 있고."

아차 싶었다. 츠키를 좋아했지만, 풋사과 오두막에 데려가고 싶진 않았다. 물살을 가르며 츠키 쪽으로 움직였다. 새햐얀 햇 살에 눈살이 저절로 찌푸려졌다.

"아님 내 방으로 올래? 수영하다 작업하다 또 수영하고 그러자."

"너무 좋아! 나 소랑 숙소에 처음 가 보겠다."

"그런가?"

"우린 밥도 따로 먹거나 공용 오두막에서만 먹잖아. 아침밥도 점심밥도 저녁밥도. 모기한테 그렇게 뜯기면서."

"오늘은 모기 안 물리겠네."

두 발로 수영장 벽을 힘껏 밀어냈다. 물에 누워 둥둥 뜬 채로 츠키에게서 멀어졌다. 하늘에는 여전히 구름 한 점 없었다. 수영장에도 지금 저 새파란 하늘이 묻어 있겠지. 빛과 물은 필름을 현상하듯 많은 걸 비추니까. 한동안 츠키와 삼색 고양이의 수다 소리와 내가 수영하는 물소리만 들렸다. 츠키는 고양이에게 간식을 주고 한참을 쓰다듬으며 시간을 보내다 수영장에 들어왔다.

"소랑."

"응?"

츠키가 어설프게 헤엄쳐서 내 쪽으로 왔다. 수영을 제대로 배운 적이 없는 츠키는 팔 튜브를 꼭 하고 물에 들어왔다. 지구 17호로 올 때 팔 튜브 없이 수영장에 들어가는 것이 츠키에게는 무서웠겠다는 생각이 들었다. 츠키는 아주 여러 번 환승해서 이곳에 왔으니까.

"별일 없지?"

츠키가 어느덧 내 코앞까지 와 있었다. 츠키는 튜브를 하고도 불안한지 자꾸만 발을 굴렀다.

"별일이 없냐니. 마감일이 있잖아."

"그럼 됐어!"

츠키는 나를 빤히 보다 어설픈 개구리 자세로 헤엄쳐 앞으로 나아갔다. 수영장 바깥으로 나가더니 중계 장비를 이것저것 만졌다. 나는 물속에서 팔다리를 저으며 어느덧 시커먼 장비들을 뚝딱뚝딱 다룰 수 있게 된 나의 소꿉친구를 오래도록 보았다.

츠키는 내가 이제껏 알아 온 방송국 놈들 중 가장 방송국 놈들 같지 않았다. 그럼에도 방송국 놈 그 누구에게도 느낀 적 없던 울화가 츠키한테만 치밀었다. 그래서 츠키를 종종 무시했고 츠키가 그걸 눈치채게 두었다. 츠키는 순간순간 내 반응에 움츠러들긴 해도 다음 날이면 말간 얼굴로 나를 대했다. 츠키는 다른 사람들이 으레 그렇듯 우리 엄마 때문에 내 눈치를 보는 것도 아니었다. 그런 사람들은 널리고 널렸지만 츠키는 아니었다. 츠키는 진짜로 나를 좋아하고 내가 만드는 것을 재밌어하고 존중했다. 츠키의 구김살 없는 진심. 그게 가장 견디기 힘들었다. 츠키의 진심에 어떻게 반응해야 할지 몰라서 유독 츠키 앞에서 서툴렀다.

해가 가장 뜨거운 시간이 되자 숙소 1층에서 편집만 했다. 4인용 원목 테이블에 츠키의 노트북과 내 노트북, 그리고 츠키가 들고 온 과일이 담긴 접시가 놓였다. 츠키는 내 숙소의 1층과 2층을 오르내리며 실컷 구경하더니 창문이 스무 개도 넘는다며 감탄했다. 여닫는 것도 일이야, 대충 대꾸했다. 마룻바닥의 방석 위에서 츠키를 따라 들어온 삼색 고양이가 낮잠을 잤다. 테이블 방향으로 선풍기를 틀었다. 내가 먼저 작업을 시작하자 호들갑을 떨던 츠키도 이내 자신의 노트북을 켰다. 츠키를 앞에 두고 편집하는 동안엔 '멸망 취재'라는 거창한 이름이 붙은 폴더 안 영상 파일들을 마음껏 눌러 볼 수 있었다. 시장 상인들의 생명력 넘치는 모습(으로 의도해서 찍은 장면들), 환하게 웃으며 땀방울 뚝뚝 흘리며 항아리에 구운 고기를 꺼내는 모습(이것 역시 생명력 넘치는 장면으로 의도했다.) 같은 것들. 멸망과 대비되는 활기찬 생명의 장면들. 후에 멸망의 날이 왔을 때, 멸망과 확연한 '콘트라스트'가 느껴질 법한 장면들. 멸망의 인서트 컷들. 츠키는 지구 1호에서 송출 받은 하늘 데이터를 백업하느라 내 눈에는 다 똑같아 보이는 하늘 그림 파일을 정리하고 있었다.

"지하철이 아니라 자동차 아닐까?"

"응?"

한창 각자의 시간에 집중하느라 이어지던 침묵을 깬 건 나였다. 츠키가 뜬금없이 무슨 소리냐고 물었다.

"네가 나한테 그랬었잖아. 다른 지구로 가는 건 지하철 환승과 같다고. 이제는 아쿠아 시네마 기술이 있잖아? 하늘 중계 장비만 있으면 원하는 때에, 원하는 지구로 마음껏 갈 수 있단 말이지. 그럼 정해진 노선도로만 다니는 게 아니니까 지하철이 아니고 따지자면 자동차 아냐?"

"그럴 수도 있지. 굳이 그렇게 해야겠다면."

츠키가 인상을 쓰며 말했다. 노골적으로 불편함을 드러내는 반응은 츠키답지 않았다.

"그치만 그건 부자연스러운 방법이야. 원래 연결된 지구가 아닐 수도 있는데 기어이 연결한 거잖아. 지하철로만 이동해야 하는데 지하철 노선도 다 무시하고 통로 다 부숴 가며 자동차가 억지로 다니는 셈이지."

"자동차가 발명됐는데 지하철로만 이동하진 않잖아."

"지하 통로에서는 지하철만 다니지."

"아, 그럼 아쿠아 시네마 기술은 따지자면 도로려나? 자동차가 지나다닐 수 있게 매끈매끈하게 설치한 도로."

츠키가 한참 말없이 나를 바라보았다. 나는 츠키의 저 표정을 잘 알고 있다. 할 말은 많지만 굳이 하지 않겠다는 표정이었다.

"지하철 노선도 위로 자동차를 위한 도로를 설치하진 않으니까. 여전히 조심해야지."

츠키는 다시 작업에 집중하려는 듯 노트북에 시선을 고정했다. 나는 츠키의 표정, 할 말은 많지만 내게 말해 봤자 고집이 세서 말이 통하지 않으니 지레 대화를 포기하겠다는 저 표정을 깨부수고 싶어졌다.

"츠키는 여기서 뭐 해?"

"나? 실시간 하늘 데이터 백업 중."

"아니, 지금 말고. 지구 17호에서 뭐 하냐고."

"핸들러잖아. 뭘 하겠어, 내가."

"나 돌보는 일 말고. 나 확인하는 일 말고, 츠키는 여기서……
주로 뭐 해? 나보다 일주일 먼저 왔잖아."

오로라티아에서 지내는 동안 나는 이곳저곳 돌아다니며 유튜
브에 올릴 콘텐츠도 찍고 편집하고, 풋사과 오두막처럼 단골집
도 만들고, 어제는 규칙을 어기면서 카이도 만났다. 그러나 츠
키의 하루는 하얀 밀짚 지붕 아래에서 잠을 자는 것 말고 상상
할 수 있는 게 없었다. 내가 여기저기 쏘다니는 동안, 츠키는 지
구 17호에서 무엇을 해 왔던 걸까?

"나도 바빠. 알겠지만 데이터 백업하는 건 물리적으로 시간이
오래 걸려. 중계 장비 관리는 더 까다롭고. 핸들러가 너보다 더
바쁠걸?"

츠키가 방어적으로 말했다.

"그리고 난 소랑만 관리하는 게 아니야. 알겠지만 여긴 다른
피디도 와 있어. 다른 피디는 누구와 달리, 매일매일 엄청 자세
히 공유해. 체크인 통화도 매일 하고…… 너처럼 멋대로 굴지
않는다고."

다시 츠키의 원래 말투로 돌아왔다. 서운함과 질책이 느껴졌다.

"다른 피디는 여기서 뭐 하는데?"

"이것저것 찍고 편집하는 일이지 뭐."

여기서 '뭐'가 중요하지만, 더 이상 츠키를 몰아세우지 않기
로 했다. 츠키도 굳이 더 설명하지 않았다. 금세 평정을 되찾은

츠키의 얼굴을 보자 울화가 치밀었다.

"뭐, 다들 멸망만 손꼽아 기다리고 있으시겠지."

그래서 덧붙이고 말았다. 방송국 놈들에겐 별 뜻 아니어도, 츠키 같은 사람은 타격을 입을 거라 계산하고 한 말이었다. 츠키는 방송국 놈들과 다르다. 츠키의 표정이 일그러졌다. 지구 17호가 멸망하는 건 츠키의 잘못이 아니다. 지구 17호의 멸망을 카메라에 담는 일도 츠키가 시킨 일이 아니다. 츠키가 내 보모 역할을 하고 있는 것도 츠키의 잘못이 아니다. 츠키는 멸망을 손꼽아 기다리고 있지 않았다. 츠키가 마치 이곳의 멸망을 손꼽아 기다리는 듯한 발언은 여러모로 부당했다. 츠키는 내가 이 일을 고집했기 때문에, 라라 엄마가 시켰기 때문에, 나를 보호하기 위해 이곳에 왔을 뿐이다.

"소랑은 나한테 항상 은은하게 화가 나 있네. 관심은 하나도 없으면서."

츠키가 짐을 챙겨 내 숙소를 떠났다. 방석에서 낮잠 자던 고양이가 화들짝 일어나 츠키의 뒤를 따랐다. 기분 탓인지 삼색 고양이가 나를 째려본 것도 같았다. 절반도 먹지 못한 망고와 파파야가 접시에 가득 남았다. 내가 티백으로 대충 만들어 준 츠키의 아이스 커피잔이 깔끔하게 비어 있었다. 다 마셨구나. 맛이 없었을 텐데도.

츠키가 '그게 내 잘못이냐'라거나 '너도 똑같이 기다리고 있는 거 아니냐' 같은 말을 했다면 차라리 쉬웠을 것이다. 숲속을

멋대로 헤집은 자동차가 된 기분이었다.

　오후 내내 체크인 미팅도 거르고, 숙소에서 편집만 했다. 창밖으로 본 츠키의 숙소는 불이 꺼져 있었다. 따로 연락도 없었다. 내가 먼저 연락하긴 싫었다. 대신 카이에게 연락을 시도했지만 받지 않았다. 무작정 풋사과 오두막을 찾아가기로 했다. 지구 17호에 와서 처음으로 카메라 없이 외출했다. 해가 졌는데도 무지개 방울들이 거리에 가득했다. 풋사과 오두막에 해 질 무렵 들르는 건 처음이었다. 한 선생이 1층의 야외 테이블을 치우고 있었다.

　"어머, 피디님! 이 시간에 무슨 일이야. 뭐, 커피 줄까?"

　"괜찮아요. 인사만 하려고 들렀어요."

　주문받는 카운터와 주방 안쪽을 슥 둘러보았다. 카이는 이곳에도 없었다.

　"저녁은 먹었어?"

　"아직이요."

　"2층 올라가 있어. 연유 토스트라도 해 줄게."

　카이를 보지 못한다는 실망감이 창밖의 노을처럼 덮쳤다. 분주하게 버터와 식빵을 팬에 올리는 한 선생을 뒤로하고 2층에 올라왔다. 항상 앉던 자리가 아닌 다른 자리에 앉았다. 어둑어

둑한 색채에 잠기는 풋사과 오두막도 처음이지만 노트북도, 카메라도 없이 가볍게 방문한 것도 처음이다. 선풍기 자리마다 놓인 자그마한 조명이 예뻤다. 저녁 공기가 열린 창으로 시원스레 드나들었다.

"피디님, 이거 먹고 천천히 앉았다 가."

한 선생이 쟁반을 내려놓자마자 달콤한 냄새가 퍼졌다. 한 선생의 성화에 연유를 듬뿍 뿌린 버터 토스트를 하나 집었다. 어떻게 보면 오늘의 첫 끼였다.

"내 조카랑 만났다며? 그 녀석은 오늘 급하게 출장 갔더라고."

출장을 갔다는 말에 마음이 조금 풀렸다. 한 선생은 내가 없는 동안 가게에 어떤 일이 있었는지 소소하게 떠들었다. 토스트가 아까보다 더 맛있게 느껴졌다.

숙소로 돌아가는 길, 올드타운에서 갈비국수와 아이스티를 포장해 츠키의 방문을 두드렸다.

"츠키, 나야."

"소랑?"

츠키는 방금 샤워를 마친 모습이었다. 비닐봉지를 건네받는 츠키의 눈에 호기심과 반가움이 일었다.

"소랑이 내 숙소까지 어쩐 일이야?"

"츠키."

양손으로 츠키의 어깨를 붙잡았다. 츠키의 머리카락에서 떨어진 물방울이 내 손가락 위로 흘렀다. 초등학생 이후로 츠키와 이렇게까지 가까이 닿아 본 건 처음이었다.

"나 하늘 중계 배울래."

4

알레프 프로덕션에 입사하면 '하늘 중계 방법'부터 훈련한다. 아쿠아 시네마 기술을 배우고, 연출 피디들의 잡무를 보조하며 조연출 시절을 견뎌야 했다. 핸들러 없이도 아쿠아 시네마 기술을 다룰 수 있는 조연출만 연출 피디로 입봉할 수 있다. 내가 알레프 입사 석 달 만에 다른 연결 지구에 올 수 있었던 건 라라 엄마의 지지 덕분이지만, 나 역시 입봉 절차에서는 예외가 아니었다. 사람들은 내가 편하게 입봉할 거라 여겼지만 라라 엄마의 깐깐한 기준은 딸내미 앞에서 훨씬 냉정했고, 스타 피디인 언니의 후광을 벗는 것도 곤욕이었다.

나는 하늘 중계 문외한이었다. 라라 엄마와 언니를 거스르고 일반 방송국에서 커리어를 시작했으므로, 그간 하늘 중계도 아쿠아 시네마 기술도 배울 기회가 없었다. 츠키가 내게 무언가를 가르치는 상황은 싫었지만, 언젠간 익혀야 할 기술이었다. 츠키와 자연스럽게 화해할 방법도 필요했다.

"소랑, 하늘 중계하려면 일단 수영장 물부터 확인해야 해. 화질이나 다름없으니까."

수영장의 색채는 아침에 유난히 화사했다. 눈에 파란 물이 드는 건 아닌지 착각할 정도였다. 아름다운 수영장을 눈앞에 두고 츠키는 하늘 중계 초짜를 철저히 훈련시켰다. 츠키는 다른 때와 달리 나에게 무척 단호했다. 내가 아쿠아 시네마 기술을 완벽히 터득하기 전까진 수영도 할 수 없다며 으름장을 놓았다. 나는 중계 장비 옆에 서서 츠키의 지시를 따랐다. 이런저런 조작 버튼을 누르고 츠키가 말해 준 값을 입력했다. 하늘 중계 장비는 크고, 무겁고, 작동이 복잡했다. 땀을 닦으며 츠키가 보여 준 조작법을 흉내 냈지만 쉽지 않았다.

"너무 복잡해. 중계 기술까지 왜 모든 피디가 다 알아야 해? 츠키가 항상 나랑 같이 있으면 되잖아."

나는 핸들러가 곁을 지키며 기술적인 문제를 해결해 주고 나 같은 피디는 연출에만 집중하면 좋겠단 의미로 말했지만, 어째서인지 츠키는 기분이 좋아진 것 같았다. 해맑게 웃는 츠키의 뒤로 무지개 방울이 떠다녔다. 무지개 방울에도 수영장의 푸른 빛이 묻어 나왔다.

"그래도 잘 들어 둬. 자, 여기 숏 사이즈와 방향 맞추는 게 가

장 중요해……. 자동으로 사이즈 맞춰 주는 버튼은 이거야. 노
출값도 제대로 설정하지 않으면 수영장에 비추는 정도가 다르
게 인식될 수 있으니 조심해야 하고. 하이라이트와 새도우값도
같이 조정해야 하는데…… 하늘은 특히…… 그러니까 초점 설
정을…… 비상시엔 프리셋 만들어 놨으니까 여기 '츠키'라고 적
어 둔 프리셋 선택하면 돼."

츠키의 목소리가 매미 소리, 풀벌레 소리와 섞여 들어갔다.
수영장 표면에 흔들리는 아침 햇살을 지켜보며 땀을 훔쳤다. 점
점 츠키의 말에 집중하기 어려웠다.

"으아, 덥다! 쉬고 싶다!"

기나긴 설명을 이어 가던 츠키가 나를 노려보았다. 삼색 고양
이가 놀아 달라는 듯 츠키의 주변을 맴돌고 있었다. 나는 털썩
앉아 버렸다.

"수영하자, 츠키!"

"10분만 쉬고 다시 할 거야."

그대로 수영장에 뛰어들었다. 온몸을 흠뻑 적신 뒤 물 위로
둥둥 떴다. 얇은 구름이 새하얀 태양을 잠시 가려 주었다. 어젯
밤에 츠키가 들려준 이야기가 무지개 방울과 함께 내 머리 위를
떠다녔다.

─연결 지구 노선도는 아직 미완성이야. 적어도 알려진 건 그
래. 최근엔 완성되었다는 소문이 돌더라고. 핸들러들 사이에선

연결 지구 노선도가 대략 완성된 걸로 전제하고 있어. 라라 이모처럼 보안 등급이 높은 사람들만 접근할 수 있겠지. 너희 언니가 연결 지구 노선도를 제작하는 팀이었다는 소문도 있어. 너도 모르는 사실이야? 그렇겠지, 수지 언니는 생각보다 비밀스러워. 아, 됐어. 신경 쓰지 마. 아무튼 중요한 건 이거야. 결론적으로 소랑은 아직 일부 지구끼리의 이동만 알 수 있어. 세 자릿수 지구로 떠나는 노선도는 절대 모를 거야. 그러니까, 너희 언니처럼 머나먼 지구까지 가서 콘텐츠 만들고 싶으면 하늘 중계 피디부터 통과하셔.

—내가 무작정 수영장에서 30초씩 무제한으로 잠수하면? 언젠가는 원하는 지구에 도착하지 않을까?

—그런 짓을 했으니까 연결 지구 노선도가 완성된 거겠지? 그치만 절대 그러면 안 돼.

—왜?

—그건 위험해. 사실 아쿠아 시네마 기술 없이 잠수만으로 연결 지구 이동을 하는 건 꽤 위험해. 소랑은 몰라. 연결 지구 수영장으로 얼마나 많은 사람이 실종되고, 목숨을 잃었는지. 익사가 오히려 다행일 정도야. 시체라도 찾으니까. 나머지는 얼마나 엉뚱한 지구로 갔을지 행방조차 알 수 없어. 수영장에 들어갔다가 그냥 사라졌거든. 만약 무턱대고 잠수했다가 알레프 통신이 닿지 않는 곳으로 가 버린다면? 영영 돌아올 수 없는 거야. 어떤 사람은 무슨 일인지 전부 불타오르기 직전이었던 지구에 도착

했고, 통신만 겨우 보낸 뒤 불타 죽어 버렸어. 아이러니하지. 수많은 죽음으로 아쿠아 시네마 기술이 탄생했다는 게. 알레프가 덮고 있는 수많은 죽음이 있어. 솔직히 너도 알잖아.

그렇게 말하는 츠키의 눈빛이 왠지 나를 탓하는 것 같았다. 하지만 연결 지구가 개발되는 과정은 내겐 유년 시절 기억 속 풍경에 불과했다. 츠키가 라라 엄마를 향한 질책을 티 내도 나와는 관계없는 일처럼 느껴졌다.

"다른 피디들은 샤데르발에 있어."

츠키가 불쑥 말했다. 츠키는 삼색 고양이를 껴안고 있었고, 고양이는 반항하지 않았다.

"샤데르발?"

"어제 소랑이 물었잖아. 다른 피디들 뭐 하냐고. 여기 딱 두 명 더 와 있어. 둘 다 샤데르발의 고대 종교를 취재하고 있어."

"갑자기 고대 종교?"

"응. 그 둘은 여기 도착하자마자 샤데르발로 갔었거든. 어제 체크인 미팅 때문에 오로라티아에 잠시 왔어. 내일 다시 샤데르발로 떠날 거야."

샤데르발은 오로라티아에서 기차로 두 시간은 가야 하는 남쪽 해안가 마을이었다. 지구 17호에서 가장 유명한 해변 마을이자 종교 순례지이기도 했다. 나도 지구 17호의 멸망이 다가오면 츠키와 함께 샤데르발로 이동할 예정이었다.

"왜 여기 종교를 취재해?"

두 자릿수 지구의 다큐멘터리 제작에는 관심 없는 거 아니었나. 인문·사회 다큐도, 자연과학 다큐도. 왜냐하면 지구 1호와 별반 다를 게 없으니까. 방송 각이 나오지 않으니까. 라라 엄마가 의도 없이 한정된 인력과 자원을 두 자릿수 지구에 투입할 리 없었다. 츠키는 말을 고르는지 입을 꾹 다물고 있었다. 그저 부드러운 손길로 고양이를 쓰다듬었다.

"글쎄. 너희 엄마가 직접 지시한 일이야."

우리 엄마, 특히 라라 엄마는 마법의 단어 같아서 나도 상대방도 말을 끝내게 하는 재주가 있었다. 츠키에게 더 묻진 않았지만, 궁금증의 불씨가 타오르기 시작했다. 라라 엄마는 방송 각이 잡히지 않으면 움직이지 않는 사람이다.

"자! 이제 다시 하자. 이번엔 소랑이 직접 작동시켜 봐."

츠키는 내가 생각에 잠길 새 없이 다시 하늘 중계 기술을 가르쳤다. 츠키의 수업은 내가 지구 1호에서 송출 받은 하늘 영상을 이곳 수영장 스크린에 엇비슷한 사이즈로 띄울 때까지 이어졌다.

"무슨 핸들러가 피디한테 카메라 가지고 나가는 걸 안 된다고 하냐?"

츠키와 함께 외출 준비를 하던 중, 츠키가 내 카메라를 가방에서 도로 꺼내며 카메라 없이 길을 나서자고 제안했다.

"소랑은 그 강박 좀 고쳐야 돼. 너 지구 17호 와서 카메라 없이 돌아다닌 적 있어?"

부정하지 못하고 입술을 꽉 깨물었다. 그야 오로라티아에 머무는 4일 중 대부분의 시간 동안, 나는 최소 카메라 두 대와 함께였으니까. 지구 1호에서도 마찬가지였다. 카메라가 없으면 불안했다. 뭐든지 녹화 버튼을 눌러야 비로소 체험하는 기분이었다. 불멸에 집착하는 설화 속 왕처럼 모든 순간의 필멸이 두려워 카메라에 집착했다.

"카메라 없이 눈으로 직접 봐. 몸으로 느껴. 대상이든 세계든 일단 흡수를 하라고. 카메라는 그다음이지. 무턱대고 다 찍어 놓고 편집으로 때우려 하지 마."

뭐라 반박하려다 츠키의 손가락에 막혔다. 예능국에선 카메라 다 거치해 놓고 일단 다 찍는걸. 뭐가 찍힐지, 언제 어떤 상황에 웃음이 터질지 모르니까. 다 찍어 놓고 그다음에 촬영본을 보며 이야기를 재구성한다. 편집으로 때우는 게 아니라 예능에선 편집이 곧 연출이었다.

"하늘 중계 기술 알려 주면 하루쯤은 내가 하자는 대로 하겠다며?"

"그래도 카메라 한 대는……."

"쉿! 여기."

츠키가 내 손에 쥐여 준 건 빨간 가죽 케이스가 씌워진 필름 카메라였다.

"이건 뭐야?"

"사진은 찍게 해 줄게."

"잠깐, 이거…… 하니 엄마가 준 카메라네?"

하니 엄마가 츠키에게 중학교 입학 기념으로 선물한 라이카 카메라였다. 지금은 단종된 기종이었다. 츠키는 이 카메라로 내 사진만 5백장쯤 찍었더랬다.

"너희 엄마가 나한테 이거 줄 때 뭐라고 했는지 기억나?"

"음…… 입학 축하해, 츠키?"

"앞으로도 소랑의 좋은 사람이 되어 줘, 츠키. 이렇게 말했어. 그 어린 나한테."

"하니 엄마가 그렇게 말했다고?"

"응. 그래서 부럽고 기뻤어."

츠키는 그 말만 남기고 1층과 2층을 오가며 내 숙소의 창문을 하나씩 닫았다. 츠키가 2층으로 사라졌을 때, 대답할 타이밍을 놓쳤다는 생각에 안도했다. 츠키는 항상 내가 곤란해하기 전에 선수 쳤다. 츠키는 삐걱삐걱 소리를 내며 다시 1층으로 내려왔다.

"필름 딱 열 장 남은 거야. 잘 보고, 잘 느끼고, 그다음에 찍어 봐."

"고작 열 장이야?"

츠키가 흥분한 내 어깨를 잡고 눈을 똑바로 마주했다.

"소랑."

"왜."

"한 번쯤은 좋은 사람 말 좀 들어."

가까이서 본 츠키의 눈동자 안에 얼빠진 내 얼굴이 담겨 있었다. 라이카 카메라를 주머니에 넣으며 츠키의 팔을 가볍게 밀어 냈다. 츠키가 만족스러운 표정을 지었다. 우리는 가벼운 어깨로 숙소를 나섰다.

츠키가 나를 데려간 곳은 '야자수 주말 마켓'이었다. 택시에서 내리자마자 현악기와 타악기가 어우러진 음악 소리가 들렸다. 빼곡한 야자수 아래에 이끼 숲과 대나무 다리가 듬성듬성 놓여 있었다. 야자수 사이에는 음식과 장신구, 옷 등을 파는 부스들이 펼쳐져 있었다. 노란빛이 감도는 초록색들. 역광이라 검은색 테두리가 진해진 야자수잎들. 츠키는 야자수 사이사이를 쏘다니며 코코넛에 담아 주는 아이스크림을 사 먹었다. 올드타운도 구석구석 걸어 다녔다. 용도를 알 수 없는 도자기 그릇도 구경하고, 한낮의 열기를 뚫고 항아리에 구운 돼지고기와 파파야 샐러드도 먹었다. 공원에 앉아 요가 수업을 듣는 사람들을 보며 수박 주스도 마셨다. 땀방울이 츠키와 나의 시간처럼 거침없이 흘러내렸다. 나는 한시도 가만있지 않고 신나서 뛰어다니는 츠키를, 가로수 사이마다 가득한 무지개 방울을, 강렬한 햇빛에 콘트라스트가 짙어진 길거리를 카메라에 담았다.

셔터를 누르고 싶은 순간은 신중하게, 순간을 골랐다면 프레이밍은 과감하게. 생명력이 넘치는 오후였다.

이곳에 와 있는 지구 1호의 다른 피디들을 마주친 곳은 올드타운의 황금 사원 근처였다. 샤데르발의 고대 종교를 취재하고 있다는 피디 두 명 중 한 명은 나도 잘 아는 사람이었다.

"어? 선배!"

방송국에서 내 첫 사수이자, 탐사 보도 프로그램을 함께했던 강 선배였다. 내게 '사냥개'라는 촌스러운 별명을 붙여 준 사람이었다.

"너 와 있는 건 츠키한테 들었어. 오랜만이다, 사냥개?"

"전 아예 몰랐어요. 츠키가 말 안 해 주던데?"

"체크인 미팅 때 놀래 주려고 말하지 말라고 했지."

"선배 오는 줄 알았으면 갔죠."

츠키의 눈을 피하며 말했다. 츠키는 강 선배 옆에 서 있는 단발머리 여자와 속닥거리고 있었다.

"넌 어떻게 오로라티아에 있으면서 체크인 미팅을 빠지냐? 우린 샤데르발에서 여기까지 왔는데."

강 선배는 내가 사냥개 시절과 달라진 것이 없다며 툴툴거렸다. 나는 누가 요즘 그런 별명을 쓰냐며, 피디씩이나 되어 진부하다며 강 선배를 타박했다. 강 선배를 만난 건 일반 방송국 퇴사 이후로 처음이었다. 선배는 그사이 머리색을 밝은 금발로 화려하게 탈색했고, 일반 방송국 시절보다 살이 찐 것 같았다.

"살 만한가 봐요? 알레프에서 고생을 덜 했나."

"아무리 공주님이라도 그런 무서운 말은 용서 못 한다. 죽겠어, 요즘."

"츠키, 강 선배한테 일 더 줘야 하는 거 아냐? 얼굴이 너무 폈는데."

내 말에 단발머리 여자가 나를 노려보는 것처럼 느껴졌다. 찰나의 시선이었다.

"아, 이쪽은 나랑 같이 취재 중인 조연출. 희나 피디."

"안녕하세요, 소랑 피디님. 말씀 많이 들었어요. 박희나입니다."

희나 피디는 몸통만 한 가방을 메고 있었다. 이런저런 촬영 장비와 노트북이 들어 있을 것이 분명했다. 희나 피디는 눈을 마주치지 않고, 오직 땅바닥만 내려다보고 있었다.

"희나 피디는 보도국 출신. 뉴스 하던 친군데 내가 알레프로 데려왔어."

강 선배의 말에도 희나 피디는 고개를 들지 않았다. 나는 희나 피디와 눈을 마주치려고 몸을 굽혔다 폈다 하며 인사를 건넸다.

"그냥 놔둬. 희나 되게 낯가려. 그래도 취재할 땐 너랑 엄청 닮았어. 제2의 사냥개야."

강 선배가 추켜세우자 희나 피디는 더욱 고개를 푹 숙였다.

"아, 그 사냥개인지 뭔지 하는 별명 좀 관두라니까. 충무로 양산형 영화에서도 그런 표현 안 쓴다고요, 이제."

"충무로라니!"

내 말에 강 선배가 발끈했다.

“충무로에선 아직도 쓸걸? 딱 강 선배 스타일이네.”

츠키가 옆에서 거들었다. 강 선배는 츠키에게 우는소리를 하더니 희나 피디를 내 앞으로 데려다 놓았다.

“알레프 시위대 방화 사건 알지? 그 뉴스 얘가 같이 한 거야. 시위대 행동 대장 인터뷰 따 온 게 막내라고, 요 녀석 물건이라고 소문이 자자했어.”

“나도 그때 현장에 있었는데! 우리 이미 같은 장소에 있어 봤네요?”

“그때 넌 라라 회장님이 철통 경호원 붙여서 구경도 제대로 못 했잖아. 그걸 현장에 있었다고 할 수 있나?”

“그래, 소랑은 나랑 안전하게 차 안에 있었잖아.”

강 선배의 말에 츠키가 조곤조곤 덧붙였다. 희나 피디의 시선이 나에게 잠깐 닿았다가 다시 바닥으로 떨어졌다. 강 선배는 그 뒤로도 나를 붙잡고 한참을 희나 피디와 그의 활약에 대해 자랑했다.

“여기선 뭐 하고 있었어요?”

황금 사원 앞으로 사제들이 서른 명쯤 지나갔을 때 내가 물었다. 강 선배가 순간적으로 츠키를 쳐다봤다. 츠키가 말없이 고개를 끄덕였다.

“뭐야, 둘이 무슨 신호 주고받는 건데?”

강 선배의 팔을 진짜로 물려고 하자 강 선배가 기겁했다.

“얌마, 관둬! 이거 미친 거 아니야? 아, 말할게! 말한다니까?"

강 선배가 나를 밀어내고 팔을 툭툭 털었다.

"그, 라라 회장님 지시로 샤데르발 고대 종교 취재 중이거든. 그 종교에 비밀 성배가 있다는데, 그 비밀 성배가 연결 지구랑 관련 있대서 종일 돌아다녔다, 왜. 지금은 허탕 치고 군것질하던 중 사냥개 만나 버림."

강 선배가 다 녹아 버린 오로라티아 라테를 들어 올리며 말을 이었다. 희나 피디는 마침내 고개를 들어 음료를 쭉쭉 빨아들이고 있었다. 희나 피디의 머리 위로 무지개 방울 여럿이 위태롭게 떠다녔다.

"근데 이거 맛이 왜 이러냐? 특산 음료래서 마셔 봤는데 영 아니네."

"그건 시장에서 사 먹으면 맛없어요."

츠키가 안타까운 얼굴로 강 선배를 달랬다. 맞아, 오로라티아 라테 맛집은 따로 있어요. 나도 중얼거렸다. 한편 희나 피디는 꽤 입맛에 맞았는지 거의 다 비운 상태였다. 강 선배는 츠키를 붙잡고 취재가 맘대로 풀리지 않는다며 앓는 소리를 했다. 츠키가 손으로 부채질을 했다. 해가 기울었어도 오로라티아의 여름은 덥고 습했다. 황금 사원에 야간 조명이 켜지자, 내가 제안했다.

"맛있는 커피 마시러 갈래요?"

풋사과 오두막엔 저녁 시간 특유의 활기가 넘쳤다. 2층 오두막에 자리가 없을 정도로 붐볐다. 우리는 강 선배와 희나 피디의 커다란 가방을 내려둘 수 있는 널찍한 1층 야외 테이블에 자리를 잡았다. 츠키가 공간이 멋지다며 감탄하는 동안, 나는 반가운 실루엣을 발견했다.

"카이 피디님! 아니, 아니, 언니!"

주황색 체크무늬 앞치마를 멘 카이가 메뉴판을 들고 다가왔다.

"왜 언니가 앞치마를 메고 있어요?"

"가끔 이렇게 불려 와."

금요일이 손님 제일 많은데. 카이가 우는 시늉을 했다. 카이는 밝은 초록색에 편안해 보이는 소재의 옷을 입고 있었다. 출근하는 평일과 달리 화려한 자개 액세서리까지 착용했다.

"또 샤데르발 다녀왔다면서요?"

"응. 이번엔 출장으로 다녀왔어."

"샤데르발?"

강 선배와 희나 피디가 동시에 외쳤다. 두 사람은 카이를 똑바로 응시하고 있었다.

"거긴 왜요?"

"다음 프로그램 로케이션으로 생각 중이거든. 팀원들이랑 답사 다녀왔어."

카이는 강 선배와 희나 피디의 눈길엔 아랑곳하지 않고 나만 바라보며 말을 이었다.

"아는 사이야?"

츠키가 우리 사이에 끼어들며 날카롭게 물었다.

"소랑 피디님이 여기 단골이라. 저는 사장님 조카예요."

반가워요. 카이가 부드럽게 말했다. 카이는 츠키가 노려보는 시선을 피하지 않았다. 츠키의 노여운 눈빛이 내게로 이동하는 것이 느껴졌다. 츠키의 질책이 닿기 전에 나는 재빨리 츠키를 등졌다. 친구들이랑 주문 준비되면 알려 줘, 카이가 가볍게 덧붙이며 자리를 떴다.

"저 사람은 걱정 마. 그냥 멋진 사람 같아서 몇 마디 나눈 게 다야."

헛기침하며 말했다. 무려 탐사 보도 피디 두 명과 핸들러 앞에서 거짓을 고하자니 마음이 불편했지만, 사실대로 말할 수는 없었다.

"소랑. 규칙 알지? 여기 사람들이랑은 방금 인사 정도만으로도 곤란해."

츠키가 엄하게 꾸짖었다. 사냥개도 넘지 말아야 할 선은 있다며 강 선배가 거들었다.

"미안, 미안. 근데 전혀 걱정 안 해도 된다니까? 외모가 멋지다! 그래서 인사 좀 했다! 그게 다야."

최대한 장난스럽게 외쳤지만 츠키의 표정은 계속 굳어 있었다. 주문하고 올게요, 희나 피디가 의외로 빠릿빠릿하게 카운터로 갔다.

"샤데르발이 훨씬 시원해. 여긴 너무 습하다니까?"

샤데르발이 해안가 동네라 풍경도 시원해서 좋다는 이야기, 풋사과 오두막 커피가 훌륭하다는 이야기, 지구 1호의 방송국 이야기가 차례로 대화의 중심에 서는 동안 나는 강 선배와 희나 피디가 무엇을 취재하고 있는지 끈질기게 질문했다. 강 선배는 호락호락하게 넘어오지 않고 교묘하게 주제를 회피했다. 희나 피디는 커피잔만 주시하고 있었다. 고대 종교 취재 이야기는 좀처럼 화제로 붙잡아 두기 어려웠다. 나는 종종 카이를 흘깃 보았다. 다른 테이블 손님들과 대화하고, 카운터 뒤에서 무언가를 조리하는 모습을 천천히 좇았다. 가끔 나와 눈이 마주치면 카이가 웃음으로 화답했다.

츠키가 강 선배와 담배를 피우러 자리를 비운 사이, 희나 피디가 내 옆자리로 옮겨 앉았다. 희나 피디가 나를 빤히 쳐다보는 시선이 느껴졌다. 아이스커피만 보던 풀죽은 눈빛과 반대되는, 기분 나쁠 정도로 노골적인 눈빛이었다.

"어…… 나한테 뭐 할 말 있어요?"

"혹시 그 목걸이요. 어디서 나셨어요?"

희나 피디가 내 팔뚝을 잡으며 질문했다. 눈에서 섬광이라도 나올 것 같았다. 조금 전까지 고개를 푹 숙이고 있던 사람과 전혀 다른 사람 같았다.

“선물 받았는데요.”

내 의도보다 방어적인 말투로 대답이 나갔다. 본능적으로 희나 피디를 거부하고 있었다. 말을 걸 때는 하나도 대답하지 않다가 갑자기 질문을 쏟아 내는 희나 피디가 곱게 보이지 않았다. 그는 내 목걸이를 보며 고개를 까딱거렸다.

“누가 선물했는데요?

“왜요?”

“어디서 산 건지 궁금해서요.”

“산 거 아니고요. 엄마가 만들어 준 거예요.”

“흐음…… 엄마요.”

보통 내 입에서 ‘엄마’ 이야기가 나오면 내가 원하는 대로 대화가 마무리되곤 했다. 그러나 희나 피디의 반응은 영 찝찝했다. 희나 피디는 계속 ‘엄마, 엄마, 엄마라……’ 중얼거렸다.

“뭐 더 아는 건 없으세요?”

“아는 거요? 이거…… 알레프 로고 모양이잖아요?”

나는 뭘 그런 당연한 것을 묻냐는 듯 질책하는 톤으로 말했다. 알레프 통신기 모양이라고는 말하지 않았다. 하니 엄마가 어느 날 갑자기 들고 나타난 물건. 아무도 탐낼 수 없도록, 엄마들의 측근을 제외하면 극비에 유지 중인 물건이었으니까.

“그 목걸이가요.”

희나 피디가 오래된 종이 한 장을 내밀었다.

“저희가 조사 중인 비밀 성배랑 비슷하게 생겨서요.”

희나 피디가 내민 종이에는 나와 츠키가 가지고 있는 목걸이와 거의 똑같은 모양이 그려져 있었다. 나는 종이를 뚫어져라 쳐다보았다. 그림 속 물체는 알레프 통신기와 너무 비슷했다.

"모르는 척이 아니라…… 정말 아는 게 없으시구나."

희나 피디는 종이를 도로 가져가며 픽 웃었다.

"샤냥개만큼이나 진부한 표현인데요, 선배 공주님 맞네요."

"뭐라고요?"

"소랑 피디님은 듣던 것보다 더 공주님 같으셔요."

사냥개 쪽은 영…… 모르겠고요. 희나 피디가 날카로운 목소리로 덧붙였다. 희나 피디는 나를 향한 적의를 숨기지 않았고, 나는 그 적의의 출처를 알지 못해 당황스러웠다.

"알아듣게 얘기해요."

"둘이 무슨 얘기해?"

츠키가 돌아왔을 때 희나 피디는 이미 제자리로 돌아간 상태였다. 나는 얼굴에 화를 숨길 수 없었다. 강 선배는 눈치를 보며 우리가 헤어질 때까지 실없는 소리만 늘어놓았다. 희나 피디는 다시 테이블로 시선을 푹 숙인 채로 이야기를 듣기만 했다. 나는 희나 피디의 말을 복기하느라 강 선배의 말에 겨우 반응했다. 보다 못한 강 선배가 아침 일찍 샤데르발로 떠나야 한다며 빠르게 자리를 정리했다. 카이는 우리가 나갈 때 눈인사만 건넸다. 따로 쫓아오거나 말을 걸지 않아 다행이라고 생각했다. 나는 카페 입구에서 희나 피디를 붙잡았다.

"아까 나한테 했던 말이요. 공주님 같다는 말."

"네?"

"대체 어떤 면이 그랬어요? 그쪽 나랑 얼마나 봤다고."

희나 피디가 고개를 들어, 나와 시선을 마주쳤다. 그냥 무시하면 좋았을 텐데. 공주님이라는 단어에 긁힌 순간 나 스스로 인정하는 꼴이었다. 나는 희나 피디의 손에서 목걸이 그림이 그려진 종이를 낚아챘다. 희나 피디가 '뭐, 사냥개는 맞네요.' 중얼거렸다.

"왜 내가 공주님이냐고?"

내 재촉에 희나 피디가 한숨을 길게 내쉬었다.

"본인이 뭘 원하는지 모르는 것 같아서요."

"뭘 원하는지 모르는 것 같다니, 내가요?"

"네. 근데 잘 안다고 생각하는 점이 공주님 같아요. 지금처럼요."

당장 반박하고 싶었다. 희나 피디를 붙잡고 내 인생의 일대기를 다 말해서 이해받고 싶을 지경이었다. 그야 난 항상 원하는 대로 해 왔는걸. 일례로 알레프에 입사하지 않고 일반 방송국에 들어갔다. 엄마와 언니의 발자취를 따르지 않았다. 일반 방송국에서 시사 교양국, 예능국까지 다 거쳤다. 10년이나 알레프 바깥에 있었다. 희나 피디는 나를 고작 몇 시간 만난 사람이다. 그런데도 희나 피디의 말이 거슬렸다.

"별로 마음에 담아 두지 마세요. 저한테 뭐, 절대적인 통찰력이 있는 것도 아니니까요.”

희나 피디는 조금 전 대화가 없던 일인 마냥 공손하게 인사했다. 강 선배와 희나 피디는 올드타운에 위치한 호텔로 떠났다. 나는 목걸이가 그려진 종이를 주머니에 구겨 넣었다. 목걸이와 고대 종교의 기이한 유사점보다도, 희나 피디가 했던 ‘공주님’이라는 말에서 헤어나올 수 없었다.

“있잖아, 소랑. 희나 그렇게 나쁜 사람은 아니야.”

츠키가 조심스레 말했다.

“어, 뭐. 상관없어.”

말은 그렇게 했지만, 기분은 나아지지 않았다. 츠키가 ‘희나 피디’가 아니라 ‘희나’라고 부르는 것도 싫었다.

“재수 없는 건 인정해. 가끔 왜 저러나 싶다니까.”

“별일이네. 츠키가 누굴 재수 없다고 하고.”

“희나는 단지 알레프의 방식에 동의하지 않을 뿐이야.”

츠키가 조심스레 말했다. 나는 알레프의 방식에 동의하지 않는 사람에 츠키도 포함되어 있는지 궁금했지만, 묻지 않았다. 오늘 밤엔 감당할 수 없을 것 같았다.

“그래도 너에게 그렇게 구는 건 잘못됐어.”

츠키가 나를 달랬다. 나는 아무 말도 하지 않았다. 그렇게 우리는 한참 말없이 걸었다. 밤의 길거리에도 무지개 방울이 가득했다. 마음 같아선 죄다 터트리고 싶었다.

“츠키.”

“응?”

“하니 엄마가 우리한테 선물한 목걸이 있잖아.”

“응. 알레프 목걸이?”

“그거 우리 언니한테도 있었나?”

“수지 언니? 알레프 목걸이니까 언니도 갖고 있지 않을까?”

“우리랑 똑같은 걸로?”

“어…… 글쎄, 생각해 본 적 없어.”

나 역시 한 번도 생각해 본 적 없었다. 그 말을 끝으로 츠키도 나도, 숙소에 도착하는 내내 각자의 생각에 잠겨 있었다.

“츠키, 내 방에서 자고 갈래?”

내 숙소 문 앞에서 츠키에게 충동적으로 물었다. 누구에게라도 이 감정을 함께 공유하고 터트려야 할 것 같았다.

“아니야. 소랑 편하게 쉬어.”

츠키가 힘없는 목소리로 거절했다. 떼쓰려는 내 입을 가로막고 덧붙였다.

“대신 내일 저녁 같이 먹자. 이번엔 공용 다이닝 말고 소랑 숙소에서, 모기 물리지 않게.”

츠키는 이렇게 말하고서 손을 흔들고 사라졌다. 그래, 꼭 그러자. 츠키는 듣지 못할 정도로 작게 중얼거렸다. 희나 피디 때문에 찝찝한 마음이 가시지가 않았다. 츠키에게 듣고 싶었다. 넌 공주님이 아니라는 말. 츠키는 내가 원하는 말을 해 주지 않고 방으로 가 버렸다. 희나 피디의 말을 떨쳐 내려 텔레비전을 켰다. 퀴즈를 풀어야 탈출할 수 있는 방에 갇힌 연예인들이 호들갑을 떨고 있었다. 에이스와 거리가 먼 출연진이 엉뚱한 카드를 뽑았는데 판이 뒤집히는 카드였다. 그 출연진은 조연에서 한순간에 조커가 되었다. 마치 인생 같다고 생각했다. 쉴 새 없이 채널을 돌리다가 텔레비전을 껐다. 태블릿으로 〈메가 로봇 배틀〉의 최신 방송분을 틀었다.

—오로라 핑크, 지금도 잃어버린 고향을 생각하고 있을까요?

캐스터가 안타깝다는 듯 해설했다. 오로라 핑크가 적의 침입으로 무너진 초등학교를 보며 흐느끼는 장면이었다. 내가 지구 17호에서 찍은 멸망 인서트 컷은 〈메가 로봇 배틀〉에서 오로라 핑크가 자신이 잃어버렸던 고향을 회상하는 장면에 자료 화면처럼 삽입될 예정이었다. 오로라 핑크도 멸망한 지구에서 온 파일럿이었으니까. 시청자들이 오로라 핑크의 심연에 더욱 가까워질 수 있도록, CG와 그래픽 기술 없이 '날것 그대로' 내보낼 멸망 전후의 이미지들. 언니는 〈메가 로봇 배틀〉의 새로운 시즌을 준비하고 있었다. 새로운 빌런과 장애물을 준비하느라 매일 밤새웠다. 언니는 내게 지구 17호의 멸망 인서트 컷을 촬영을 마무리하면 지구 128호로 와서 〈메가 로봇 배틀〉에 합류하라고 했다. 늦기 전에 연결 지구 방송 프로그램 제작을 배우라고. 무엇보다, 지금 지구에서 가장 규모가 큰 리얼리티를 경험하라고.

나는 희나 피디가 목걸이에 대해 질문했을 때 본능적으로 거부감이 들었던 이유를 깨달았다. 희나 피디는 아까 나를 취재하려고 했던 거다. 나는 방송국 놈이 되는 건 좋아도 방송국 놈들의 취재 대상이 되는 것은 싫었다. 리얼리티를 만드는 놈이 되고 싶지, 리얼리티의 피사체가 되고 싶진 않았다.

〈메가 로봇 배틀〉을 생각하며 까무룩 잠이 들었다. 잠결에 츠키가 내 옆에 누워 있었던 것 같기도 하다. 츠키가 걸고 있는, 나와 똑같은 목걸이가 보였던 것 같다.

"츠키, 희나 피디의 말이 맞기도 해."

환영인지 실제인지 모를 눈앞의 츠키에게 손을 뻗으며 중얼거렸다. 유독 긴 밤이었다.

5

지구 17호의 사람들은 우리와 아주 많이 닮았다.

지구 17호에 온 지 7일 차, 드디어 멸망 인서트 컷의 꼭지를 잡았다. 우리와 별 차이 없는 지구가 이렇게 멸망해 버린다는 점에 초점을 맞출 생각이었다. 시청자들이 이입할 수 있도록, 진심으로 안타까워할 수 있도록, 다른 지구의 사람들이 지구 17호의 멸망에서 진짜 감정을 느낄 수 있도록. 외계인의 침입을 받고 은하계에 문제가 생긴 공상과학소설 속 지구가 멸망하는 것보다, 우리의 일상과 별반 다르지 않은 평범한 지구가 멸망하는 쪽이 훨씬 충격이 클 것이다. 이미 디스토피아인 〈메가 로봇 배틀〉의 지구 128호의 멸망보다, 무지개 방울과 카이와 커피와 풋사과 오두막이 있는 일상적인 지구 17호의 멸망이 더욱 여운을 남길 것이다.

'리얼' 멸망 생중계, 지구 17호의 최후.

원래 '메가로봇배틀_인서트컷'이라고 썼던 폴더의 이름을 '멸망생중계'로 바꿨다. 지구 17호의 멸망은 오로라 핑크의 과거 회상 따위에 소모될 소재가 아니라고 결론지었기 때문이다. 언니한테는 미안하지만 내가 촬영한 지구 17호의 이미지들은 〈메가 로봇 배틀〉의 인서트 컷 따위로 쓸 수 없다.

멸망 인서트 컷은 그대로 찍을 것이다.

다만 내가, 나의 의지로 만드는 작품에 사용할 것이다.

카이가 일하는 방송국은 지구 1호의 방송국만큼이나 크고 으리으리했다. 오로라티아의 방송국은 이 섬의 건물처럼 휴양지 느낌일 줄 알았는데, 지구 1호의 방송국과 크게 다르지 않았다. 에어컨이 빵빵한 차가운 대리석 건물에 들어오니 고향에 온 것 같았다. 안내 데스크 앞에서 나를 주시하는 경호원들의 눈빛을 받으며 한참 서성거렸다. 약속 시간이 지나도 카이는 나타나지 않았다. 덩치가 큰 경호원이 수상함을 감지하고 내게 다가와 신분증을 요구했다. 내게 지구 17호의 신분증 따위는 없었다. 여기 와 있는 것부터가 연결 지구 방송 백서 규칙을 어기는 일이었다. 카이는 전화도 받지 않았다. 경호원이 가방 검사를 하려는 찰나, 검정 후드티를 입은 남자가 나를 불렀다.

"소랑 피디님이시죠?"

"어, 네!"

"카이 선배님 게스트로 오셨고요."

"네, 근데 제가 신분증을 두고 와서……."

"지금 선배님이 나올 수가 없어서 대신 왔어요. 저 따라오시면 돼요."

카이 피디님 초대 손님이요, 후드티 남자의 말에 경호원이 의심을 풀고 출입문을 열어 주었다. 후드티가 내게 임시 출입증을 건넸다. 남자를 따라 엘리베이터를 타고 8층에 내려서 구름다리를 건너고 비상계단 몇 개를 오르니 커다란 음악 소리와 함께 진동이 울렸다. 한창 녹화 중인 것 같았다. 후드티의 안내로 스튜디오 뒷문으로 들어갈 수 있었다.

무대 위에는 소녀 다섯 명이 춤추고 있었다. 소녀들은 환한 조명 아래에서 시종일관 밝은 표정을 지었다. 카이는 어둠 속에서 헤드셋을 낀 채로 연출 모니터에 집중하고 있었다. 나를 안내해 준 후드티는 금세 비슷한 옷의 스태프들 속으로 섞여 들어갔다. 세트장을 다 집어삼킬 듯 포클레인처럼 솟아오른 지미집 카메라, 쌓여 있는 미술 세트의 상판들, 인물 조명과 레이저 조명, 노래 가사와 멤버 이름이 적힌 종이들, 꽃가루와 불꽃 특효 기기, 헤어 메이크업 스태프와 휴대용 선풍기, 기술팀이 모여 있는 콘솔. 익숙한 방송국 풍경에 편안해졌다. 지구 17호의 음악 방송 스튜디오에서 내가 얼마나 방송국을 좋아했었는지 실감했다. 한 시간 정도 구석에 서서 음악 방송 촬영장과 이 모든 것을 지휘하고 있는 카이를 구경했다.

카이와는 점심시간이 되어서야 대화를 나눌 수 있었다. 카이를 따라 한층 위 대기실에서 얼음이 거의 다 녹은 아이스커피와 샌드위치를 먹었다.

"진짜 미안. 아티스트 한 팀이 지각해서 스케줄이 꼬였어."

"이해해요. 얼른 뭐라도 먹어요."

카이가 오늘 사전 녹화하는 아티스트들의 이름을 나열하며 내게 이 중 좋아하는 팀이 있냐고 물었지만, 지구 17호의 가수들은 내게 전부 초면이었다. 나는 두루두루 좋아한다며 얼버무렸다.

"줄 거 있어."

카이가 두툼한 종이봉투를 건넸다. 봉투 안에는 풋사과 오두막에서 나를 찍은 필름 사진이 들어 있었다.

"흑백사진이었네요?"

사진 속 나와 풋사과 오두막은 아이보리 톤이 살짝 섞인 흑백으로 박제되어 있었다. 방송국용 영상에 익숙해지면 카메라로 담은 작업물은 당연히 컬러로 나온다고 무의식중에 여기게 된다. 그래서 의외였다. 카이가 찍은 사진이 전부 흑백이어서. 흑백사진으로 보니 장면의 빛과 그림자가 보다 섬세하게 느껴졌다. 과다 노출을 의도했는지 도드라지는 필름의 그레인 입자가 사진을 한층 서정적으로 보이게 했다.

“고마워요. 제 기억보다 더 근사해요.”

“젤라틴 실버 프린팅에 베이지 컬러로 살짝 토닝 했어. 그날 내가 느낀 인상이 딱 이랬거든.”

젤라틴 실버 프린팅은 흑백사진을 인화하는 대표적인 방식으로, 깊은 질감이 느껴지는 게 특징이었다. 나도 대학교 때 사진 수업을 들으며 암실에서 딱 한 번 해 봤다. 거기에 전형적인 흑백사진이 아닌 살짝 핑크빛 섞인 베이지 톤이 씌워지니, ‘잊지 못할 추억’이라는 단어가 살아 움직인다면 이런 느낌일 것 같았다.

“이 사진이 제일 마음에 들어요.”

카메라를 들고 있는 내 모습이 담긴 사진을 집었다. 사진 속 나는 입을 살짝 벌리고 나를 찍는 카이를 카메라로 찍으며 활짝 웃고 있었다. 풋사과 오두막 창가의 무성한 초록색은 농도와 명암이 다양한 흑백이 되어 배경을 채우고 있었다. 내 목걸이를 확대해서 찍은 사진도 있었다. 나도 모르게 목걸이를 만지작거렸다. 희나 피디가 보여 줬던, 샤데르발 종교의 비밀 성배가 그려진 종이가 주머니 안에서 버석거렸다.

“샤데르발엔 무슨 프로그램 때문에 간 거예요?”

“아, 답사. 다음 프로그램으로 연애 예능 기획하고 있거든.”

“연애 예능이요? 와, 되게 의외.”

“의외야? 나 연애 예능 좋아하는데.”

“쇼 피디님이잖아요. 뭐랄까, 연애 예능 따위는 시시해할 것 같은 느낌?”

카이가 시원한 웃음을 터트렸다. '쇼 피디들이 그렇긴 해, 화려한 것만 좋아하지'라고도 덧붙였다.

"나는 사람들이…… 자기의 감정으로 직접 이야기를 만들어 가는 게 좋아."

문득 카이가 연애 예능을 하고 싶어 하는 이유가 영화를 하려던 마음과 비슷할지도 모른다는 생각이 들었다.

"연애 예능 준비랑 샤데르발은 무슨 상관이에요?"

"그야, 그림만 보면 사랑에 빠지기 딱 좋은 도시거든."

"샤데르발이요? 성지순례 하는 곳인 줄만 알았는데."

"뭐, 샤데르발에서 가장 유명한 건 종교가 맞지. 근데 연애 예능 찍기에도 실무적인 이점이 많아. 일단 휴양지라 넓고 괜찮은 숙소가 많으니까. 바닷가도 일몰도 아름답고, 데이트 스팟도 다양하고. 아주 강력한 로케이션 후보지."

"샤데르발이 그런 곳이었군요."

카이의 본가 이야기를 꺼내려다 말았다. 대신 주머니 안 종이를 만지작거렸다.

"샤데르발 안 가 봤어?"

"한 번도요."

"어라, 다른 덴 몰라도 샤데르발은 브이로그 하려면 꼭 가 봐야지. 올여름 끝나기 전에 어때?"

카이의 제안은 황홀했지만, 순간적으로 말문이 막혔다. 이번 여름이 끝나기 전에 지구 17호는 없을 테니까. 카이의 내년 여름 휴가가 없듯, 내가 카이와 함께 샤데르발에 갈 일은 없을 것이다.

"언니는 샤데르발 자주 가요?"

"응. 나 거기서 대학 나왔거든."

카이가 밝게 말했다. 최고의 대학 생활이었지. 카이는 대학생 때 수업이 끝나면 서핑을 하러 갔고, 친구들과 정글에서 단편 영화를 찍어 보았다고 나긋나긋하게 말했다. 샤데르발에서 지내던 시절을 이야기하는 카이의 얼굴이 광량을 최고로 끌어 올린 조명처럼 환했다.

"그럼 샤데르발 엄청 잘 알겠네요?"

"그렇지. 뭐, 본가도 거기 있고."

대학 시절을 이야기할 때와 달리 본가 이야기를 꺼내는 카이의 목소리는 어두웠다.

"그럼 혹시…… 샤데르발의 비밀 성배에 대해 뭐 아는 거 있어요?"

"샤데르발의 비밀 성배?"

카이가 되물었지만 나는 어떤 질문을 할지조차 어려울 정도로 아는 게 없었다.

"어…… 샤데르발의 고대 종교를 조사하고 있는 친구가 있어서요. 비밀 성배를 찾는다길래."

조심스레 말을 꺼내는 동안 강 선배보다 희나 피디의 얼굴이 먼저 떠올랐다.

"샤데르발이 오로라티아보다 사원도 훨씬 많고 대사원이 있긴 한데 다 같은 칼리온 종교라……. 혹시 성전을 말하는 거라면, 칼리온에 있는 연결의 우물을 말하는 걸까?"

"흠, 성전이 아니라 성배라고 했는데…… 제가 뭘 잘못 들었나 봐요."

"아니면 혹시 칼리시스……."

내가 주머니 속 종이를 만지며 카이에게 보여 줄까 말까 고민하는 사이, 검은색 후드티가 녹화를 준비해야 한다며 카이를 데리러 왔다. 카이가 무언가를 말하려다 말고 녹화장으로 사라졌다. 나도 카이를 따라나섰다. 남은 녹화는 여섯 시간 넘게 이어졌다. 카이의 양해를 구하고 내 포켓 카메라로도 이곳저곳을 찍었다. 지구 17호 방송국의 풍경은 지구 1호의 풍경과 많이 닮은 듯했다. 남색 제복을 입은 10인조 남자 아이돌 그룹, 애절한 발라드 부르는 여자 솔로, 교복을 입은 6인조 여자 아이돌 그룹, 우주 전사 같은 3인조 여자 아이돌 그룹, 모니터와 콘솔 사이를 부지런히 뛰어다니는 피디와 작가들, 지미집 카메라의 익숙한 움직임까지. 나도 검정 후드티 입은 스태프들 사이에 섞여 들었다. 마지막 녹화에서는 발라드 무대의 하이라이트에 스모그 효과를 주기 위해 큐 사인을 보내는 카이의 손과 얼굴을 줌으로 당겨 잡았다.

모든 녹화가 끝나자, 스튜디오에 상시 등이 켜졌다. 무대를 제외하고 어둠에 잠겨 있던 스튜디오가 적나라하게 모습을 드러냈다. 특효 가루의 잔재가 바닥에 가득했다. 스태프들이 분주하게 무대 위 피아노와 마이크를 정리했다. 카이는 한층 피곤해 보이는 얼굴로 내게 비타민 음료를 내밀었다.

"덕분에 너무 재밌었어요."

카이가 순식간에 비타민 음료를 비우며 내 어깨를 두드렸다.

"온 김에 다른 촬영장도 구경할래?"

핸드폰 시계를 보았다. 오늘은 츠키와 내 방에서 저녁을 먹기로 했다. 그렇지만 잠깐 보고 가는 건 괜찮겠지. 나는 한 손에 포켓 카메라를, 다른 한 손에 비타민 음료를 쥐고 카이를 따라나섰다. 카이는 계단을 오르고 숨겨진 뒷문을 열고 복도를 걷고 다시 문을 열더니 계단을 내려갔다. 미로 같은 방송국 건물에서 한 치의 망설임도 없이 휙휙 나아갔다. 카이가 얼마나 이곳에서 많은 시간을 보내 왔는지를 보여 주는 발걸음이었다. 자신의 동선에 저만한 확신을 가진 사람들은 특유의 빛이 난다.

카이가 나를 데려간 곳은 연예인 네 명이 앉아 '후토크'를 하는 스튜디오였다. 방송 중인 연애 예능의 패널들이라고 했다.

"이 프로그램은 학창 시절에 서로 좋아했다가 연락 끊겼던 일반인들을 다시 한자리에 모아 놓고 하는 콘셉트야. 내 입사 동기가 시작한 프로그램인데, 시청률 꽤 잘 나와. 지금 하는 촬영은 출연진의 모습을 연예인들이 감상하면서 토크 하는 촬영."

카이가 속닥거렸다. 나 이 프로그램 보고 자극받았잖아. 카이가 속삭였다. 프로그램 이름은 〈그 시절, 우리가 좋아했던〉이었다.

　―아무래도 석호 씨는 비비 씨를 좋아한다기보다는 학창 시절, 그러니까 비비 씨와 함께했던 그 과거의 시간을 그리워하는 것 같죠?

　―그러니까요. 지금의 비비 씨를 제대로 마주한 것 같진 않아요.

　―비비 씨 속상하겠어요. 그렇게 고백했는데…….

　―정말 어렵네요. 그 시절을 좋아하는 건지, 그 시절을 지나 현재의 이 사람을 지금 모습 그대로 좋아하는 건지 구별하는 일이…….

　연예인 패널들은 일반인 출연진들의 말과 행동에 적절한 반응과 추임새를 넣었다. 한참 촬영에 몰입하는데 지구 17호에서 쓰고 있는 핸드폰이 울렸다. 이 핸드폰으로 전화 올 사람은 한 명밖에 없다. 츠키였다. 울리는 진동에 몇몇 후드티들이 나를 돌아봤다. 재빨리 핸드폰을 꺼 버렸다. 슬슬 가야 할 것 같아요. 카이에게 조심히 말을 건넸다. 카이가 턱짓했다. 다시 뒷문으로 빠져나왔다. 카이를 따라 다시 홀린 듯이 방송국 미로를 걷다 보니 지하 주차장이었다. 다시 핸드폰을 켜고 츠키에게 메시지를 보냈다.

─지금 가고 있어. 빨리 갈게. 미안해.

카이의 차 안에서 바라보는 오로라티아 시내는 새로웠다. 다시 포켓 카메라를 켰다. 지구 17호 사람이 운전하는 차를 타고 있다. 카이가 잔잔한 재즈풍의 음악을 틀었다. 츠키 생각은 잠시 음악에 묻혔다.

"저도 예전에 음악 예능 아이디어 낸 거 있는데 들어 보실래요?"

"그래, 한번 피칭해 봐."

"일단 로그라인은 이거예요."

외계인이 최초로 만날 가요 앨범을 제작한다면?
우주에 보낼 지구 대표 가요를 선발하라!

"우주선에 넣을 만한 최고의 가요를 선발하는 거예요. 지구를 대표할 만한 곡으로요."

이전에 '보이저'에 지구를 대표하는 노래 100곡을 실어 보냈던 '보이저 골든 레코드'에 착안한 아이디어였지만, 카이에게 보이저 골든 레코드를 언급하는 건 위험했다.

"외계인에게 지구 대표 노래로 소개할 만한, 모두가 인정하는 명곡을 뽑는 예능인 거죠!"

"재밌는데? 내가 CP라면 과감히 밀어주고 싶을 거야."

카이가 프로그램 규칙으로 몇 가지 아이디어를 보탰다. 나는 때로는 동의하고 때로는 반발했다. 며칠 만에 친근해진 길거리 풍경들이 창밖으로 빠르게 스쳐 지나갔다. 우리의 대화만큼이나 끊임없었다. 오토바이와 차들이 내뿜는 빛과 주황색 가로등 불빛 사이로 무지개 방울들이 각양각색으로 흘러 다녔다.

—츠키, 먹고 싶은 거 있어?

다시 츠키에게 메시지를 보냈다. 메시지가 '읽음' 처리가 되었는데도 츠키는 답이 없었다.
"소랑, 괜찮아? 거의 다 왔어."
"네. 오늘 재밌었어요."
핸드폰에 시선을 고정한 채 조급하게 대답했다. 카이가 걱정스레 물었다.
"여기서 어디로 가면 돼? 숙소 바로 앞에 세워 줄게."
"아니에요! 여기 내릴게요."
"들어가는 거 보고 갈래."
"괜찮아요. 연락할게요!"
카이의 제안을 한사코 거절하고 재빨리 내렸다. 츠키에게 전화를 걸었지만 받지 않았다. 츠키는 무슨 일이 있어도 내 연락을 받는다. 심하게 싸웠을 때도, 심지어 자기가 아파서 입원했을 때도 어떻게든 내 전화는 받았다. 더운 밤공기를 뚫고 숙소를 향해 달렸다. 가방 안에서 카이가 선물한 사진들이 요동쳤다. 전력 질주였다.

츠키가 항상 켜 두던 리조트 입구의 불이 꺼져 있었다. 유록 리조트 전체가 밤에 잠긴 듯 고요했다. 밤이면 항상 켜지던 작은 집 사이사이의 전등도 전부 꺼진 상태였다. 내가 머무는 목조 가옥을 지나쳐 츠키의 집으로 향하려는데 나의 숙소 문이 활짝 열려 있는 걸 발견했다. 심지어 2층 침실의 창문이 뜯겨 있었다. 불길한 기운이 리조트의 어둠처럼 깊어졌다. 츠키의 숙소로 뛰어갔다.

츠키의 숙소 문은 활짝 열려 있었다. 현관 앞 잔디에 강 선배와 희나 피디의 백팩이 널브러져 있었다. 강 선배와 희나 피디는 샤데르발로 떠난다고 했는데 왜 그들의 가방이 여기 있지. 리조트 입구에서부터 예감한 불안이 온몸이 떨릴 정도로 커졌다. 아직 무엇도 눈으로 본 게 없지만, 눈물이 땀처럼 흘러내렸다. 츠키의 어두운 방은 바깥에서 아무것도 보이지 않았다. 숨을 참고 안으로 들어갔다.

"츠키?"

거실과 주방이 엉망이었다. 내 발소리와 숨소리가 들릴 정도로 집 안이 고요했다. 차라리 츠키가 강 선배와 짠 짓궂은 장난이기를. 그런 거라면 기꺼이 재미있게 반응해 줄 텐데. 츠키의 카메라 가방도 거실에 흐트러져 있었다. 무언가를 찾으려 헤집은 모습이었다. 제발 아무 일만 없어라. 츠키를 만나면 꽉 안아 줄 생각이었다. 츠키의 침실 문이 꼭 닫혀 있었다. 두 손을 바들 바들 떨면서 침실 문을 열었다.

"강 선배!"

츠키의 침대 옆 바닥에 강 선배가 쓰러져 있었다. 목에 검붉은 핏자국이 보였고, 눈동자의 실핏줄은 터져 있었다. 비명을 내지르다 안간힘으로 틀어막았다. 강 선배의 몸을 흔들어 봤지만, 미동도 하지 않았다. 츠키는 침실에도 없었다. 가방의 또 다른 주인인 희나 피디도 보이지 않았다.

츠키의 이름을 부르며 내가 머무는 숙소로 갔다. 츠키와 함께 앉아 편집하던 4인용 테이블에 있어야 할 내 노트북이 보이지 않았다. 주방과 침실의 찬장, 옷장, 무언가를 보관하는 곳은 전부 츠키의 숙소처럼 헤집어 놓은 채였다. 이곳에도 츠키는 없었다. 다시 바깥으로 나와 츠키의 이름을 부르는데 멀리서 고양이 울음소리가 들렸다.

희미한 소리를 따라가니 수영장이 보였다. 밤이면 수영장을 밝히던 조명도 전부 꺼져 있었다. 수영장은 생명력을 잃은 까만 색을 띠고 있었다. 항상 같은 자리에 서 있던 하늘 중계 장비들이 엉망으로 망가진 채 쓰러져 있었고 일부는 수영장 위를 떠다녔다. 장비들 사이로 엎어진 채로 떠다니는 사람의 형체가 보였다. 츠키를 따르던 삼색 고양이가 수영장 테두리를 걸어 다니며 야옹야옹 울었다. 저기를 좀 보라는 듯이. 수영장에 떠 있는 사람의 옷과 헝클어진 양 갈래 머리는 너무나 잘 아는 사람의 것이었다.

"츠키!"

고양이를 지나쳐 수영장으로 뛰어들었다. 몇 번이고 물을 먹으며 츠키를 수영장 바깥으로 끌어냈다. 츠키의 온몸이 파랗게 질려 있었다. 츠키만 다른 세상의 채도값을 가진 것 같았다.

"츠키! 안 돼, 이게 무슨…… 제발, 츠키!"

울부짖을 새도 없이 인공호흡부터 했다. 하니 엄마가 수백 번 가르쳤던 심폐소생술도 여러 번 시도했다. '수영장에선 무슨 일이든 일어날 수 있어.' 하니 엄마는 수영장과 관련된 안전을 교육할 때만큼은 단호했다. 이해가 되지 않을 정도였다. 나는 본능적으로 배운 걸 실행했다. 츠키가 아프다고 짜증 내며 일어나길 바랐다. 츠키는 미동도 없었고, 츠키 대신 삼색 고양이가 더 크게 울기 시작했다. 땀과 수영장 물과 눈물이 뒤섞인 얼굴을 닦으며 계속 츠키의 입에 호흡을 불어넣고, 츠키의 가슴에 무게를 실어 심폐소생술을 했다. 시간이 얼마나 지났을까. 잃어버린 시간 속에서 츠키는 여전히 미동도 없었다. 츠키의 겁에 질린 눈이 가슴 아팠지만, 눈을 감겨 주면 정말 떠나보내는 것 같아서 그렇게 하지도 못했다. 고양이는 옆에서 쉰 울음소리를 내고 있었다. 고양이의 머리를 한번 쓰다듬고, 츠키의 이름을 속삭이며 차가운 몸을 여기저기 안았다. 울음이 터져 나온다는 표현은 이럴 때 쓰는 거였구나. 머리로만 알던 슬픔을 몸으로 겪으면 눈과 코와 입으로 토해 내게 되는구나. 뒤에서 누군가 나를 부르는 소리가 들렸지만 돌아볼 수 없었다. 츠키의 숨을 다시 쉬게 하는 것. 지금 이 순간 내 세상의 전부였다. 츠키의 젖은 몸 위로 내 몸이 쏟아졌다. 목에서 피 맛이 나는 것 같았다. 내 이름을 부르며 가까워지는 카이의 목소리와 고양이 울음소리가 물속에서 듣는 바깥 소리처럼 웅웅거렸다.

츠키의 새파란 입술은 다시 붉어지지 않았다.

츠키가 죽었다.

지구 17호 멸망 일주일 전이었다.

2부

리버스 숏
─또 다른 지구에서

1

방송국 놈들이야말로 칼리온의 기둥이지. 사람들은 말하곤 했다. 주로 부러움이 섞여 있었다. 사람들도 알았다. 이 말에 자부심 느끼는 방송국 놈들이 다수라는 걸. 이 지구를 지배하는 종교 '칼리온'의 정신을 시청각적으로 전달하는 일은 방송국 피디들이 꿈꾸는 일이었다. 칼리온의 정신을 받들면 죽어도 축복의 지구에 닿을 수 있다. 살아서는? 견고한 부와 명예를 챙길 수 있다. 결정적으로, 자부심을 느낄 수 있다. 남들보다 중요한 사람이라는 자부심.

—카이, 왜 이렇게 칼리온의 기둥이라는 표현을 싫어해?
—썩은 기둥이니까요.

누군가에겐 이 지구를 지탱하는 기둥처럼 보이겠지만, 내가 봤을 때 방송국 놈들은 칼리온에 봉사하는, 말 그대로 썩은 기둥이었다. 의심 없이 그릇된 믿음을 전파하고 오만한 욕심으로 다른 지구를 착취하는데 일조하는 병폐. 그러나 내 의견과 관계없이 칼리온의 기둥이 되고 싶어 하는 방송국 놈들은 많았다.

수많은 지구가 존재하는 세계관에서 고작 하나의 지구에 속한 인간이란 얼마나 작고 초라한가? 우리와 비슷한 지구부터 전혀 다른 역사를 써 내려가는 지구까지, 무수히 많은 지구가 존재하는 세계관 앞에서 우리는 겸허해졌다. 세계는 인간에 비해 너무 컸다. 인간은 우주 먼지였다. 머리에 힘주고 살지 않으면, 사막처럼 쓸쓸한 공허에 사로잡혀 삶의 의욕 잃기 십상이었다. '연결 지구'라는 거대한 우주에서 삶의 의미를 부여하는 것이야말로 신의 중요한 역할이었다. 태어날 때부터 다른 지구의 존재를 배운 우리는 무의미에 지지 않고 삶에 나름의 의미를 부여할 단 하나의 방법을 찾았다. 신과 가까워질 것. 칼리온 신의 뜻을 헤아릴 것. 그래서 방송국 놈들은 기꺼이 칼리온의 기둥으로 거듭났다.

썩은 기둥이라고 욕했지만 나도 방송국 놈들 중 하나였다.

신과 최대한 멀어지고 싶어서 음악 방송 피디가 되었다고 하면 납득이 될까? 칼리온에 순응하지 않는 것에 자부심이 있었다. 칼리온과 멀어지면 자연스레 아버지도 멀리할 수 있었고, 내게는 아버지로부터 벗어나는 일이 중요했다. 아버지는 내가 칼리온의 사제가 되길 간절히 바랐지만, 나는 영화감독이 되고 싶었고 지구 1호의 영화를 보며 영화감독을 꿈꿨다. 그러나 칼리온이 지배하는 지구에서 '좋은 영화'란 곧 칼리온 종교의 정신 계승이었으므로, 영화감독을 하며 칼리온과 멀어지는 일은 불가능했다. 내가 사는 지구에서 영화는 칼리온의 선교 수단에 불과했으므로. 그것만은 하기 싫었다. 하지만 찰나의 빛을 영상으로 기록하는 일 또한 놓고 싶지 않았다.

음악 방송 피디는 여러모로 나쁘지 않은 선택이었다. 아버지는 내가 방송국 피디가 되는 것까지 방해하진 않았다. 아버지가 계산했을 때 방송국 피디란, 언제든지 칼리온의 기둥으로 전향할 수 있는 직업이었다. 나는 표면적으로는 아버지의 장단에 맞추는 척했지만 늘 음악 방송만 만들었다. 음악 방송 말고 칼리온의 일을 하지 않는 방송 영역은 많지 않았다. 솔직히 내 일이 늘 재미있진 않았다. 때로는 우스웠다. 그럼에도 나는 '칼리온이 아닌' 무언가를 만든다는 사실에 집중했다. 내 인생에서 칼리온이 아닌 무언가를 할 기회는 이 일이 유일하다고 믿어 왔기에.

우리 가문은 대대로 칼리온 종교를 섬겼다. 칼리온의 역사를 이야기할 때 적어도 7백년은 우리 가문을 빼놓고 이야기할 수 없다. 게다가 내 아버지는 칼리온 최고위 사제직인 '방울의 순례자' 다섯 명 중 하나였다. 나와 이름이 같은 조상, '카이'가 처음으로 방울의 순례자로 뽑힌 뒤 약 7백년간, 우리 가문의 사람이 방울의 순례자 사제직을 차지하지 않았던 적은 없다. 참고로 아버지가 죽으면 그 자리는 내 남동생이 물려받을 예정이다. 남동생은 벌써 방울의 순례자가 된 것처럼 오만하기 짝이 없었고, 나는 1년에 한 번 남동생과 말을 섞을까 말까 하는 사이가 되었다.

우리 가문의 아이들은 걸음마를 떼자마자 칼리온 종교를 섬기도록 철저히 훈련받는다. 나 역시 칼리온의 역사와 정신, 기도법, 건축과 예술, 경전 암기, 연결 지구 창조론, 파견된 조율자의 사례를 공부했다. 무엇보다 '무지개 종말'에 대해 지겹도록 들었다.

무지개 종말. 다른 지구를 멸망시키는 일. 무지개 종말 이야기를 하기 전에 이 종말에 관여하는 사람들의 이야기를 먼저 해야겠다.

칼리온의 사제는 방울의 순례자, 기록자, 조율자로 구성되어 있다. 방울의 순례자는 다섯 명만 뽑는 최고 사제인데, 실질적으로 이 지구의 가장 실권자다. 방울의 순례자는 칼리온의 성전 '연결의 우물'에 자유롭게 출입할 수 있으며 모든 사원과 멸망 기록 보관소까지 언제든 출입할 수 있다. 연결의 우물에는 유일무이한 연결 지구 통신기 '칼리시스' 다섯 대가 있다. 하니 사제가 두 대를 훔쳐 도망가는 바람에 세 대밖에 남지 않았고, 이건 최근 칼리온의 권위가 붕괴되는 데 한몫한 사건이다. 칼리시스에는 방울의 순례자만이 접근할 수 있었다. 방울의 순례자들은 칼리시스를 통해 연결 지구를 지배했다. 아니, 지배한다고 믿었다.

이처럼 방울의 순례자는 칼리온에서 절대적인 위치였고, 신과 가장 가까이서 대화하며 신의 뜻을 대변하는 자들이었다. 그 신의 뜻을 빙자하여 무지개 종말을 일으키기도 했다. 방울의 순례자는 연결의 우물에서 모든 지구를 관찰하고 감시하며 5년에 한 번씩, 두 개의 지구를 선정했다. 하나는 선교 지구, 다른 하나는 종말 지구였다. 이렇게 5년에 한 번씩 두 개의 지구를 선정하는 의식을 '두 지구의 밤'이라 불렀다. 방울의 순례자들은 어떤 지구가 멸망할지 결정할 정도로 권력이 막강했다.

한편 '기록자'는 멸망 기록 보관소를 관리하는 역할로, 고급 사제 훈련을 거친 성인 이상의 사제 중 선발한다. 기록자는 방울의 순례자가 관찰하고 열람한 모든 지구의 기록과 멸망된 지구의 기록까지 정리하고 보관했다. 이렇게 쌓인 기록을 바탕으로 방울의 순례자가 종말 지구를 선정하는 데 도움을 주기도 했다.

마지막으로 '조율자'는 열 살 이하의 아이 중, 칼리온 신의 뜻으로 선택된 아이가 뽑혔다. 표면상으로는 신이 선택하는 거였지만, 실제로는 방울의 순례자가 정치적인 혹은 상징적인 이유로 선택한, 운 없는 아이가 뽑히는 거였다. 칼리온 사제단은 조율자로 뽑힌 어린아이와 함께 칼리온을 선교할 보좌 사제단을 꾸려서 선교 지구로 보냈다. 조율자가 된 아이는 사제단의 교육을 받아 새로운 지구에 맞는 방식으로 칼리온을 전파하고, 그 지구를 대표해 칼리온을 섬기는 평생의 숙명을 받았다. 조율자가 칼리온을 올바르게 전도하는 데 실패하면 그곳은 종말 지구의 후보가 된다. 그리고 종말 지구로 선정되면 무지개 종말을 맞이해야 한다.

무지개 종말은 칼리온 종교에서 가장 중요한 의식이자 행사였지만, 어떤 지구에는 갑작스러운 멸망을 의미했다. 칼리온은 종말 지구로 뽑힌 곳을 '신의 뜻'이라는 명목으로 기어코 멸망시켰고, 이 과정을 생중계했다. 아버지를 비롯한 방울의 순례자들은 칼리온의 교리에 따라 종말 지구를 선정한다고 했지만, 내가 생각했을 때는 칼리온의 선교가 의도대로 행해지지 않거나 과학 기술이 지나치게 발전한 지구, 혹은 우리 지구의 심기를 거스른 지구가 종말 지구로 선정되는 것 같다. 우리가 사는 지구는 칼리온을 필두로 매년 다른 지구를 멸망시키고, 동시에 칼리온의 세력을 늘려 나갔다.

여기까지는 우리 지구에 사는 사람이면 기본 상식으로 다 알고 있는 이야기다. 두 지구의 밤이 되는 해에 조율자를 뽑아 선교 지구로 보내는 것도, 무지개 종말 의식을 치르는 것도. 무지개 종말은 누구나 기다리는 행사였고 나는 그 사실이 끔찍했다.

두 지구의 밤이 되면 칼리온은 조율자를 선정하는 과정을 특집 다큐멘터리로 제작해서 방송했다. 무지개 종말 의식도 생중계로 송출했다. 특히 무지개 종말 의식이 이뤄지는 순간은 일반 순례자들이 연결의 우물 성전을 출입할 수 있는 유일한 기회이

기도 해서, 신도들은 두 지구의 밤을 기다렸다. 우리 지구의 사람들은 칼리온이 다른 지구를 멸망시키는 장면을 함께 목격하고 묵인함으로써 다 같이 종말의 공범이 되었다. 그리고 그 연대 의식이 칼리온 종교와 믿음을 더욱 단단하게 했다.

이쯤에서 지구들의 서열을 다시 짚고 넘어가야겠지.

소랑은 알레프 프로덕션이 본거지를 둔 지구를 지구 1호, 내가 살았던 지구를 지구 17호라고 불렀지만, 나에게 우리 지구는 지구 17호가 아니라 '원초 지구'다. 칼리온이 시작되고 내가 태어난 이 지구를 우리는 원초 지구라고 부른다. 칼리온 경전에 따르면 수많은 지구를 연결해 주는 신이 칼리온, 칼리온의 뜻을 대변하는 지구가 곧 원초 지구였다. 이외의 다른 지구들은 원초 지구에서 파생된 것에 불과했다. 파생 지구란, 선교 가능성이 있는 지구거나 종말이 예정된 지구일 뿐이다. 그러니까 소랑이 '지구 1호'라고 부르는 지구도 나의 입장에서는 그저 파생 지구다.

동시에 소랑의 지구는 내게 '마틸다 지구'였다.

지구 1호가 내게 마틸다 지구가 된 건 하니 사제 덕분이었다. 소랑이 '하니 엄마'라고 부르는 여자. 소랑의 친엄마이자 나의 스승. 하니 사제는 내게 지구 1호의 영화를 보여 주고, 원초 지구 바깥세상을 보는 시야를 넓혀 준 은인이었다.

여섯 살이 되던 해, 나는 내 의지와 관계없이 기록자 훈련 과정에 등록되었다. 아버지는 남동생에게 방울의 순례자 자리를 물려주고, 나는 기록자가 되어 남동생을 든든하게 지원해 주길 바랐다. 아버지는 어린 나이에 능숙하게 카메라를 다루는 내 모습을 기록자로서의 재능으로 해석했다. 아버지는 내가 최연소 기록자가 되어 가문을 빛내길 바랐다. 병든 어머니를 기쁘게 할 방법은 내가 기록자가 되는 것뿐이라고 강조했다. 아버지만큼이나 어머니를 미워했던 내게는 효과가 없었다. 당시의 나는 오랫동안 칼리온을 섬겨 온 가문 출신의 어머니가, 아버지와의 불행한 결혼 생활로 시름시름 앓았다는 사실을 알 길이 없었다. 나의 기억 속 어머니는 항상 병약하고 수동적이었다.

기록자 후보생들은 칼리온의 기본 교리부터 멸망 기록 보관소의 기록 열람까지 다양한 수업을 들었다. 그중 가장 끔찍한 수업은 멸망 기록 보관소에 있는 다른 지구들의 종말 이미지를 보며 인상비평하는 수업이었다. 현역 기록자들은 후보생들에게 다른 지구들이 고통받는 모습을 보여 주며 이런 엄중한 결정을 내리는 칼리온 지구가 얼마나 위대한지, 신의 형벌을 결정할 땐 얼마나 냉정해져야 하는지 훈련시켰다. 나는 기록자 후보생 중 가장 어렸고, 멸망 기록 보관소의 영상 기록물을 시청하는 걸 두려워했다. 처음에는 어린 나이를 이유로 나의 불성실한 수업 태도를 묵인하던 현역 기록자들도 반년이 지나자 나를 낙제시키려고 했다. 이내 아버지의 무자비한 폭력이 수반됐다. 아버지의 세계관에서 자신의 딸이 기록자조차 되지 못하는 일은 일어나선 안 됐다. 나는 아버지의 물리적 폭력과 멸망 기록 시청 중에서 선택해야만 했고, 후자가 낫다는 결론을 내렸다. 어린아이에게 물리적 폭력과 혈연에게 미움받는 것은 직관적인 두려움이었으니까.

폭력적인 환경에서 나를 구원한 사람은 하니 사제였다. 하니 사제는 내 상황을 파악하자마자 나를 직속 수제자로 삼았다. 하니 사제는 당시 내 아버지처럼 방울의 순례자 다섯 명 중 하나였고, 나는 방울의 순례자의 직속 제자라는 이유로 기록자 훈련 과정을 면제받았다. 아버지는 한동안 내가 어린 나이에 하니 사제의 수제자가 된 것을 자랑스러워했다. 심지어 하니 사제는 방울의 순례자 중에서도 칼리시스를 다룰 줄 아는 권위 있는 가문 출신이었다. 하니 사제의 가문 출신만이 칼리시스를 자유자재로 다룰 수 있었고, 그 점이 하니 사제와 그 가문에게 힘을 주었다. 마치 신의 선택을 받은 것처럼 보였다. 내가 하니 사제의 제자가 된 것이 아버지의 야심에 불을 지폈다. 아버지는 하니 사제를 항상 질투했고, 그 가문을 두려워했으니까. 아버지는 내가 우리 가문에서 최초로 칼리시스를 다루는 사람이 되길 바랐다.

하니 사제는 무자비한 폭력으로부터만 나를 구원한 게 아니었다. 나는 하니 사제와의 시간을 보내는 동안, 신 없이도 삶의 의미를 찾아낼 수 있었다. 영화 덕분이었다. 정확히는 지구 1호의 영화들. 하니 사제는 칼리시스로 내게 다른 지구에서 만든 다양한 영화를 보여 주었다. 그게 하니 사제의 수업이었다. 기록자 훈련 과정 탓에 다른 지구가 멸망하는 이미지만 보던 나에게, 지구 1호의 영화들은 새롭고 재미있었다.

지구 1호의 영화 중 내가 처음으로 본 것은 「마틸다」였다. 특별한 재능을 가진 소녀가 자신의 진가를 모르는 속물적인 가족들 사이에서도 미스 허니 선생님과 함께 재능을 꽃피워 가는 이야기. 하니 사제가 의도해서 나에게 이 영화를 보여 줬는지는 모르겠지만, 내가 「마틸다」를 보며 주인공 마틸다에 이입하는 건 예견된 수순이었다. 종교를 강요하는 아버지, 원치 않는 삶으로 병들어 투명 인간이 되어 버린 어머니, 아버지를 등에 업고 나를 괴롭히는 남동생. 한편 억눌린 재능을 발휘하고 싶은 재기발랄한 꼬마 아이가 나였다. 마틸다를 구원해 준 '미스 허니' 선생님은? 내게는 허니 선생님과 이름마저 비슷한, 하니 사제가 있었다. 나는 원초 지구의 어떤 매체보다 내 인생을 이입할 수 있는 지구 1호의 영화에 순식간에 빠져들었다. 그렇게 지구 1호는 내게 마틸다 지구가 되었다.

내가 하니 사제의 갓난아이를 품에 안고 「매트릭스」, 「반지의 제왕」, 「금발이 너무해」, 「화양연화」, 「살인의 추억」 등을 보며 영화감독의 꿈을 키우는 동안, 하니 사제는 다른 지구들을 하나씩 살피며 이주할 곳을 탐색했다. 하니 사제는 공룡시대에 멈춰 있는 지구부터 이곳과 가장 비슷한 지구까지 다양한 선택지를 고려했고, 가끔 내 의견을 물었다.

—사제님, 마틸다 지구는 어때요? 재미있는 영화도 많고…….

무엇보다 우리랑 굉장히 비슷하잖아요. 언어도, 지리도.

　나는 하니 사제에게 마틸다 지구를 강력히 제안했다. 마틸다 지구에는 마틸다만 있는 게 아니었다. 「해리 포터」도 있었다. 나는 하니 사제가 어느 지구로 갈지 고심할 때마다 마틸다 지구를 추천했다. 나와 하니 사제의 비밀 수업이 1년이 되어 갈 때, 하니 사제가 쾌활하게 고백했다.

　─우리는 마틸다 지구로 갈 거야. 카이도 같이 갈래?

　솔깃한 제안이었다. 나는 하니 사제가 다른 지구로 떠나면 더 이상 지구 1호의 영화를 볼 수 없었다. 다른 지구의 영화도 마찬가지였다. 하니 사제가 떠나면 나는 칼리온에 미쳐 있는 가족, 종말 지구를 고르는 오만한 종교와 함께 덩그러니 남겨지겠지. 당연히 하니 사제를 따라갔어야 했다. 그러나 그때의 나는 너무 어렸다. 마틸다가 가족을 떠난 것처럼 나도 가족을 떠나 허니 선생님과 함께 마틸다 지구로 가 버렸으면 좋았을 텐데, 나는 용기 내지 못했다. 이곳이 미래에도 변하지 않는다는 걸 헤아리기에 너무 어렸고, 이곳에서도 영화감독이 될 수 있다고 생각했다. 강압적인 아버지와 아픈 어머니와의 애매한 유대 관계 또한 포기하지 못했다. 나는 이듬해 어머니가 돌아가신 순간부터 지금까지, '만약 하니 사제를 따라갔다면 어땠을까' 수백 번 곱씹으며 살아왔다.

　하니 사제는 굳이 나를 설득하지 않았다. 그리고 일주일 뒤 딸과 함께 칼리온의 성배 칼리시스 두 대를 훔쳐 다른 지구로 달아났다. 하니 사제가 다른 지구로의 도주를 계획한 이유가, 그의 어린 딸이 조율자로 내정되었기 때문이었다는 건 나중에 알게 되었다. 아버지를 필두로 하니 사제를 못마땅하게 여겼던 나머지 방울의 순례자들이, 하니 사제의 어린 딸을 조율자로 선정했던 것이다. 세 살짜리 딸이 다른 지구로 가서 조율자로 성장해야 하고, 칼리온이 내건 목표를 이루지 못하면 그 지구와 함께 멸망해야 한다니. 가혹한 운명이었다. 칼리시스 두 대와 함께 사라져 버린 하니 사제는 이단자로 찍혀 즉시 파문당했다. 하니 사제의 가문은 힘을 잃었다. 하니 사제의 수제자였던 나 역시 한동안 조사 위원회에 불려 다녀야 했다. 이단자와 우리 집안이 엮이는 불명예를 참을 수 없었던 아버지의 지시로 나는 한동안 외출 금지를 당했다. 아버지는 내게 직접 끔찍한 훈련을 시키는 걸로 본인의 감정을 해소했다. 나는 그 어느 때보다도 많은 시간을 멸망 기록 보관소에서 보내야만 했다. 강제로 종말 지구의 이미지를 시청했다. 다른 지구의 고통을 아무렇지 않은 척 감내하는 연습을 해야만 했다. 이 시절은 내게 평생의 트라우마가 되었고, 나는 생존을 기만하는 모든 행위를 극단적으로 싫어하게 되었다. 그래서 서바이벌 예능도, 소랑의 언니가 만들었다는 〈메가 로봇 배틀〉도 싫어한다.

그 뒤 하니 사제가 신으로부터 처형을 당했다는 이야기, 멸망지구로 유배됐다는 이야기 등 소문이 무성했지만 나는 알고 있었다. 하니 사제와 그 아기는 죽지 않았다는 걸. 하니 사제가 나에게 보여 줬던 영화들을 떠올리며, 나는 하니 사제와 아기가 마틸다 지구에서 행복하게 지내는 모습을 그렸다. 하니 사제의 어린 딸이 「나 홀로 집에」에 나오는 것처럼 아찔한 크리스마스를 맞이하거나 「해리 포터」처럼 호그와트에 입학할지도 모른다고 상상했다. 그러면서도 나는 아버지와의 훈련이 유독 힘든 날이면 하니 사제의 딸을 질투하고 원망했다. 그래도 하니 사제가 보여 줬던 영화를 회상하며 버틸 수 있었다. 마틸다 지구가 실제로 영화 속 세상과 얼마나 닮았는지는 알 수 없었다. 다만 칼리온과 전혀 관계없는 지구들이 있다는 사실과 그 지구가 어떤 모양인지 상상할 재료가 있다는 것은 버틸 힘이 되었다.

다른 지구들을 세트장 취급하며 방송을 만드는 기업이 있다는 걸 처음 알았을 때, 나는 조연출을 마치고 막 연출 피디로서 입봉을 준비 중이었다. 그 방송국이 마틸다 지구에서 탄생한 방송국이라는 것도, 그 방송국이 우리 지구를 '지구 17호'라 부르는 것도(이 대목이 가장 재미있고 웃겼다. 2호도 3호도 아니고 17호라니, 아버지의 반응이 궁금해진다), 우리 지구는 세트장으로도 쓰지 않을 만큼 대수롭지 않게 여기는 것도, 우리의 터전을 방송 각이 없는 흥미롭지 않은 지구 취급하는 것도 다 알게 되었다. 당시 나는 입봉작으로 길거리에서 즉흥적으로 시민들과 소통하는 음악 예능을 준비 중이었다.

　맛없는 커피를 마시며 억지로 아이디어 짜내던 어느 새벽, 노트북 화면에 불현듯 영화 「마틸다」의 화면이 떴다. 다만 내가 기억하던 버전과 달랐다. 난생처음 보는 뮤지컬 버전의 「마틸다」가 형편없는 아이디어로 가득한 나의 기획안 파일 위로 재생되고 있었다. 나는 피곤함도 잊고 뮤지컬 버전 마틸다를 끝까지 시청했다. 은밀한 영화 상영은 일주일 넘게 이어졌다. 「플로리다 프로젝트」, 「매드 맥스」, 「가버나움」까지 시청했을 때 나는 하니 사제가 내게 통신을 시도하고 있다는 걸 깨달았다. 이건 분명히 마틸다 지구의 영화들이었다. 하니 사제는 아직 살아 있구나! 마틸다 지구에서 무사히 살고 있었구나! 나는 노트북에 '안녕, 허니 선생님? 나는 마틸다예요.'라는 메시지를 띄워 두었다. 다음 날 노트북 바탕화면이 '9시에 만나, 마틸다.'라고 바뀌어 있었다. 나는 혼자 사는 집으로 일찍 귀가해, 하니 사제를 기다렸다. 노트북 화면 위로 영상 통신이 재생되며 파란색 단발머리의 버추얼 캐릭터가 나타났다.

　—안녕, 마틸다. 오랜만이야.

　—진짜 허니 선생님이에요?

　—응. 마틸다는 정말 그대로 컸네? 어릴 때만큼 참 곱다.

　—잠깐만요. 우리가 헤어지기 전 마지막으로 본 영화는?

　—음……. 「투모로우」?

「투모로우」는 전형적인 할리우드식 재난 영화로, 지구가 빙하로 뒤덮이는 대재앙을 겪는 와중에 아버지가 아들을 끝내 구해 내는 줄거리의 영화였다. 하니 사제는 마틸다 지구로 떠나기 전 마지막으로 나에게 이 영화를 보여 주면서 '재난 영화에서 중요한 건 재난의 이미지보다 인물의 리액션'이라며, 인물의 대응 방식이 드라마를 만드는 거라고 강조했었다.

—사제님, 이렇게 연락해도 괜찮아요? 칼리온이 찾아내면 어떡해요?

—괜찮아. 내가 어느 지구에 있는지 들킬 수 없으니까……. 아주 많은 지구를 환승해서 너와 통신하고 있거든. 칼리온은 내가 있는 지구를 보지 못하도록 손써 놨어. 게다가 남아 있는 방울의 순례자들은 칼리시스로 다른 지구를 엿볼 순 있지만, 연결의 우물을 결코 열지는 못할 거야. 보기만 하고 이동은 못 한다는 뜻이지.

—연결의 우물을 열지는 못한다고요?

—응. 우물을 여는 건 칼리시스만 있어서 되는 게 아니거든. 설령 그들이 남아 있는 칼리시스로 나를 찾아낸다고 하더라도, 내게 아무것도 못 해. 카이의 아버지를 포함해서 말이야. 자, 우울한 이야기는 관두고 카이 얘기 좀 해 봐. 어떻게 지냈어? 지금은 뭐 해?

—저는 방송국 피디가 되었어요, 사제님.

10여 년 만에 하니 사제와 한참을 떠들었다. 나는 기록자 후보생을 포기하고 아버지와 아찔한 갈등을 치르고 수많은 폭력을 감내한 끝에 방송국 피디가 되었다는 이야기, 하니 사제가 사라진 뒤로 두 지구의 밤 행사가 볼품없어졌다는 이야기(샤데르발 뒷골목에는 하니 사제 이후로 칼리시스를 다룰 줄 아는 방울의 순례자가 없어 다른 지구와 연결 불능이 되었다는 소문이 돌았다)와 내가 마틸다 지구의 영화를 얼마나 그리워했는지 토로했다. 하니 사제는 자신의 딸이 얼마나 잘 컸는지 한참을 자랑하더니, 마틸다 지구가 칼리온 지구와 아주 다른 듯 비슷하다고 이야기했다. 하니 사제는 내게 마틸다 지구의 새로운 영화를 보여 주었다.

그 뒤로 하니 사제는 매번 같은 시간에, 항상 다른 캐릭터의 얼굴로 나타났다. 하니 사제는 영화뿐만 아니라 알레프 프로덕션의 홍보 영상과 지구 1호부터 299호까지의 소개 영상, 알레프 프로덕션의 연결 지구 방송 제작 비하인드까지 보여 줬다. 나는 연결 지구 방송을 통해 다른 세상을 마음껏 즐겼다. 알레프 프로덕션에서 제작하는 연결 지구 방송은 이를테면 해적 방송 같은 거였다. 가장 좋아하는 프로그램은 다른 지구의 사람들끼리 원격으로 만나 연애의 가능성을 시험하는 〈지구 끝까지〉였다. 최후의 선택에서 실제로 커플이 되면 마틸다 지구에서 진짜 만날 수 있게 해 주었다. 내가 가장 싫어하는 프로그램은 〈메가 로봇 배틀〉이었다. 거대 로봇들이 지구를 지키려고 전투하는, 가짜 위기를 진짜 전투로 받아치는 프로그램. 오로라 핑크가 거대 로봇을 조종하며 눈물 흘릴 때마다 심사가 뒤틀렸다. 가짜 안타고니스트와 오로라 핑크의 진짜 마음이 대비를 이루면서 칼리온과 겹쳐 보였다.

—이 모든 게 어떻게 가능해요? 덕분에 재미있는 볼거리가 많아졌어요.
—아내가 아쿠아 시네마 기술이라는 걸 개발했거든.

하니 사제는 알레프 프로덕션에서 만든 아쿠아 시네마 기술을 언급하며 심란해했다. 알레프 프로덕션에서 하늘 중계 기술을 통해 수영장 이동 방법을 알아냈다는 사실을 이야기할 땐 거의 울상이었다. 이 기술이 개발되기까지 많은 사람을 실험 대상으로 썼다며, 이 지구에 칼리온은 없지만 칼리온처럼 전지전능하다는 착각에 빠진 사람들은 많다는 말도 했다. 그 사람 중 한 명이 자신의 아내여서 슬프다고 했다.

아쿠아 시네마 기술의 발명은 뭐랄까, 내가 알던 세계가 뒤집히는 일이었다. 칼리온 세계의 리얼리티가 강력히 부정되는 순간이기도 했다. 칼리온 경전에 따르면, 다른 지구로의 이동은 샤데르발에 있는 연결의 우물을 통해서만 가능했다. 조율자로 뽑힌 아이와 선교사단도 항상 연결의 우물을 통해 다른 지구로 이동했다. 그 반대의 이동은 불가했다. 칼리온 지구에서 다른 지구로 가는 건 가능하지만, 다른 지구에서 칼리온으로 오는 건 불가능하다는 전제가 칼리온 종교의 권위를 형성하는, 아주 중요한 대전제였다. 알레프 프로덕션이 개발한 아쿠아 시네마 기술과 수영장 이동은 칼리온의 대전제에 어긋날 뿐만 아니라 칼리온의 권위를 뒤흔드는 이야기였다.

  ─원초 지구의 연결 수영장은 유록 리조트에 있어. 연달아 발생한 관광객 가족 익사 사건으로 영업이 중단된 곳이야. 실은 그런 익사 사건은 없었어. 다 내가 조작한 거야. 그 수영장을 비워 둬야 했거든.
  ─설마 그 폐업한 리조트요? 연쇄 살인 사건 있었다던.
  ─뭐, 그것도 내가 소문냈지.
  ─칼리온에서는 수영장의 존재를 모르나요?
  ─칼리온 설화에도 내려오는 이야기라 수영장 이야기를 아예 모르진 않아. 정확히 알지 못할 뿐. 칼리온은 설화에 전해지는 수영장 좌표 자리가, 물 없이 막혀 있다고 알고 있지. 그 자리가 샤데르발에 있다고도 잘못 알고 있고. 그리고 생각해 봐, 카이. 수영장의 존재를 인정하면 칼리온을 부정하는 거나 다름없어. 연결의 우물만이 연결 지구의 통로라는 근본이 흔들리는 이야긴데. 칼리온은 수영장 이동이 가능하다는 사실을 믿고 싶지 않을 거야.
  ─칼리온도 모르는 게 있네요? 저도 그 리조트와 수영장 애

길 아버지한테서도 들어 본 적이 없었거든요.

—칼리온은 네 생각만큼 완벽하지 않아. 비약한 믿음으로 오래 버텼기 때문에 겉으로만 단단할 뿐. 뭐, 카이는 실감하지 못하겠지만.

—전 아직도 칼리온이 두려워요. 언제 어디서나 칼리온의 사슬에 묶여 있는 기분이거든요.

—그건 있잖아, 카이. 네가 샤데르발에서 칼리온의 사원도, 연결의 우물도, 멸망 기록 보관소도 매일 보고 살았어서 그래. 그 끝내주는 건축물 앞에서는 누구나 압도당하지. 게다가 넌 '카이'라는 이름을 물려받았잖아. 아버지는 방울의 순례자고. 하지만 나를 봐, 카이. 나 역시 너와 비슷한 환경에서 자랐지만 결국 칼리온을 등졌고, 다른 지구로 왔어.

—그 수영장은 어떻게 되었나요? 사제님이 비밀 군대라도 보내서 지키는 중이에요?

—아니. 놀라울 정도로 방치되어 있어. 때론 그 편이 더 안전하거든.

—누가 수영장에 잘못 들어가기라도 하면요?

—물이 없어서 괜찮아. 물 없는 수영장엔 빠질 수도 없잖아.

—하니 사제님은 그때나 지금이나 다소 무모한 면이 있어요. 사제님도 알아요? 그게 제가 가장 존경하는 점이지만요.

—그래? 그럼 존경하는 사람 부탁 좀 들어줘. 그 수영장을 카이가 맡아 줄래?

내가 하니 사제의 부탁으로 유록 리조트에서 처음 한 일은 수영장에 물을 채우는 일이었다. 아쿠아 시네마 기술에서 하늘 중계만큼이나 중요한 건 수영장의 물을 제대로 관리하는 일이니까. 물은 텔레비전으로 치면 화질이었고, 영화로 치면 스크린이었다. 나는 유록 리조트의 '물 관리인'이 된 대가로 연결 지구 방송을 자유롭게 즐겼고, 다른 지구에 대해 궁금한 걸 마음껏 물어볼 수 있었다. 하니 사제는 내가 알레프 프로덕션에 고용된 거나 다름없다며 웃었다.

　―내 딸 기억나? 세 살 아기였는데.
　―기억나요. 우렁차게 울다가도 영화만 틀면 얌전해지던 아기.
　―그 아기는 자라서 대학생이 되었지.
　―저랑 딱 네 살 차이였죠?
　―맞아.
　―아기는 잘 지내요?
　―응. 너처럼 피디가 되고 싶어 해.
　―영화감독이 아니고요?

내가 반문하자 하니 사제는 한참을 웃었던 것 같다. 마틸다 지구 같은 좋은 지구에서 자랐는데 왜 영화감독을 꿈꾸지 않지? 나는 진심으로 이해할 수가 없었다.

—나중에 우리 딸 이야기도 들어 봐. 마틸다 지구라고 해서 꼭 다 좋은 게 아니니까.

—칼리온 지구보다 더 심할 수는 없어요.

—나는 칼리온이 싫어서 떠나온 사람이니까, 나보다 내 딸의 이야기를 들어 봐.

—제가 사제님의 딸과 이야기 나눌 일이 있을까요?

—내가 갑자기 카이한테 연락한 이유가 궁금하지 않아? 이 모든 위험을 무릅쓰고.

—언제 그 얘길 해 주시나 싶었어요.

—카이에게 내 딸을 부탁하고 싶어. 내 딸이 만약 다른 지구로 간다면, 카이를 만났으면 좋겠다고 생각했거든.

—피디를 꿈꾼다고 했죠? 연결 지구 방송을 만들게 되나요?

—아니, 내 딸은 고집이 좀 있어서. 일반 방송국에 들어가고 싶어 하는 것 같아. 고집 센 만큼 순진하기도 하고 아무것도 모르지만…… 뭐든 시작하면 끝까지 할 아이야. 거절을 당해 본 적이 없어서 제멋대로 구는 것 같아도, 도와주면 금방 배우고 옳은 선택을 할 거야.

—사제님 부탁이면 들어줄 건데요. 제가 뭘 도와줄 수 있나요? 어차피 저와는 다른 지구에 있잖아요.

—언젠가 같은 지구에 있게 되면 말이야. 그때는 꼭 도와줘.

—알겠어요. 그나저나 사제님 딸을 어떻게 알아보죠? 엄청 작은 아가였는데.

─내 딸은 이런 목걸이를 하고 있을 거야.

─어, 칼리시스처럼 생겼네요!

하니 사제가 자신의 목에 걸린 목걸이를 보여 줬다. 카메라에 렌즈 대신 지구가 달려 있는 목걸이였다. 칼리온의 성배 칼리시스를 닮은 모양이다. 하니 사제는 렌즈 대신 달린 지구 모양이 머무르고 있는 지구에 맞춰 변화한다는 말도 덧붙였다.

─난 이제 더 이상 카이를 만나러 오기 힘들 것 같아. 칼리온에 들킬 위험도 있지만, 그보다도 이 지구 안에서도 위험한 일이 많이 벌어지고 있거든. 그러니까 이것만 약속해 줘. 내 딸을 만나면, 꼭 같이 있어 줄래?

─알겠어요. 칼리시스 목걸이 모양도 기억할게요.

─고마워, 카이. 이 은혜는 잊지 않을게.

─아, 맞다. 사제님 딸 이름이 뭐였죠?

하니 사제가 숨을 들이켜더니 또박또박 말했다.

─소랑. 소중한 사랑이라는 뜻이야.

소랑을 부탁해. 꽤 추상적인 부탁이었다. 하니 사제는 그날을 끝으로 더 이상 나타나지 않았다. 다만 내가 해적 방송처럼 사용하던 연결 지구 방송 채널만큼은 열어 두었다. 나는 그 채널에서 방송하는 프로그램과 알레프 프로덕션이 재방송하는 마틸다 지구의 영화들을 위안 삼아 원초 지구에서의 일상을 견뎌 냈다.

하니 사제와의 은밀한 만남이 끝나고 1년 뒤, 나는 연출 피디로 무사히 입봉을 마쳤다. 그리고 '종말의 틈새단'이라는 비밀 조직을 만들었다. 마음이 맞는 사람들과 함께 마틸다 지구의 영화를 감상하는 모임이었다. 방송국 놈들 중에서 나처럼 칼리온의 기둥이 되기를 거부하는 열 명이 모여 마틸다 지구의 영화를 감상하고, 알레프 프로덕션에서 제작한 연결 지구 방송을 즐겼다. 〈메가 로봇 배틀〉은 나를 제외한 모두가 가장 좋아하는 프로그램이었다. 우리는 칼리온 바깥에 얼마나 자유로운 가능성이 있는지, 다른 지구들의 영상 매체를 보며 칼리온의 오류가 무엇인지 치열하게 토론했다. 우리는 때때로 칼리온에 대항할 계획을 짰지만 실행한 적은 없었다. 계획은 대개 비현실적이거나 실효성이 없었다. 그런 계획은 구상하는 동안 잠깐 기분이 좋아지는 데 그쳤다. 칼리온의 틀에 갇히는 게 싫은 사람은 있었지만 칼리온을 무너트릴 기력과 의지를 가진 사람은 없었다.

모임이 3년 정도 이어졌을 때, 구성원을 확장하자는 얘기가 나왔다. 방송국 놈들이 아닌 다양한 직업군을 가진 사람들을 모집해 인원을 스무 명까지 늘렸다. 운동을 오래 이어갈 수 있는 젊은 세대를 유입시켜야 한다는 말도 있었지만, 쉽지 않았다. 10대, 20대들이 칼리온에 유별나게 순종적이라서?

아니, 그들의 무관심 때문이었다.

요즘 세대는 칼리온에 관심 자체가 없었다. 그들은 칼리온에 반항하지 않았지만 그다지 충성하지도 않았다. 그들에게 연결 지구 세계관과 칼리온의 역사는 그다지 경이롭지 않았고, '우리는 원초 지구인'이라는 자부심도 없었다. 지금 세대에게 신은 필요 없었다. 칼리온은 그저 어른들이 강요하는 전통적 가치에 불과했다. 그들의 열정은 다른 곳에 있었다. 이를테면 내가 만드는 음악 방송, 자기 자신을 '나답게' 만들어 주는 슬로건, 다양한 소통과 패션과 소셜 네트워크 같은 것이었다.

칼리온이 젊은 세대를 우려해 다가오는 두 지구의 밤을 역대 최고의 규모로 준비하고 있다는 소문이 들려왔다. 칼리온 사제들은 젊은 세대들이 두 지구의 밤 행사를 제대로 체감하면 믿음이 깊어질 거라 여겼다. 어느 조직에나 젊은 세대들을 오독하여 의사 결정자들이 허튼짓하는 건 별반 다를 게 없었다.

나는 종말의 틈새 단원들과 함께 다른 계획을 세웠다. 미디어에 능숙한 세대들에게 마틸다 지구의 방송을 보여 준다면? 그애들이 칼리온의 따분한 선교 영화가 아닌 다른 영화를 보게 된다면? 나아가, 모든 연결 지구 사람들이 자유롭게 영상을 올리고 공유할 수 있다면?

서로 다른 지구에 사는 사람들끼리 자유롭게 서로의 세상을 주고받을 수 있다면?

그러나 이 모든 건 칼리시스가 있어야 가능한 일이었다. 나는

'모든 지구가 자유롭게 서로의 세상을 공유하는 채널을 만든다'
라는 부푼 꿈을 안고 나아갔다. 언젠가 하니 사제와 다시 연락
이 닿을 거라 막연히 기대하면서, 언젠가 이 지옥 같은 칼리온
의 그림자가 사라지길 기도하면서.

　방송국에서 제법 연차가 쌓여 단독으로 음악 방송을 진행하
게 되자, 하니 사제의 '내 딸을 부탁해'라는 말도 잊었다. 그 기
억이 닳고 닳은 필름 사진처럼 희미해질 때쯤, 풋사과 오두막에
서 소랑을 만났다. 이모가 '그 목걸이'를 한 애가 왔다면서 얼마
나 호들갑을 떨었는지. 이모의 전화를 받았을 때 나는 본가의
부름을 받아 샤데르발에 들른 차였다. 샤데르발의 고급 식당에
서 방울의 순례자가 될 예정인 남자와의 결혼을 강요받고 있었
다. 남자는 요즘 세대들의 부재한 믿음을 강하게 비난하며 무지
개 종말을 더 자주 실시해야 하는 이유를 내게 설교했다. 나는
이모의 전화를 방송국의 호출처럼 속여 자리를 파했다. 거칠게
액셀을 밟으며 생각했다. 음악 방송 만드는 거 말고. 칼리온의
기둥이 '되지 않는 것' 말고. 뭔가를 하지 않는다는 수동적인 방
법 말고. 뭔가를 '한다'는 능동적인 방법으로 칼리온에 저항할
수 있지 않을까?

　오로라티아에 도착할 때쯤 청사진이 그려졌다. 장면에 확신
을 가지고 셔터를 누르는 순간처럼 희열이 느껴졌다. 하니 사제
의 딸과 손잡으면 되잖아? 하니 사제의 딸이 지구를 건너 풋사
과 오두막까지 찾아왔잖아? 하니 사제의 딸을 만나면 길이 보

일 것이다. 하니 사제는 칼리온 역사상 가장 파격적인 이단 행위를 저지른 사람이었다. 게다가 칼리시스를 자유자재로 다루는 유일한 사람이기도 했다. 그렇다면 그 딸에게는 칼리온을 망칠 얼마나 대단한 계획이 있을까? 하니 사제의 딸과 함께 칼리온을 망치고, 내 인생과 다른 지구들을 몽땅 구원해야지. 나아가 모든 지구가 통신할 수 있는 세상을 열 것이다. 내가 물려받은 이름을 나 스스로 내팽개칠 것이다. 이런 꿈에 가까이 다가가는 기분으로 풋사과 오두막의 나무 계단을 올랐다. 친숙한 기분이었다. 나는 구체적인 계획을 세우는 것보다 '언젠가는' 이뤄질 거라 믿는 꿈을 꾸는 데 익숙했으니까.

소랑은 울창한 초록을 배경으로 창가 자리에 앉아 있었다. 입고 있는 푸른색 원피스 때문인지 소랑이 앉아 있는 자리가 유독 화사해 보였다. 소랑이 앉아 있는 것이 마치 풋사과 오두막에 꼭 필요했던 마지막 퍼즐 같았다. 소랑은 옅은 갈색 머리를 묶은 연두색 스크런치에 무지개 방울이 붙어 있는 줄도 모르고 뭔가를 골똘히 보고 있었다. 〈메가 로봇 배틀〉이구나. 오디오만 들어도 알 수 있었다. 나도 자주 봤으니까. 전투를 중계하는 해설진의 목소리도, 오로라 핑크가 주특기인 오로라 임펄스를 쏠 때 나오는 효과음도, 하이라이트 장면에만 틀어 주는 비지엠도 전부 익숙했다. 소랑은 내가 다가가자 화들짝 놀라며 태블릿을 감췄다. 나는 연결 지구 방송도, 하니 사제의 존재도 전부 모른 척했다. 그저 그 애의 머리끈에 붙어 둥둥 떠다니는 무지개 방울을 떼어 줬다. 안녕, 소랑. 너를 아주 오래 기다려 온 것처럼 떨리네. 하니 사제님께 안부 전해 줘. 이런 말을 할 수는 없었으므로 추상적인 감상을 내뱉었다.

—여름이네요.

소랑은 풋사과 오두막을 아주 좋아했다. 아무래도 마음에 들었을 것이다. 풋사과 오두막은 오로지 소랑을 위해 탄생한 공간이니까.

풋사과 오두막은 하니 사제가 하나뿐인 자신의 친딸에게 남겨 주려고 만든 선물이었다. 하니 사제는 언젠가 자신의 딸이 이 지구에 왔을 때 애정을 가질 만한 공간을 만들고 싶어 했고, 그 작업을 의뢰받은 건 하니 사제와 절친했던 우리 이모였다. 오케스트라 수석 단원이었던 이모가 은퇴 후 유록 리조트와 가까운 숲에 카페를 만든 건 오로지 친구의 부탁 때문이었다. 내가 열다섯 살이 되던 해, 이모는 웬 유치원생의 그림 한 장으로 오두막을 짓기 시작하더니 카페를 차린다고 했다. 하니 사제가 이모에게도 통신을 시도했고, 소랑이 어릴 때 그렸던 '내가 만들고 싶은 아지트' 그림을 보냈다는 건 한참 뒤에야 알았다. 이모는 하니 사제가 칼리온에 이단자로 찍혀 다른 지구로 도망갈 때 도와줄 정도로 가까운 친구였다. 이모 역시 칼리온의 강압적인 정신 교육에 지쳐 음악가의 길을 선택했으나 평생 칼리온의 찬가를 연주하다가 은퇴한 기구한 음악가였다. 풋사과 오두막이 완성되고, 이모는 음악가의 꿈을 이뤘을 때보다 더 행복하다고 말했다.

그 풋사과 오두막에 앉아, 하니 사제의 딸과 아무렇지 않게 대화를 나누고 있다는 게 실감 나지 않았다. 소랑이 환하게 웃을 때마다 소랑의 목걸이가 자꾸만 눈에 들어왔다. 카메라에 렌즈 대신 지구가 박혀 있는 모양의 목걸이. 다만 그 목걸이 속 지구는 하니 사제의 말처럼 머물고 있는 지구에 따라 대륙들의 생김새와 배치가 묘하게 바뀌는 목걸이였다.

그 애가 내게 저녁을 먹자고 말했을 때는, 잠시 나의 야심에 찬 계획을 잊고 말았다. 단순한 호감으로 너와 밥을 먹을 수도 있는 걸까? 목적과 사명감 없이 사람과 관계를 맺어 본 기억이 까마득했다. 누가 나에게 무언가를 제안할 땐 우리 가문, 나아가 칼리온과 관련된 청탁이 수반되는 게 일상이었다. 나는 그런 사람들을 거절하고 걸러 내느라 잔뜩 예민해지곤 했다. 칼리온의 기둥이 되길 거부하고 있지만, 나 역시 평생을 칼리온의 그늘에서 살아온 사람이었다. 칼리온의 그늘에서는, 사명감과 믿음과 명분만이 행동하는 동기였다. 그렇게도 싫어하는 칼리온의 방식은 이미 나의 일부였다. 소랑이 제안한 저녁 식사 자리는 대단히 사적이었다. 그래서 그 저녁 시간이 나에게 유독 커다란 사건처럼 다가왔다.

'잃어버린 시간을 찾아서'라는 단골 가게에 들어가기 전, 마음을 다잡았다. 나는 소랑과 놀러 온 것이 아니다. 우리는 함께 손을 잡아 칼리온에 균열을 일으킬 것이다. 하지만 저녁 식사를 하면서 깨달았다. 맘대로 되지 않겠다는 것을. 소랑과 손잡아 칼리온을 망치려는 계획에는 큰 문제가 있었다. 소랑이 아무것도 몰랐기 때문에. 칼리온 종교도, 자기가 지구 17호라고 부르는 이 지구가 원초 지구라는 것도, 올드타운의 수많은 사원들이 의미하는 바도, 하니 사제의 진짜 정체도, 소랑 본인이 태어난 곳이 지구 17호라는 것도. 아무것도 모르면서 왜 칼리온이라는 위험을 무릅쓰고 이곳에 왔는지조차 의문이었다. 하니 사제는 백지 상태인 소랑을 왜 이 지구에 보낸 걸까?

소랑이 내게 올드타운의 사원을 보며 소원이 있느냐고 물었을 때, 소랑은 여름휴가를 가고 싶다는 나의 대답을 듣고 내게 미안해했다. 처음엔 왜 저렇게 죄지은 사람 같은 얼굴을 하는지 몰랐다. 소랑은 아주 한참 뒤에야, 지구 17호가 멸망할 예정이고, 자신은 멸망 인서트 컷을 찍으러 왔다며 슬퍼했다. 언니에게 내년 여름휴가는 없다는 것을 말해 주지 못해서 미안했다며 소랑은 엉엉 울었다.

나는 힘이 쭉 빠져 버렸다. 너야말로 아무것도 모르면서.

소랑의 눈에는 이 원초 지구가 아무 문제 없이 멀쩡해 보였을까? 소랑은 늘 녹화 버튼을 누르고 있었지만, 진실을 전혀 보지 못했다. 이 지구는 네가 생각하는 것처럼 아름다운 브이로그의 풍경이 아니야. 이 지구는 칼리온에 잡아먹혔다고. 이렇게 고함지르고 싶었지만 소랑만 보면 화를 낼 수가 없었다. 아무것도 모르는 사람임이 분명했기 때문에 소랑의 마음이 투명하게 와 닿았다.

소랑은 칼리온과도 알레프와도 상관없이, 순수한 호감으로 내게 밥을 먹자고 한 거였다. 그저 이유 없이 서로를 알아 가고 싶을 수도 있나? 이렇게 설명하기 어려운 감정은 처음이었다. 아무것도 모르는 저 아이의 무지한 물음이 싫지 않았다. 그래서 였을까? 나는 소랑을 일터에도 불러냈다. 방송국엔 아버지의 눈과 귀가 많다는 걸 알면서도. 어쩌면 아무것도 모르는 건 나 였을지도 모른다. 나는 아주 한참 뒤에야, 내가 소랑에게 잘 보이고 싶었다는 것을 눈치챘다.

녹화를 마치고 소랑을 바래다주던 날. 차에서 내려 달려가는 그 애의 뒷모습이 유독 불안했다. 유록 리조트에 사설 보안 요원을 심어 뒀으면서도 그랬다. 소랑은 유록 리조트가 마냥 안전 하다고 느끼겠지만, 그야 소랑은 칼리온을 몰랐으니까. 종말의 틈새단은 소랑이 없을 때도 유록 리조트를 지키고 있었는데, 하니 사제의 딸인 소랑이 등장한 이상 리조트는 더 위험할 수 있었다. 우리는 24시간 보안 요원을 늘린 차였다. 안 되겠다. 소랑이 알면 기겁할 수도 있지만 소랑이 안전하게 숙소에 들어가는 것까지만 몰래 보고 가야지. 그냥 그런 마음이었다. 정말로 무슨 일이 일어날 거라고 생각했던 건 아니었다. 이를테면 츠키가 죽는 일 같은 것. 그래서 심장이 터지는 줄 알았다. 칠흑 같은 리조트 입구에 들어갔을 때. 숨어 있는 사설 요원이 내 얼굴을 보고도 나타나지 않았을 때. 박쥐란 나무와 비어 있는 오두막에 잠복해 있어야 할 사설 요원들이 전부 시체로 발견됐을 때. 피가 빠져나가는 기분을 느끼며 찾아간 소랑의 숙소가 엉망인 걸 보았을 때. 풋사과 오두막에서 잠깐 봤던 남자의 시신을 츠키의 숙소에서 보았을 때. 고양이 울음소리와 소랑의 비명이 들리는 수영장으로 뛰어가는 내내 내가 어떤 기분이었는지 소랑은 짐작하지 못할 것이다.

멸망 기록 보관소에서 참혹한 멸망 현장을 봤을 때보다도 마음이 무너졌다. 그걸 애써 다잡으며 수영장으로 달려가 소랑을 안아 버렸다. 츠키의 시신을 꺼안고 흐느끼던 소랑은 내 얼굴을 보자 거의 실신했다. 소랑은 내게 안겨 츠키의 이름과, 지구 17호가 곧 멸망할 거라며 미안하다는 얘기만 반복했다. 나는 '멸망'이라는 단어에 놀랐지만 지금은 소랑을 돌보는 일이 우선이었다.

소리 내어 우는 소랑을 달래는 것이 처음은 아니었다. 내가 어린아이였을 시절에 나는 「나 홀로 집에」 같은 영화를 보며 아주 아기였던 소랑을 몇 번이나 달랜 적이 있었으니까. 아주 오랜만에 소랑을 달래면서 생각했다. 정말 다행이라고. 내가 방송국에서 좀 더 붙잡지 않았더라면 이 애를 잃었을지도 모르겠다고. 동시에 결심했다. 아무래도 하니 사제의 부탁을 들어줘야겠다고. 뭐가 됐든 나는 소랑을 지킬 것이다. 아무것도 모르는 소랑을, 대단히 비윤리적인 일을 행한 것처럼 내게 죄책감을 가지는 소랑을, 소중한 사랑이라는 이름을 가진 아이를.

그 아이는 지금 내 침대에 누워 잠들어 있다. 나는 그 옆에 앉아 뭐부터 할지 열심히 머리를 굴리고 있다. 칼리온을 거스르는 일은 평생 계획해 온 일이었지만 이렇게 지금 당장, 구체적인 실행을 맞이할 줄은 몰랐다. 우선 츠키를 죽인 게 칼리온의 짓이 맞는지 확인해야겠지. 그다음은…… 떠오르지 않았다. 불과 네 시간 전에 방송국에서 녹화를 이끌었다는 사실이 믿기지 않았다.

내가 이틀간 밤샘 촬영을 했다는 사실을 인지하자마자 피로가 덮쳤다. 일단 좀 자야겠어. 소랑이 누워 있는 넓은 침대를 봤다. 소랑은 모르겠지만 우리가 함께 잠드는 것도 처음은 아니다. 영화를 보다 잠들어 함께 하니 사제의 침대에서 깬 적이 있으니까.

하지만 그 시절은 나 혼자만의 기억이다. 소랑의 어깨 위까지 얇은 이불을 한 겹 더 덮어 주고 방을 나섰다. 소파에 누워 잠결에 이런저런 계획을 세웠다. 거실 천장에서 빙빙 도는 실링 팬을 따라 나의 생각도 빙글빙글 제자리를 맴돈다.

하니 사제의 딸이 다시 마틸다 지구로 돌아가면 좋겠다. 다른 지구를 세트장 취급하면서 한가롭게 방송이나 만들지 왜 여기 와서 이 고생을 하고 있는 거냐고. 하니 사제는 도대체 왜 이 아이를 칼리온의 소굴로 보냈을까. 기껏 데리고 도망쳤잖아. 아니다, 애초에 하니 사제가 여기로 보낸 건 맞을까? 나는 너를 지키기 위해 뭐든 하겠지만, 소랑. 네가 지금 당장이라도 마틸다 지구로 돌아갔으면 좋겠어. 너는 호그와트나 상상하면서 행복하게 지냈으면 해.

2

멸망의 이미지는 하나가 아니다. 정체불명의 소행성 충돌과 연쇄 작용. 외계인 침입은 부지기수다. 화산 폭발로 도시를 뒤덮은 용암과 재. 어느 날 갑자기 서로를 물어뜯고 죽이는 좀비가 되기도 한다. 기후 이상으로 며칠 만에 찾아온 빙하기. 자원 부족과 대기 오염으로 텅 빈 거리. 맞으면 즉시 피부병에 걸리는 비가 내리거나 들으면 병에 걸리는 주파수가 퍼질 때도 있다.

소랑은 내 집 거실의 녹색 소파에 앉아 멸망의 이미지를 말하는 중이었다.

"영화가 유일한 블록버스터였던 시절에는요. 멸망 위기의 지구를 다룬 영화가 지금보다도 인기가 많았대요. 멸망만큼 아찔한 블록버스터도 없으니까요."

“이거 좀 마셔, 소랑.”

수영장에서 한바탕 울었던 소랑의 목소리는 아직도 잠겨 있었다. 나는 소랑에게 미지근한 물을 권했다. 소랑은 거절하더니 쉰 목소리로 말을 이었다.

“그런 영화에서 멸망의 이미지는 빠르고 갑작스럽게 찾아와요. 인류가 충분히 대비하거나 재난을 실감하기 전에요. 그게 핵심이죠. 멸망을 시각적으로 웅장하게 보여 주는 것도 중요하지만, 빠르고 갑작스럽게 찾아온 멸망에 인물들이 어떻게 반응하는지가 더 중요한 거죠. 인물이 혼자만 살아남기 위해 이기적인 행동을 하는가? 가족, 인류를 지키기 위해 희생하는가? 두려움 앞에서 맞서 싸우는가, 도망치는가? 이런 질문을 던져 보는 거죠. 쏟아지는 멸망의 이미지 사이에서, 인물들은 행동하고 때로는 반응하겠죠? 이 모든 멸망의 과정 끝에…… 주인공은 성장하고 그에 걸맞은 최후를 맞이해요. 주인공에게 영화감독이 신호를 보내는 거예요. 레디, 액―션!”

소랑은 잠깐 말을 멈추더니 주황색 찻잔을 들어 물을 마셨다. 나는 소랑의 옆에 앉아, 끈기 있게 소랑의 다음 말을 기다렸다. ‘레디, 액션’을 외치는 소랑의 목소리는 간밤의 오열의 흔적으로 처참하게 갈라졌다.

“액션, 리액션, 리액션. 방송국에서 가장 많이 연습한 ‘쪼아주기 편집’ 중 하나였어요. 인물이 액션을 하면, 무조건 리액션을 두 컷은 붙여라. 선배들이 이렇게 가르쳐 줬어요. 누가 무대할 때 멋진 고음을 내지르면 감탄하는 주변 인물의 리액션을 골라야 해요. 아, 음악 예능 쪽은 언니가 더 잘 알겠네요. 스포츠 예능에서 출연진이 활약하기 전에…… 배구면 스파이크를, 축구면 골을 넣기 직전에요. 공을 차는 액션 다음엔, 그 출연진이 골을 진짜로 넣었을지 아닐지 쪼아 줄 만한 리액션 두 개를 넣어야 해요. 리액션은 '액션'의 대단한 정도를 보여 주기 위한 최적의 방법이니까요. 리액션 잘하는 연예인은 섭외 선호도가 높죠. 쓸 수 있는 오디오가 많아지고, 리액션으로 붙일 수 있는 컷이 풍부해지니까. 전체적인 그림을 더 쪼아 줄 수 있으니까."

익히 아는 내용이었다. 음악 예능팀의 조연출 막내들은 종종 방청객 리액션만 따로 골라서 편집하는 작업을 한다. '좀 더 예쁘고 잘생긴 사람 찾아와. 좀 더 감동하는 사람, 눈물 흘리는 사람, 리액션 큰 사람으로 컷 다시 골라.' 나도 이런 지시를 내린 적 있었다. 저 무대가 얼마나 위대한지를 리액션 컷으로 표현해야 하니까.

"액션—리액션—리액션 법칙은 멸망의 인서트 컷에도 유효했어요. 저는 지구 17호에 멸망이 찾아오면, 멸망을 맞이한 지구 17호 사람들이 얼마나 공황에 빠지는지 그들의 '리액션'을 주로 담을 계획이었어요."

소랑이 마침내 고백했다. 츠키와 함께 세웠던 우리 지구의 멸망 촬영 계획을. 담담하게, 재난 영화와 예능 편집 규칙을 인용하며. 소랑은 츠키와 함께, 자신들이 지구 1호로 돌아간 뒤에도 지구 17호의 멸망을 생중계할 카메라를 설치할 예정이었다고 말했다. 츠키가 도움을 줄 사람도 고용했다면서, 카메라에는 멸망 자체보다 멸망을 직시한 사람들의 공포와 슬픔을 담고자 했다고. 그렇게 촬영한 장면은 〈메가 로봇 배틀〉에서 오로라 핑크가 과거를 회상하는 장면의 리얼리티로 쓰일 예정이었다고도 했다. 다른 지구의 멸망 이미지를 고작 그렇게 소모할 계획이었다며 실토했다.

"뭐라고 말 좀 해 봐요, 언니."

소랑의 재촉에도 답하기가 어려웠다. 소랑은 초조해 보였다. 내 반응을 걱정하는 눈치였다. 사실 나는 소랑의 멸망 촬영 계획을 듣고도 그다지 화가 나지 않았다. 나였어도 멸망을 찍는 피디가 된다면 '액션, 리액션, 리액션'으로 촬영을 구성했을 것이다. 액션 하나—멸망의 이미지—가 있으면 리액션 두 개—사람들의 반응—를 붙이는 거다. 소랑의 말처럼 리액션은 중요한 요소였다. 멸망 인서트 컷을 보며 사람들에게 안타까움을 유발하려면 더욱 리액션 컷이 필요했을 것이다. 연애 예능과 관찰 예능 포맷에 연예인 패널이 들어가 있는 이유도 리액션 때문이다. 전문 방송인들의 리액션은 출연진에게 고유한 캐릭터를 부여하는 데 중요하다. 시청자들이 미처 느끼지 못했을 감정을 연예인 패널의 리액션을 통해 대리로 체험하고, '아, 그러고 보니 그러네.' 하고 공감하게 된다. 우리 모두가 '리얼리티 예능'이라는 거대한 캐릭터 만들기 게임에 동참하는 셈이다.

칼리온 지구가 멸망하는 모습을 보며 가슴 아파하는 지구 1호의 연예인 패널들을 상상해 본다. 적당한 공감과 몰입, 자연스레 전환되는 대화가 떠올랐다.

─뭐랄까, 인류애가 샘솟아요. 어차피 다 죽을 텐데 반려견을 구하려고 몸을 던지는 저 모습이……

─나였어도 저랬을 것 같아……. 아, 저기. 저 가족들도 마지막까지 함께하네요.

─멸망하기엔 너무 아름다운 지구네요.

─저런 멸망을 멈출 수 있는 방법이 있을까요? 나는 문과생이라 전혀 모르겠어.

─다들 멸망이 다가오면 마지막 한 시간에 뭘 할 것 같으세요?

"지구 17호……. 아니다. 여기가 원초 지구라고 했죠? 한동안 지구 17호로 불러도 이해해 주세요. 저는 이 지구를 여태 지구 17호로 여겨 왔으니까요."

소랑은 내 침묵을 도화지 삼아 알레프 프로덕션에 대한 비난을 물감처럼 쏟아 냈다. 츠키가 죽은 것도 알레프 프로덕션 때문이라고 했다. 나는 마침내 입을 열어, 칼리온이야말로 연결 지구 악의 축이라고 응수했다.

"아무렇게나 불러. 칼리온은 다른 지구를 파생 지구 취급하고 선교도 하잖아. 어차피 이쪽이 더 최악이야."

진심이었다. 누군가에겐 칼리온 지구가 고작 17호 취급당하는 것이 고소하기도 했다. 그러나 소랑은 정색하며 말을 이었다.

"아뇨, 알레프가 더 심해요. 다른 지구를 지구 17호로 숫자 붙인 이 오만함이요. 심지어 성의도 없어요. 이름도 아니고 숫자를 붙였잖아요. 그런 오만함을 닮은 걸까요? 저는 지구 최초로 멸망 인서트 컷을 찍는 피디가 될 수 있다는 기대감에 굉장히 들떴어요. 종말을 이미지로만 봤지, 재난과 비극으로 실감하지 못한 거죠. 진짜 멸망하면 언니가 죽고 언니의 가족이 죽고 이 지구의 모두가 죽는 일인 건데, 그냥 인서트 컷처럼 대해 버렸어요."

"원초 지구가 어떻게 멸망하게 되는 거야?"

"그건 알레프도 몰라요. 다만 그 순간이 되기 전에 카메라를 세팅해 두고 지구 1호로 돌아가는 게 우리 계획이었어요."

소랑은 알레프 프로덕션이 알고 있는 것도 지구 17호가 곧 멸망한다는 사실뿐이라고 했다.

"그 멸망도 라라 회장이 알려 줬다는 거지? 멸망 인서트 컷 촬영으로 츠키와 너를 여기에 보냈고."

"맞아요. 저랑 츠키를 여기로 보낸 건 라라 엄마예요. 저희는 하니 엄마 몰래 왔어요. 하니 엄마는 내가 여기뿐만 아니라 다른 지구에 가는 것도 원치 않았거든요."

"아무래도 그렇지. 본인이 목숨 걸고 도망쳐 온 지구에 딸을 보낼 이유가 뭐가 있겠어."

"제가 알레프 프로덕션을 선택하지 않고 지구 1호의 일반 방송국에서 일하는 걸 가장 반긴 것도 하니 엄마였어요. 그래서 저는…… 하니 엄마가 혹시 나에게 기대하는 게 없어서 그런 건 아닐지 늘 불안했어요. 나는 평범하니까, 수지 언니처럼 탁월하지 않으니까, 그냥 일반 방송국만 들어가도…… 하니 엄마는 그 정도로 괜찮은 건가? 이런 생각을 했어요. 아무한테도 말은 못 했지만요."

"그건 아니야. 하니 사제님이 너를 얼마나 자랑스러워하는지, 너를 얼마나 사랑하는지는 내가 가장 잘 알아."

나는 대번에 풋사과 오두막을 떠올렸다. 하니 사제는 딸을 위해 칼리시스를 훔쳐 다른 지구로 달아났을 뿐만 아니라, 만일의 경우를 대비해 이 지구에 딸이 좋아할 만한 아지트까지 만든 사람이다.

"라라 엄마가 저에게 지구 17호로 가서 멸망 인서트 컷을 따오라고 했을 때, 저는 기회라고 생각했어요. 하니 엄마한테 나도 다 컸다고 보여 줄 기회. 나도 라라 엄마와 수지 언니처럼 할 수 있다는 걸 증명할 기회. 저는 라라 엄마가 저를 좋은 촬영 프로젝트에 꽂아 준다고만 생각했어요. 알레프 프로덕션에 안정적으로 자리 잡으라고요. 그야 굉장한 기회잖아요, 멸망을 촬영한다는 일이. 그 누구도 하지 못했던 고유한 작업이고요."

소랑과 눈이 마주쳤다. 나였어도 그 일을 맡았을 거라는 말은 쉽게 나오지 않았다. 나는 멸망 기록 보관소에서 다른 지구가 멸

망하는 실제 모습을 보았고, 그것은 결코 '고유한 촬영 작업' 따
위가 아니었다. 소랑도 나의 반응을 눈치챈 듯 더욱 자책했다.

"그래서 지구 17호의 멸망을 하니 엄마도 아닌 라라 엄마가
어떻게 알았는지, 이 멸망이 어떻게 일어나는 건지는 알아보려
고 하지 않았어요. 시키는 대로만 한 거죠. 저는 그저 이미지와
사운드를 담는 일에만 푹 빠졌어요. 카메라에 뭘 담는 건지 정
확히 모르는 상태로요."

나도 소랑이 스스로 내린 평가에 동의했지만, 이쯤 되면 소랑
의 기운을 다시 회복시키는 것이 좋을 것 같아 말을 아끼기로
했다. 소랑은 스스로 해답을 탐색 중이고, 나의 질책은 도움이
되지 않을 것이다. 다만 나는 새로운 질문을 던졌다.

"다가올 멸망의 이미지가 어떨 거라고 생각했어? 장담하는
데, 네가 생각하는 것과 많이 다를 거야."

나는 멸망 기록 보관소에서 열람했던 무지개 종말의 기록을
떠올렸다. 아직도 등에서 식은땀이 흐르는 기분이었다.

"화산이 폭발하고 해일이 일어나고 하늘에서 무언가가 쉼
없이 쏟아지고 사람들이 비명 지르는, 블록버스터 영화의 재앙
을 떠올렸어요. 사실, 깊게 생각하지 않았다는 편이 정확하겠지
만요."

"멸망은 생각보다 스펙터클하지 않아. 마냥 빠르고 갑작스럽
지도 않고."

오히려 느릿하고, 불가해하고, 처절하지.

더 최악인 건, 나도 아름답다고 느낀 멸망이 있었다는 거야.

평생 누구에게도 털어놓을 수 없는 말이었다. 생각을 떨치기 위해 소랑을 주방으로 데려갔다. 칼리온도, 원초 지구도, 츠키의 죽음도, 이미 존재하는 현실을 없었던 일로 바꿀 순 없지만 이 아이에게 당장 뭐라도 먹일 순 있었다. 소랑을 앉혀 놓고 장 봐 온 것들을 꺼냈다. 소랑은 자신의 무지함을 인정하고 오히려 개운해 보였다. 내가 그릇을 꺼내고 음식을 데우는 동안, 소랑은 제법 기운을 차렸는지 재잘재잘 떠들었다.

"언니랑 아주 어릴 때부터 아는 사이였다니……. 그게 가장 믿기지 않아요."

"글쎄, 아는 사이라기엔 애매하지. 넌 아기였거든."

내가 양손으로 소랑이 얼마나 작았는지 표현하자 소랑이 웃음을 터트렸다.

"그래도요. 이게 제일 신기하고 또 이런 거야말로……."

소랑이 말끝을 흐렸다. 나는 소랑이 삼킨 단어가 '운명' 같은 단어가 아니었을까 짐작했다. 마음이 간지러웠다.

"실은요. 제가 하니 엄마의 친딸이라는 건 놀랍지 않아요. 짐 작하고 있었거든요. 그냥…… 느낌이 그랬어요. 전 라라 엄마와 도 딴판이고 수지 언니랑도 닮지 않았거든요. 라라 엄마의 전남 편이 수지 언니와는 만나는데 저는 딱히 찾지 않는 것도 한몫했고요."

"넌 하니 사제님이 얼마나 대단한 사람인 줄 몰라. 하니 사제님의 친딸이라는 거, 이거야말로 전 지구적 인물이라고."

나는 하니 사제가 방울의 순례자들 중 유일하게 칼리시스를 다룰 줄 아는 사제였다는 사실을, 그래서 하니 사제가 나에게 마틸다 지구의 영화를 보여 줄 수도 있었다는 걸 소랑에게 열심히 설명했다.

"알레프 통신기의 진짜 이름이 칼리시스라는 거죠? 그게 칼리온 종교의 성배고요?"

"그래. 다섯 대가 있는데 그중 두 대를 너희 엄마가 훔친 거야. 분노한 우리 아버지를 볼 때마다 어찌나 유쾌했던지!"

"근데 라라 엄마는 저를 여기로 왜 보냈을까요? 저에게 고향을 보여 주고 싶었던 걸까요? 라라 엄마는 그런 감상적인 이유로 행동할 사람은 아닌데요."

"그러게. 나는 너를 얼른 돌려보내고 싶어. 그 생각하느라 잠도 못 잤어."

"그래도…… 왔으니까 언니를 만났잖아요."

소랑이 야무지게 내 두 손을 붙잡았다. 놀라지 않은 척하려고 한숨을 길게 내쉬었다. 소랑의 얼굴이 함께 저녁 먹자고 달려들던 때와 겹쳐 보였다.

"나였으면 마틸다 지구에 있었을 거야. 그런 지구에 살고 있다? 굳이 다른 지구로 나가고 싶지 않았을 것 같아. 얌전히 영화나 실컷 보지.”

“글쎄요. 지구 1호 사람들의 의견도 들어 봐야 한다고 생각
해요.”

“아무렴 칼리온 지구만 할까.”

소랑은 이 문제에 대해 나와 더 논쟁하지 않았다. 그저 물끄
러미 나를 올려다보았다.

“마틸다 지구라는 말, 들을 때마다 귀여운 거 알아요? 지구
1호 방송국 놈들…… 알레프 프로덕션 사람들 반응이 너무 궁금
해요. 특히 라라 엄마 반응이요.”

“나도 우리 아버지 반응 궁금해. 원초 지구라고 그렇게 자부
심 가졌는데, 2호도 아니고 17호라니.”

“1호인 줄 알았는데 마틸다였다. 원초 지구인 줄 알았는데 17호
였다.”

소랑이 한참 큭큭거렸다. 코가 막힌 채 작게 웃는 소랑을 보
는 게 좋았다. 이렇게라도 소랑이 웃는 걸 보니 안심됐다. 냄비
에 펄펄 끓는 죽처럼 마음에도 따뜻한 기운이 돌았다.

“전 사실 「마틸다」 줄거리가 기억나지 않아요. 주인공이 귀여
웠던 거랑…… 꾸덕한 초콜릿 케이크만 기억나요.”

“그 초콜릿 케이크 참 맛있게 생겼지. 나도 비슷하게는 만들
수 있어.”

“다음에 만들어 주세요.”

“그래. 영화보다 더 맛있게 해 볼게.”

“있잖아요, 언니.”

“죽이 입에 안 맞아? 왜 이렇게 못 먹어.”

이거라도 먹어 봐, 중얼거리며 소랑의 접시에 따뜻한 빵을 올렸다. 소랑은 잠시 고민하더니 느릿하게 빵을 씹었다. 그러나 시간을 아무리 벌어도 언젠가는 츠키의 죽음을 통과해야 했다. 나도, 소랑도.

“언니.”

“응. 말해.”

“츠키의 시신…… 은 어떻게 됐어요?”

소랑은 츠키의 이름과 시신이라는 단어를 붙여서 말하는 걸 힘들어했다.

“안전하게 수습했어. 직접 확인했어.”

“그러면 혹시, 츠키가 어떻게 죽었는지도…….”

소랑이 단어 하나씩 내뱉을 때마다 츠키의 죽음이 다시 현실로 다가왔다. 소랑의 목소리도 다시 갈라지는 것 같았다.

“혹시 츠키가 수영을 못했어?”

내 말에 소랑이 고개를 끄덕였다. 방금까지 웃음을 터트리던 소랑의 눈은 빨개지더니 눈물이 차올랐다.

“남자 쪽은 교살당한 게 맞지만 츠키는 도망가다가 수영장에 빠졌는데 그게…… 죽음의 원인이었던 것 같아.”

최대한 담백하게 말했지만 소랑의 울음은 잦아들지 않았다. 소랑은 괴로운 듯 눈을 감았고, 나는 소랑의 눈물을 닦아 주었다. 소랑의 숨소리를 들을 수 있을 정도로 가까이에서 한참이나 어깨를 다독였다.

"소랑."

"네, 언니."

"이 지구에 무슨 일이 일어나든, 너는 마틸다 지구로 돌아가."

"츠키를 죽인 사람을 찾기 전까진 안 가요. 어차피 하늘 중계 장비도 없어서 돌아갈 수도 없고요."

"네가 그랬잖아, 이 지구는 멸망한다며? 나는 그 전에 너를 마틸다 지구로 돌려보낼 거야."

단호하게 말했지만 소랑이 고개를 저었다.

"라라 엄마가 잡은 방송 각이 뭔지 알아내고 싶어요. 츠키가 왜 죽어야 했는지도요."

"멸망 예정일 전날까지는 츠키를 죽인 사람을 알아내는 것도, 라라 엄마가 너를 보낸 이유를 찾는 것도 다 좋아. 뭐든 도와줄 게. 그렇지만 그날이 정말 다가오면……."

"……."

"이 지구에 무슨 일이 일어나든, 너는 마틸다 지구로 돌아가 는 거야."

"하지만……."

"약속해. 그게 내가 널 도와주는 조건이야."

"알겠어요."

소랑이 기어들어 가는 목소리로 대답했다. 이미 벌어진 일은 현실이고 리얼리티다. 곱씹을 새 없이 다음 행동을 취해야 했다.

"희나 피디 찾고 싶어요. 거기서부터 시작할래요."

"그래, 그러자."

나도 희나 피디를 찾을 생각이었다. 희나 피디가 범인과 관련이 있는지, 범인인지는 모르겠지만 희나 피디는 단서를 알고 있을 것이다.

"그럼 유록 리조트부터 갈까요?"

"아, 지금 바로 시작하는 거였어?"

"네, 지금 당장이요. 멸망 전날엔 돌아가라면서요. 그럼 시간이 별로 없잖아요."

소랑이 갑자기 자리에서 일어나며 선언하듯이 말했다. 그 폼이 만화영화 주인공 같은 대사를 하며 출격하는 오로라 핑크 못지않게 사뭇 진지했다.

"유복한 엄마들의 손에 곱게 자라, 갖고 싶은 건 지금 당장 급하게 가져야 하는 성질머리라고 해도 좋아요. 조연출로 일하던 시절이 인생 최대의 시련인, 고난이라는 단어를 모르는 공주님이라고 해도 좋고요. 나는 언니의 도움이 필요하고 그 도움을 다 받을 거예요. 언니가 나를 무진장 도와줬으면 좋겠어요."

소랑이 숨도 쉬지 않고 말을 쏟아 냈다. 공주님이라는 단어는 대체 어디서 들은 걸까? 내가 물어볼 새도 없이 소랑은 첫 만남에 저녁을 먹자고 제안하던 사람답게 돌격했다.

"말 나온 김에 지금 출발할까요?"

힘이 쭉 빠지며 웃음이 나왔다. 나는 소랑의 돌격을 마다하는 법을 몰랐다.

환한 대낮의 리조트는 어두울 때보다 더 엉망이었다. 침입당한 흔적이 적나라했다. 종말의 틈새단 멤버인 알렉스와 나호가 지원 인력과 함께 리조트를 지키고 있었다. 알렉스와 함께 간밤의 상황을 확인했다. 알렉스는 밤새 리조트를 순찰하느라 피곤해 보였다.

"수상한 움직임은 없었어?"

"아직까진."

"아무래도 칼리온이겠지?"

"그렇다기엔 너무 지저분한데."

알렉스가 어깨를 으쓱였다. 알렉스의 시선을 따라 고개를 돌리니 너저분한 광경이 눈에 들어왔다.

"칼리온이 깔끔을 챙길 여유가 있나?"

"뭐, 이 정도로 무자비한 것도 칼리온뿐이지."

알렉스가 반신반의하며 답했다. 가만히 듣고 있던 나호가 신중한 목소리로 덧붙였다.

"창틀까지 뒤진 걸 보니 뭔가 아주 작은 물건을 찾았던 것 같아요."

“아주 작은 물건? 뭔지 감도 안 오네.”

알렉스가 모르겠다며 고개를 절레절레 저었지만, 나는 감 잡히는 물건이 있었다. 창가에 우두커니 서 있는 소랑에게 다가갔다. 소랑은 볼품없이 뜯겨 나간 숙소 창문을 멍하니 바라보고 있었다.

“제가 아침마다 공들여 열던 창문들이에요. 그땐 이곳이 그저 동화 속 같다고만 생각했는데…….”

소랑이 슬프게 중얼거렸다. 나는 상실감에 젖은 소랑의 곁에서 목걸이를 조심스레 바라보았다. 창틀까지 뒤질 정도로 아주 작은 물건. 하니 사제가 나에게 보여 줬던 물건. 칼리온의 성배, 칼리시스를 빼닮은 물건. 있는 곳에 따라 모양이 변하는 지구 목걸이.

내 짐작이 맞는다면 칼리온으로 추정되는 누군가가 소랑의 목걸이를 노리고 있었다.

“동화 속 이야기에도 위기는 있는 법이니까.”

“그 이야기는 보통 해피 엔딩이겠죠?”

“글쎄, 동화에 얼마나 다양한 결말이 있는지 알면 놀랄걸.”

샤데르발 대학교에서 교양 강의로 수강했던 ‘세계 동화 연구’라는 수업 내용을 떠올리며 답했다가, 소랑의 슬픔을 감지하고 아차 싶어 덧붙였다.

“그건 이 지구의 동화니까. 너의 이야기는 해피 엔딩이겠지.”

오전 내내 우리는 소랑의 동화 속 장소였던, 그러나 지금은 사건 현장이 된 리조트의 구석구석을 살폈다. 소랑은 가방에 챙겨 둔 카메라를 제외하고 노트북과 카메라도 전부 보이지 않는다고 했다. 소랑은 츠키의 노트북과 백팩도 없어졌다며 슬퍼했다.

"츠키가 보물처럼 관리하던 메모리 카드랑 외장 하드도 사라졌어요."

소랑은 범인이 츠키가 부지런히 백업했던 하늘 중계 데이터와 츠키의 장비까지 전부 가져갔다고 했다. 핸들러에게 주어지는 지구 1호와의 유일한 통신 수단을 포함해서. 나는 휴대폰을 꺼내 숙소의 상태를 사진으로 남겼다. 소랑이 빨간 가죽 파우치가 씌워진 카메라를 들더니 힘겹게 숨을 내쉬었다. 츠키와 소중한 기억이 담긴 물건인지 한참을 제자리에 서 있었다. 나는 그 카메라에 대해 굳이 묻지 않았다. 대신 소랑의 신경을 붙들 만한 이야기를 꺼냈다.

"그 목걸이 말이야. 저번에 풋사과 오두막에서 마주쳤을 때 츠키도 똑같은 걸 하고 있던데……."

"맞아요. 하니 엄마가 저희를 지켜 줄 목걸이라고 만들어 줬어요. 어릴 때부터 한 번도 뺀 적 없어요."

"츠키의 목걸이 있잖아. 어제 츠키 목에 있었는지 기억나?"

최대한 조심스레 물었다. 소랑에게는 차가운 몸의 츠키를 다시 떠올려야 하는 일이었다. 소랑은 생각보다 의연한 얼굴로 어젯밤의 기억을 더듬는 듯 한참을 제자리에서 빙빙 돌았다.

"없었던 것 같아요. 어…… 아마도요?"

한참을 생각에 잠겨 있던 소랑이 외쳤다.

"내가 왜 그걸 놓쳤을까요?"

소랑이 불안한 표정을 지었다. 슬픔에 잠겨 있는 소랑의 기억에 의지하기보다는 직접 수영장을 살펴봐야겠다는 판단이 들었다. 나호에게 수영장 주변 순찰을 부탁했다. 조심해서 나쁠 건 없었다. 나호가 이상이 없다는 신호를 보낸 뒤에야 소랑을 데리고 수영장으로 향했다.

수영장은 어젯밤 그대로였다. 박쥐란과 야자수와 플루메리아 꽃이 아무 일 없다는 듯 저마다의 색채를 뽐내고 있었다. 간간이 맑은 새소리가 들렸고 매미 소리가 우렁찼다. 우산 크기의 무지개 방울이 곳곳에 떠다녔다. 피해 다니지 않으면 터트릴까 봐 무서울 정도로 커다랬다. 하늘 중계 장비들은 망가진 채 바닥에 널브러져 있거나 수영장 위에 둥둥 떠 있었다. 소랑은 걱정과 달리 수영장을 마주하고도 무너지지 않았다.

내가 분주하게 츠키의 목걸이를 찾는 동안, 소랑은 끊임없이 무언가를 이야기했다. 내게 뭔가를 공유한다기보다는 스스로 해답을 찾기 위해 말하고 있는 것 같았다.

"라라 엄마는 방송 각이 없으면 취재를 지시하지 않아요. 샤데르발에 방송 각이 될 강력한 무언가가 있다는 뜻이에요. 근데 강 선배와 희나 피디 두 명만 보낸 건 이상해요. 그 아이템에 확신이 들지 않았거나, 비밀리에 진행하고 싶었거나, 아님 둘 다 였겠죠."

"샤데르발은 성지로도 유명하니까. 너희 엄마가 칼리온과 관련된 무언가를 찾고 있었다는 건 분명하네. 아니면 다가오는 두 지구의 밤을 찍고 싶었을 수도 있지."

"지구 17호 멸망의 날과 겹치는 그 행사요?"

"그래. 우연하게도 겹치는 그 행사."

"저도 찍어야겠어요."

"뭐를?"

"이 상황, 이 모든 걸요. 솔직히 라라 엄마가 잡은 방송 각이 뭔지는 아직 모르겠어요. 그치만 일단 녹화 버튼 누를래요. 츠키는 뭘 찍을지 제대로 보고 카메라를 켜라고 했지만……."

소랑이 츠키의 이름을 발음하는 것도 아픈 듯 잠시 멈칫했다.

"리얼리티는 언제 어디서 발생할지 모르잖아요. 일단 다 찍을래요. 때로는 카메라가 놓쳤던 걸 뒤늦게 알게 해 주니까요."

소랑은 가방 안에서 포켓 카메라를 꺼내더니 능숙하게 작동시켰다. 어제 음악 방송에 찾아올 때도 갖고 있던 카메라였다. 소랑은 이 상황에 대처할 나름의 해답을 찾은 것 같았다. 이젠 나의 해답을 찾을 때였다. 나는 카메라를 조작하는 소랑을 뒤로 하고 수영장에 뛰어들었다. 소랑의 목에 걸린 목걸이를 떠올리며 물속을 헤맸다. 하니 사제가 칼리시스와 꼭 닮은 목걸이를 단순한 액세서리로 선물한 게 아니라면? 목걸이에 무언가 의미가 있다면?

"여기도 없어."

짧은 잠수를 마치고 숨을 거칠게 내쉬었다. 소랑은 들고 있던 카메라를 내 방향으로 돌렸다. 수면 위로 내 움직임이 만들어 낸 물살과 햇빛이 뿌린 윤슬이 일렁였다.

"난 칼리온이 무슨 이유에선지 그 목걸이를 가져갔다고 확신해. 그 목걸이 때문에 츠키를 죽였고."

흠뻑 젖은 몸으로 수영장 바깥으로 나와 바닥에 드러누웠다. 아침 햇살을 들이마시며 눈을 감았다 떴다. 코앞으로 무지개 방울 서너 개가 떠다녔다.

"저도 그렇게 생각해요. 왜냐하면……."

소랑이 오래된 종이 한 장을 내밀었다. 종이에는 소랑과 츠키의 목걸이가 그려져 있었다.

"이거, 희나 피디가 준 자료인데요."

정확히는 빼앗았지만요, 뭐. 소랑이 중얼거렸다.

"라라 엄마의 지시로 칼리온의 비밀 성배를 조사하다가 알아 낸 그림이랬어요. 라라 엄마도 제 목걸이가 비밀 성배와 관련 있는 건 몰랐나 봐요."

문득 음악 방송 녹화장에서 소랑이 내게 칼리온의 비밀 성배에 대해 물었던 게 떠올랐다. 나는 칼리온의 비밀 성배가 당연히 칼리시스를 의미하는 줄 알았는데, 이 목걸이는 도대체 칼리온과 어떤 관계가 있는 걸까?

"목걸이 모양이…… 칼리시스랑 꼭 닮긴 했어. 하지만 칼리시스와 닮은 목걸이가 칼리온의 성배라는 이야긴 나조차도 들어

본 적 없어."

소랑은 또다시 해답을 뒤지는 사람처럼 무언가 혼잣말을 계속했다. 목걸이, 츠키, 하니 엄마, 수영장, 츠키, 츠키…….

"언니."

어어. 내가 여전히 눈 감은 채 숨찬 목소리로 대답했다.

"여름휴가 갈래요?"

소랑이 내 옆으로 누우며 물었다. 소랑이 내 쪽으로 몸을 돌렸다.

"저랑 샤데르발로 가요."

소랑은 목걸이를 알아보기 위해 샤데르발로 가자고 귀엽게 제안했다.

"그게 무슨 휴가야."

한숨을 내쉬며 답했지만 나는 또다시 소랑의 제안을 거절할 수 없었다. 어려운 길이 예상되어도, 샤데르발과 칼리온의 사원은 꼭 한번 통과해야 할 난관이기도 했다. 하늘 중계 장비가 전부 망가진 지금, 소랑을 마틸다 지구로 돌려보내기 위한 가장 쉬운 방법은 연결의 우물을 통과하는 거였으니까.

하늘 위에 떠다니는 무지개 방울을 따라 시선을 옮기며 칼리온 사원에서 보냈던 어린 시절을 짧게 회상했다. 멸망 기록 보관소에서 봤던 다른 지구의 종말과 아버지의 폭력과 칼리온의 엄격한 제의. 떠올리기만 해도 가슴이 답답했다. 칼리온에서 무슨 짓을 꾸미는 건지 아버지가 순순히 말해 줄까? 연결의 우물은 칼리온 사원에서도 경비가 가장 삼엄한데 어떻게 들어가지? 무작정 샤데르발을 돌아다녀야 하나? 그러나 이 모든 걱정은 '여름휴가 가자'며 귀여운 제안을 하는 소랑 앞에서 희미하게 사라졌다.

"어? 저거 츠키 휴대폰인데!"

내 옆에 누워 있던 소랑이 선베드 뒤편 흙밭에서 보라색 휴대폰을 꺼냈다. 나도 소랑을 따라 햇빛에 녹아내린 몸을 천천히 일으켰다. 소랑이 가리킨 곳엔 고양이 간식 봉지와 사료, 츠키의 휴대폰이 흐트러져 있었다.

"고양이 아지트였나 봐요. 츠키를 따르던 고양이가 있었거든요."

소랑이 속삭였다. 고양이의 거점으로 추정할 수 있는 단서는 많이 보였지만, 정작 고양이는 보이지 않았다.

"루비가 누구지? 루비?"

츠키의 휴대폰을 보던 소랑이 다급하게 외쳤다.

"뭐? 루비?"

너무 놀라 소랑을 돌아봤다. 휴대폰을 켜고 소랑이 가장 먼저 내뱉은 이름은 내게 너무나 익숙한 이름이었다.

"츠키랑 마지막에 연락한 사람이요. 루비라고 저장된 사람이 마지막으로 연락한 사람이에요. 심지어 저한테 전화 걸기 직전까지 연락한 걸로 보여요. 츠키의 친구는 제가 모를 리가 없는데…… 루비?"

“누가 방금 루비라고 했어?”

소랑이 내뱉은 이름에 수영장으로 다가오던 나호가 반응했다.

“그쪽도 아는 이름이에요?”

“그게⋯⋯.”

나호가 우물쭈물 내 눈치를 보자 소랑이 날카롭게 나에게로 시선을 돌렸다.

“뭐야, 언니도 아는 사람이에요?”

“카이는 잘 알다 못해 7년이나⋯⋯.”

“나호!”

나는 나호에게 더 이상 말하지 말라는 경고의 눈빛을 보냈다. 나호가 양팔을 들더니 수영장 바깥으로 사라졌다.

“설명은 나중에 할게. 연락은 뭐라고 와 있어?”

소랑이 미심쩍은 표정을 지으며 휴대폰을 내밀었다.

[루비] 다들 같이 있어?

[츠키] 아니. 소랑은 애옹이보다도 말을 안 듣거든.

[루비] 츠키, 어디야? 왜 안 와.

　　　츠키. 30분만 더 기다릴게.

　　　문자 확인하면 전화 줘.

　　　다들 같이 있어?

"이 루비라는 사람한테 전화해 볼래요."

"아니, 그러지 않는 게 좋겠어."

"전화하고 싶어요."

"아니야. 조금 생각해 보자."

"왜 안 되는데요? 언니 이 사람 알아요?"

소랑이 몰아붙였다. 나는 고개를 끄덕였다. 빠르게 상황을 판단했고, 샤데르발로 가기 전에 루비를 만나는 게 좋겠다는 결론을 내렸다. 솔직히 루비를 다시 보고 싶진 않았지만……. 소랑을 위해서라도 필요한 일이었다.

"직접 만나게 해 줄게."

그때였다. 소랑과 실랑이하던 와중에 강렬한 총소리가 울렸다. 본능적으로 소랑을 내 뒤에 숨겼다. 곧이어 알렉스가 아랫배에 피를 잔뜩 흘리며 수영장에 나타났다. 그는 금방이라도 수영장에 빠질 것처럼 휘청거렸다.

"알렉스!"

"칼리온…… 가면 부대…….."

그의 말이 끝나기 무섭게 총알이 이마를 관통했다. 알렉스의 몸이 맥없이 수영장으로 넘어갔다.

"알렉스!"

고함지르며 알렉스에게 다가가려 했지만, 총격이 이어졌다. 수영장에 알렉스의 피가 번졌다. 소랑이 수영장에 들어가려는 내 허리를 세게 붙잡았다. 보이지 않는 곳에서 이어지던 총격의 실루엣은 금세 드러났다. 짙은 주황색 복면을 쓰고 같은 색의 옷으로 몸을 꽁꽁 감싼 다섯 명이 다가오고 있었다. 그들은 익숙한 옷을 입고 있었다. 기록자 후보생 훈련 때 나도 입었던 옷이다. 복면 위로는 소름 끼치는 빨간 가면을 썼다. 이 섬에서 경찰보다 더한 무기 소지가 허용된 자들. 칼리온의 가면 부대였다. 그들이 사납게 총질했다. 소랑의 겁먹은 표정을 보자 정신이 번쩍 들었다.

잠시 후 다른 총소리와 함께 그들의 총격이 방향을 바꿨다. 나호가 그새 지원 인력을 데려와 우리를 비호하고 있었다. 종말의 틈새 단원들과 칼리온의 가면 부대가 대치하는 사이, 나는 정신이 들어 소랑의 몸을 살폈다.

"다친 덴 없어?"

"전 괜찮아요. 그보다 언니, 언니는요?"

"카이, 지금이야! 빨리!"

나호가 고함쳤다. 나는 소랑의 손을 잡고 리조트 입구까지 달렸다. 달리는 우리의 뒤로 총소리가 끊임없이 이어졌다. 살면서 이렇게 숨 참고 빠르게 뛰어 본 적은 처음이었다. 나무 위로 새들이 파드득 날아오르고 매미는 지기 싫은 듯 더욱 목청을 높였다.

"소랑, 움직이지 마!"

"언니!"

플루메리아 나무 뒤로 소랑을 밀어 넣었다. 우리 뒤로 주황색 복면 한 명이 쫓아오고 있었다. 나는 왼쪽 발목에서 총을 꺼냈다. '예능 피디가 총도 들고 다녀요?' 소리치는 소랑의 목소리가 들렸다. 무릎 꿇고 총을 한 발 쐈다. 명중했는지 주황색 복면이 신음을 내며 쓰러졌다.

"언니, 총……?"

"이제 우물쭈물하지 말고 달리는 거야. 무작정 달려."

나는 한 손에 총을, 다른 한 손에는 소랑의 손을 잡고 다시 달렸다. 우리는 가까스로 차에 올라탔다. 나는 차 문을 닫자마자 시동을 걸고 액셀을 밟았다. 나호가 벌어 준 시간이 끝났는지 차 뒤편으로 총격이 이어졌다. 나는 무질서한 오로라티아 시내의 교통 상황을 더욱 악화시키며 액셀과 브레이크를 번갈아 밟았다. 오른손으로는 핸들을 쥐고 왼손으로는 여전히 총을 잡은 채였다.

"저 이상한 가면 쓴 사람들은 누구예요?"

나는 말없이 운전에 집중했다. 나호도 나머지 인원도 다 죽었겠지, 곧 그렇게 되거나. 눈가가 뜨거워졌다. 떨림을 추스르느라 총을 쥔 손에도, 핸들을 쥔 손에도 힘이 바짝 들어갔다. 빠르게 스쳐 지나가는 오로라티아 시내 풍경 위로 나호의 얼굴과 알렉스의 피투성이 몸이 겹쳐졌다. 이내 파편처럼 츠키의 차가운 얼굴이 튀어 올랐다. 조수석으로 시선을 돌리니 소랑이 떨고 있었다. 겁에 질린 소랑의 얼굴을 보니 신기하게도 평정심이 회복되는 것 같았다. 머리가 차가워지면서 사고가 맑아졌다. 지금 여기서 내가 감상에 빠져선 안 돼. 저 아이를 데리고 난관을 헤쳐 나가야 했다.

"가면은 칼리온이 보낸 암살자예요? 그리고……."

피디가 총도 쏴요? 소랑이 갈라진 목소리로 질문을 멈추지 않았다. 소랑은 해답을 찾을 때까지 말을 멈추지 않을 것이다. 반대로 나는 해답을 찾을 때까지 말을 꺼내지 않는 사람이었다. 칼리온의 짓이 분명해졌다. 먼저 가야 할 곳은 어디인가. 몸을 숨기는 동시에 다음 단계로 나아갈 수 있는 곳이 필요했다.

"언니. 내 말 듣고 있어요? 언니!"

"다 말해 줄게. 시간을 좀 줘."

"그럼 이것만 답해 줘요. 우리 어디 가요?"

예상 외로 해답은 빨리 떠올릴 수 있었다. 칼리온의 추격으로부터 안전하게 멀어지면서, 모든 일의 실마리를 풀기 위해 꼭 들러야 할 곳.

"붉은 안갯길."

루비를 만나러 가자. 액셀을 세게 밟아 속력을 높였다. 우리는 오로라티아 시내를 벗어나 산속으로, 전설 속에만 나오던 곳으로, 무슨 일이든 일어날 것 같은 정글로 들어서고 있었다.

3

오로라티아 북부 산악 지대에는 전설의 부족이 살았다. 루가타 부족. 지금은 칼리온에서 금기시하며 이단 취급했지만, 화산 지대에는 아직도 루가타 부족이 연결 지구를 연결한 최초의 인류 집단이라는 설화가 전해졌다. 후에 주류 역사에서 밀려난 루가타 부족은 '붉은 안갯길'이라 불리는 험준한 산악 지대에 마을을 이뤄 조용히 지냈다. 붉은 안갯길은 화강암 지대에 아침저녁으로 짙은 안개가 깔린다 하여 붙은 이름이었는데, 루가타 부족을 상징하는 색이 붉은색이기도 했다. 루가타 부족장과 후계자들은 풍성한 붉은 머리를 풀어 헤치고 다녔다. 붉은 안갯길에는 루가타 부족만 삶의 터전을 꾸린 건 아니었다. 워낙 폐쇄적인 곳이었으므로, 붉은 안갯길에는 숨고 싶은 자들과 비밀을 가진 자들이 모여들었다. 붉은 안갯길은 오로라티아 범죄의 온상이라는 말부터 괴상한 주술사들이 모인다는 말까지, 도시 괴담에 가까운 소문이 돌았다. 오로라티아 사람들은 이단자들이 판치는 그곳을 멀리했다.

루비는 루가타 부족장의 딸이었다. 샤데르발 대학교에 진학하기 전까지, 문명과 동떨어져 북부의 대산맥을 유랑하며 살았다. 유년 시절에 텔레비전 하나 없는 자연에서 자란 루가타 출신 소녀가 최연소 자연과학 다큐멘터리 촬영감독이 된 건 놀라운 성취였으나, 동시에 자연스러운 결과였다. 루비는 달빛만으로 야간 촬영이 가능한 저조도 카메라부터 열화상 감지 카메라까지, 특수한 카메라를 현란하게 다루며 대자연의 신비를 담았다. 그러나 루비의 진정한 역량은 기술보다 대자연의 지형지물에 밝다는 데에 있었다. 루비는 카메라를 다루는 것 이상으로 정글을 잘 다뤘다. 어떻게 이렇게 대자연을 잘 담느냐는 말에 루비는 답했다.

정글을 두려워하지 않으니까.

그 말처럼 루비는 야생동물의 습성을 직관적으로 이해했고, 무엇보다 야생의 것들을 기꺼이 받아들였다. 멸종 위기 호랑이부터 도구를 사용하는 희귀종까지, 루비의 카메라에는 원초 지구의 생태계가 빛의 언어로 기록되었다.

오로라티아 방송국에 입사했던 루비는 돌연 잠적했다. 실력 있는 촬영감독인 루비에게 칼리온의 종교 행사 두 지구의 밤을 생중계할 기회가 있었고, 그걸 준비하던 과정에서 루비가 칼리온의 심기를 거슬렀다는 소문이 들려왔다. 충분히 가능성 있는 이야기였다. 나는 루비의 불같은 성격을 잘 알았기에 그 소문을 의심하지 않았다.

루비와는 7년간 연애했다.

우리는 샤데르발 대학교의 사진 수업에서 만났다. 신입생 시절의 나는 영화감독이 될 수 없는 현실을 비관하고 있었다. 칼리온 지구에서 재미있는 영화를 만드는 일은 불가능했다. 그러나 사진은 자유롭게 찍을 수 있었다. 나는 영화로 만들고 싶은 장면을 죄다 멈춰 세우고, 카메라 셔터를 눌러 사진으로 그 순간을 고정했다.

루비와 나는 격렬한 싸움으로 연애를 시작했다. 그 장면은 강의실에서 시작된다. 그날은 각자 찍어 온 사진을 부원들과 함께 보고 자유롭게 감상을 나누는 자리였다. 나는 전통적 인화 방식을 사용해 작업한 흑백사진을 선보였다. 샤데르발의 고대 사원을 촬영한 사진이었다. 아버지의 허가를 구해 뼈의 사원, 물의 사원, 땅의 사원, 빛의 사원까지 출입해 칼리온의 영혼을 흑백으로 담았다. 나는 칼리온을 싫어했지만, 합평에 처음 선보이는 사진인 만큼 일반인이 쉽게 찍을 수 없는 사진을 내보이고 싶었다. 반응은 대부분 예상대로였다. 네 개의 사원에 모두 출입했다는 부러움과 기술적으로 흠잡을 데 없는 사진을 보며 이어지는 칭찬. 섬세하게 빛을 담은 흑백사진의 묘미. 교수조차 칭찬

일색이었으나 루비는 달랐다. 전통적 사진 기법을 선호하는 나와 달리, 루비는 컴퓨터 그래픽 작업을 적극적으로 활용하는 편이었다. 루비가 선보인 작품은 오로라티아 북부 대산맥을 찍은 사진에 도시의 것들을 그래픽으로 합성한 시리즈 작업물이었다. 출입이 힘든 북부의 대산맥을 직접 찍은 것도 놀라웠지만, 루비의 작업물은 메시지 측면에서 내 작업물보다 훨씬 흥미로웠다. 그러나 다소 지저분하고 산만해 보였다. 그야 그래픽 작업이 너무 많잖아. 이런 걸 사진이라고 부를 수는 없었다.

루비와 나의 사진 미학 논쟁에 불이 붙었다. 루비는 내 사진에 대고 '겉멋만 부린 지배계급의 시선이 진부하다'며 맹렬히 비난했으며, 나는 루비의 사진이 지저분한 디자인 결과물일 뿐 사진이 아니라고 응수했다.

한 시간 내내 전투적으로 토론했지만, 결과는 키스였다. 함께 수업을 듣는 이들과 교수마저 우리의 격정적인 토론에 기가 빨려 전부 사라졌을 때, 우리는 텅 빈 강의실에 남아 오래오래 키스했다. 누가 먼저 했는지 기억나지 않을 정도로 열정적이었다. 우리는 서로를 알아봤다고 믿었다. 이만큼의 뜨거운 열정을 가진 사람은 우리 둘밖에 없다고 생각했다. 그 불씨는 서로의 열정에 불을 지폈고, 때로는 서로의 마음에 커다란 화상을 입혔다.

우리의 관계는 서로를 제대로 이해할 틈도 없이 급속도로 깊어졌다. 방울의 순례자를 배출한 가문의 딸이 '사실 나는 칼리온이 싫다'고 고백할 정도로. 루가타 부족의 직계 후손이 '나는 루가타 부족장의 딸이지만 루가타를 벗어나고 싶다'고 고백할 정도로. 어느 날 루비가 자신의 고향에 가자고 제안했다. 나는 루비를 따라 오로라티아 북부 산악 지대에 처음으로 발을 들일 수 있었다.

하니 사제와 함께 마틸다 지구의 영화를 봤던 시간만큼, 루비와 함께 정글을 탐험한 나날들은 인생에서 가장 강렬한 경험이었다. 어릴 때부터 칼리온 교육에 세뇌당했던 나에게 오로라티아 북부는 미지의 영역이었다. 나는 어떤 비밀도 다 감싸 줄 것 같은 정글과 광활한 산맥을 돌아다니며, 내가 얼마나 작은 세계에 살았었는지 온몸으로 체감했다.

붉은 안갯길의 어느 들판에 작은 텐트를 쳐 놓고 루비와 야영을 하던 밤이었다. 우주가 쏟아질 것 같은 밤하늘을 지켜보다가 루비가 말했다.

―내가 왜 그래픽 작업을 좋아하는 줄 알아? 대자연에서 살다 보면 내가 정말 작게 느껴지거든. 있는 그대로를 넘어서고 싶어져. 자연 너머의 무언가를 갈구하게 돼. 내 손으로 무언가를 작업해서, 컴퓨터를 이용해서 실존하지 않는 무언가를 만드는 게 좋아. 대자연을 초과하는 리얼리티가 있다고 생각하면 숨통이 트여.

―나는 현실에 발을 붙이기 위해 흑백사진을 좋아하는 것 같아. 항상 칼리온이니 뭐니, 온통 관념적인 것들에 둘러싸여 있

었거든. 그래서 가장 묵직한 흑백으로 순간을 잡아 두는 사진에 끌려. 색채보다 명암과 농담으로, 때로는 역광으로, 확실한 검정을 잡아내는 게 내가 현실에 서 있는 방법인 것 같아.

루비에게 신은 대자연을 초과하는 리얼리티였다. 루비는 신과 가까워지는 기분으로 사진 작업을 했고, 나는 신과 멀어지기 위해 사진 작업을 했다. 그렇게나 달랐던 우리는 정글 곳곳을 탐험하며, 마치 이 지구에 우리 둘만 생존한 것처럼, 하루하루의 식사와 탐험을 해결하는 것 외에 중요한 일은 없는 것처럼 밀도 높은 한 달을 보냈다. 늘 카메라와 함께였다.

—이젠 진짜 영화를 찍어야겠어.

루비와 연애하는 동안 나는 이런 말을 자주 꺼냈다. 그러나 영화제작을 위해 무언가를 실행한 적은 단 한 번도 없었다.

—언젠가는 찍을 거니까 아이디어 메모해 놔야지. 언젠가는 찍고 싶으니까.

나는 칼리온식 화법으로, 내가 하고 싶은 바를 추상적으로 꿈꿨다. 구체적인 근거를 추가하지 않음으로써 꿈을 거룩하게 부풀려 왔다. 영화감독은 나에게 점차 신의 영역이 되어 갔다. 꿈을 이루지 못했다는 결핍은 사진을 찍으며 해소했다.

─영화를 하고 싶어. 그치만 이 지구에선 답이 없겠지. 다른 지구로 가야 답이 나오겠지.
─고작 영화를 하겠다고 다른 지구로 가고 싶다는 거야? 뭐, 터무니없지만 귀엽기도 해. 난 너의 그런 점을 좋아하거든.

우리의 자잘한 연애 이야기를 다 늘어놓을 필요는 없겠지. 그렇지만 루비가 얼마나 인내심 있는 연인이었는지는 강조하고 싶다. 성격이 급한 나와 달리 루비는 느긋했다. 내가 칼리온과 멀어지겠다며 본가와 갈등을 겪고 수차례의 가출을 하는 동안 루비는 묵묵히 내 곁을 지켰다. 그야 루비는 멸종 위기 동물을 몇 분 찍겠다고 1년 내내 컨테이너 안에서 생활할 수 있는 사람이니까. 루비는 뭔가를 목표로 하면 끝까지 물고 늘어지는 기질을 지녔다. 내가 아버지를 원망하고 자기 연민에 빠져드는 동안, 루비는 샤데르발에서 다채로운 도시 생활을 즐기며 차분히 내 곁을 지켰다.

우리는 자연스레 이별의 수순을 밟았다. 내가 음악 방송을 만들고 루비는 자연 다큐멘터리를 찍느라 1년 넘게 극지방에 가 있는 동안 우리는 전화로 첫 이별을 했다. 이후에도 우리는 헤어졌다 다시 만나는 과정을 여덟 차례나 반복했다. 그 과정에서 나의 입봉을 가장 먼저 축하해 준 것도 루비, 나의 커리어를 가장 비난한 것도 루비, 종말의 틈새단에 가장 먼저 함께한 것도 루비였다.

루비는 종말의 틈새단에서 가장 급진적인 사람이었다. 충분히 이해할 수 있었다. 루비에게는 자신의 동생을 위해 칼리온에 복수해야 할 이유가 있었거든. 루비의 동생 루루는 세 살의 나이에 조율자로 선택받아 가족과 생이별했다. 루비의 아버지는 부족의 반대에도 불구하고 어린 루루를 다른 지구의 조율자로 보내는 일에 동의했다. 정치적인 선택이었다. 칼리온과 루가타 부족의 악감정은 역사를 따라 심화되고 있었으니까. 칼리온은 루가타 부족이 거짓 설화를 바탕으로 칼리온의 믿음을 훼손한다며 공격해 왔고, 루가타 부족은 칼리온이 진짜 역사를 왜곡했다며 반박했다. 국지전이라도 일어날 기세였다. 그러다 루루가 조율자로 뽑혔다. 루비의 아버지는 루루를 조율자로 기꺼이 보내 일시적 평화를 찾았다. 칼리온은 루가타 부족이 드디어 칼리온에 투항한 것으로 받아들였고 그 대가로 루비의 아버지는 루가타 부족의 절대 자율권을 얻었다. 그리고 5년 뒤 열린 두 지구의 밤에, 루루가 조율자로 파견된 지구는 종말 지구로 선정되었다. 루루는 낯선 지구와 함께 무지개 종말을 맞이했다. 어린 루루가 죽어 버린 것이다. 여덟 살의 조율자에겐 가혹한 운명이었다.

칼리온이 루비에게 은둔을 강요했을 때도, 루비는 루가타 부족으로 돌아가지 않았다. 루비는 붉은 안갯길과 인접한 정글 지대에 자신만의 요새를 차렸다. 나는 종말의 틈새 단원들과 함께 루비가 요새를 가꾸는 것을 도왔다. 루비는 요새에서 붉은 안갯길을 통과하는 비밀스러운 손님들에게 식사와 커피를 팔았다. 루비는 요리도 못했고 커피 맛도 형편없었지만, 특유의 입담으로 단골을 모았다. 루비에게는 돈보다 귀한 정보가 모였다. 나는 단원들과 함께 루비의 요새를 아지트로 사용했다. 우리는 그곳에서 마틸다 지구의 영화를 감상하고 칼리온에 반하는 계획을 세웠다.

정글이 화를 내는 것처럼 많은 비가 쏟아지던 어느 날, 루비와 나는 요새에서 크게 다퉜다. 그리고 우리는 진짜로 헤어졌다.

전부 5년 전의 일이다.

"와, 정글 속 요새 같아요."

"틀린 말은 아니야. 종말의 틈새단 아지트였거든."

5년 만에 찾은 요새는 주변을 둘러싼 잎사귀가 웃자라고 깃발 같은 장식이 추가된 것을 제외하면 그대로였다. 입구엔 대나무로 엮어 만든 세모난 문이 우뚝 서 있었다.

"다른 세상 같다."

소랑이 중얼거렸다. 정글 한가운데서 새소리를 들으며 서 있으니 아침의 충격이 오래전 일처럼 느껴졌다. 비밀의 관문을 통과하는 기분으로 대나무 문을 통과했다. 폐쇄와 방어의 기능이 하나도 없는 요새. 곳곳에 날렵하게 뻗은 대나무로 짜 올린 구조물이 골격처럼 있었고 다양한 패턴의 천들이 대나무마다 제멋대로 묶여 바람에 휘날렸다. 마치 안으로 들어오라는 신호를 보내는 것 같았다. 곳곳에 놓인 넓은 나무 평상에는 조그마한 테이블과 흙먼지가 쌓인 색색의 방석이 놓여 있었다. 한가운데에 지난밤 불을 피웠던 자국이 선명했다. 소랑은 카메라를 켜고 이리저리 둘러보고 있었다.

"잠깐 앉아 있을래? 옷 좀 갈아입어야겠어."

수영장에서 목걸이를 찾고 추격전을 펼치느라 옷차림이 엉망이었다. 온몸이 두드려 맞은 듯 욱신거렸다. 소랑이 어두운 초록색 방석 위에 앉자 맞은편 방석에 앉아 있던 검은 고양이가 심통이 난 얼굴로 소랑을 지나쳤다. 작은 오두막에서 옷을 갈아입고 나오는데 등 뒤로 익숙한 목소리가 들렸다.

"휴무일인데 손님이 왔네."

루비였다. 허리까지 오는 붉은색 머리카락을 느슨하게 묶은 모습도, 모든 색상을 다 담은 듯 화려한 원피스를 입고 있는 것도 여전했다.

"여기는 연중무휴 아니었나."

내 말에 루비가 웃음을 터트리며 두 팔을 활짝 벌렸다. 나는 어색하게 루비를 마주 안았다.

"생각보다 빨리 찾아왔네."

"마치 기다리고 있던 것처럼 말하네?"

"시내에 비 와? 왜 다 젖었어."

“수영장에 들어갈 일이 있었거든.”

“아, 수영장. 그 수영장?”

내 말에 루비가 다 알고 있는 듯 의미심장한 미소를 지었다. 나는 루비의 저 의미심장한 표정이 익숙함과 동시에 불편했다. 우리는 루비의 저 표정, 다 알고 있지만 모른 척해 준다는 표정 때문에 꽤 자주 다퉜다.

“식사? 커피?”

“아이스커피 두 잔. 그린 커리도.”

“커리는 메뉴에 없는데.”

“아쉽네. 주인장이 그나마 잘하는 건데.”

“뭐, 오래된 단골손님이 해 달라면 해 줘야겠지. 최근엔 뜸했어도.”

루비가 주방으로 발걸음을 옮겼다. 나는 루비의 등 뒤에 대고 소리쳤다.

“옷도 빌릴게!”

루비가 긍정의 뜻으로 손을 흔들며 주방 역할을 하는 오두막으로 사라졌다. 긴장이 풀리자 긴 날숨이 터져 나왔다. 루비의 침실에서 소랑이 갈아입을 만한 옷을 챙겼다. 소랑의 체형에는 나보다 루비의 옷이 훨씬 편하게 잘 맞을 것이다. 무엇보다 루비는 좋은 옷만 입었다. 루비는 루가타 부족에서 보낸 어린 시절, 취향대로 꾸미지 못했던 한을 성인이 되어 쇼핑으로 풀곤 했으니까.

옷을 갈아입고 오두막 바깥으로 나오니 시원한 바람이 불고 있었다. 우거진 생물들이 서로 무작위로 스치며 내는 소리가 파도처럼 밀려왔다. 정글이 왜 이제야 왔냐며 나를 나무라는 것 같기도 했다. 초록과 검정이 섞인 정글의 녹음 위로 루비와 크게 다투고 헤어진 날의 대화가 상영되고 있었다. 나의 일방적인 기억이자 편집된 대화였다.

—영화를 하고 싶다며? 그럼 제발 해! 언젠가는 할 거라고 공상하지 말란 말이야!

—루가타 부족 출신이면 네가 더 잘 알 텐데? 칼리온이 있는데 그런 영화를 어떻게 만들어? 공상하는 것도 죄야?

—그럼 영원히 뭔가를 하지 않는 걸로만 만족하시겠다?

—그것도 간신히 하고 있는 사람도 있어. 다른 지구에 갈 수만 있다면 나도 가고 싶지!

—카이, 어디야? 도대체 넌 어디에 있어?

—또 무슨 소리를 하고 싶은 건데?

—이런 식이면 너는 어느 지구에도 살고 있는 게 아니야. 붕 떠 있는 채로 유령처럼 사는 네가 지긋지긋해.

—나는 내 나름대로 최선을 다하고 있어! 그래, 확실히 너의 성에 차진 않는 것 같네. 너는 뭐, 신이라도 돼?

—카이, 넌 칼리온 지구에 있지만 언제나 마틸다 지구를 망상하지. 하지만 그곳에 갈 생각은 없잖아? 엄두도 못 내지?

─나처럼 칼리온 집안에서 태어나 봐. 그 정도 숨통은 트여야 살 수 있어. 나를 왜 이렇게까지 쥐어 짜내는 거야?

─넌 리액션만 하잖아. 칼리온 지구가 마음에 안 들어? 그럼 여길 바꾸든지 다른 지구로 가려고 해 봐. 마틸다 지구가 좋아? 거기 가려고 대체 뭘 해 봤어?

─칼리온 장단에 맞추지 않는 데 평생을 다 보냈지. 만족해? 듣고 싶은 말이 이거지? 내가 너보다 훨씬 나약하고 실행력이 없다는 말?

─그건 비교할 필요도 없지. 언제까지 다른 지구들을 텔레비전으로만 볼 거야? 너는 그냥 시청자가 아니잖아! 피디잖아? 뭔가를 하지 않는 걸로 만족하고 너의 현실을 연민하는 거, 이젠 봐 줄 수가 없다고!

─나의 어떤 점이 너를 화나게 하는지……. 아직도 너무 어려워, 루비.

─너의 비겁함이 나를 화나게 해.

─언제는 내가 용감해서 좋다며?

─어느 지구에서 살지 결정해. 그리고 제발 살아가.

─……살아가고 있어. 이 지구에서, 나름 최선을 다해 살고 있잖아.

─시청자처럼 살지 말고. 칼리온의 썩은 기둥이 되지 말고. 끝내주는 방송국 놈이 되란 말이야. 뭐라도 좀 하라고. 아버지보다도 못한 소심한 딸로 만족할 수 있어?

—넌 루가타 부족이잖아. 그러니까 말을 쉽게 하겠지.

서로 선을 단단히 넘어 버린 우리는 그 자리에서 헤어졌다. 재결합이 불가능한 이별이었다. 나는 불만 없이 음악 방송을 만드는 데 매진했고, 휴일이면 지구 1호의 영화를 몰아 보았다.

끝내주는 방송국 놈이 되어라. 우리가 헤어진 날 루비가 했던 마지막 말이다. 요새에 오니 어쩔 수 없이 루비와의 시간이 스쳐 지나간다. 루비는 칼리온이라는 창살에 갇혀 우물쭈물하다 음악 방송 피디가 된 나를 언젠가부터 거칠게 몰아세웠다. 나는 루비의 말에 공감하면서도, 어찌할 바를 몰라 괴로워했다. 루비를 미워했다. 루비와 나는 중간이 없었다. 열정적이거나, 당장이라도 갈라설 듯하거나 둘 중 하나였다. 루비와 만나는 동안엔 뭐든지 색이 진한 감정의 정글에 사는 것 같았다.

하지만 나는 더 이상 감정의 정글에 살지 않는다. 내가 찾아낸 이 감정을 굳이 공간으로 비유하자면…….

풋사과 오두막에 가깝겠지. 소랑은 나무 평상 위 지저분한 방석을 베고 잠들어 있었다. 나는 풋사과 오두막을 닮은 소랑을 깨웠다.

"소랑, 일어나. 옷 갈아입자."

"누구 옷이에요?"

"틈새단 동료. 여기 주인이야."

"가까운 사이인가 봐요. 이 정도면 아끼는 옷일 텐데."

소랑이 내가 건넨 푸른색 옷가지를 물끄러미 보았다. 단번에 알아채는구나. 괜스레 뜨끔했다.

"지금은 여기랑 마틸다 지구만큼 먼 사이야."

소랑이 옷가지를 빤히 바라보더니 입고 있던 옷을 훌렁 벗었다.

"저기 뒤편에 옷 갈아입을 오두막 있어!"

애써 근처를 배회하는 검정고양이에게 시선을 고정했다. 고양이가 야옹야옹 울며 내 다리에 비비적댔다. 소랑은 내 말을 무시하고 자리에서 옷을 갈아입었다.

"커피 먼저 나왔는데…… 오? 반쯤 벗은 이 친구는 누구?"

쟁반을 들고 온 루비가 흥미롭다는 듯 나의 뒤를 바라보았다. 벌떡 일어나 루비의 시선을 가렸다.

"야, 보지 마!"

"보지 말라고 하면 더 보고 싶은 거 몰라? 아니, 정말 보겠단 건 아니니까 진정하라고."

루비가 나무 테이블에 따뜻한 커피를 담은 사발 세 개를 내려놓았다. 소랑은 다 입었다며 나를 안심시켰다.

"난 아이스커피를 시켰는데."

"날 믿어. 지금은 따뜻한 편이 나아."

"혹시 그쪽이 루비예요?"

루비의 옷을 입은 소랑이 어느 때보다도 또렷한 목소리로 물었다. 소랑에게 사이즈는 조금 컸지만 새파란 색이 잘 어울렸다.

"네, 반가워요. 그쪽이 소랑 씨겠죠?"

루비가 쟁반을 내려놓고 소랑에게 손을 내밀었다.

"츠키한테 소랑 씨 이야기 많이 들었어요."

"츠키랑 어떻게 아는 사이예요?"

소랑은 루비의 손을 빤히 바라보며 날카롭게 질문을 쏟아 냈다. 아무래도 소랑은 루비를 츠키의 친구로 인정하지 않는 듯했다.

"성격이 급하군. 누구랑 아주 똑같네?"

루비가 내 쪽을 바라보며 말했다. 루비는 내밀었던 손을 내려 커피가 담긴 사발을 들고 소랑에게 다시 내밀었다.

"커피부터 한 모금 마셔요. 어째 밤이 길 것 같네."

"기대하지는 마. 커피 맛이 제멋대로거든."

"여기는 바람과 나뭇잎, 그림 같은 풍경으로 손님을 대접하는 곳이니까."

내 말에 루비가 호탕하게 웃으며 답했다. 소랑은 커피 사발에 눈길도 주지 않고 여전히 루비를 노려보고 있었다. 소랑의 몸에는 잔뜩 힘이 들어가 있었다. 소랑은 루비를 몰아세우기로 작정한 것 같았다. 츠키가 루비의 존재를 밝히지 않은 것도 마음에 들지 않았을 것이다. 경계와 의구심이 들지만, 한편으로는 나쁜 사람처럼 보이지 않는 루비가 낯설고 혼란스럽겠지. 보다 못한 내가 먼저 커피 사발을 들었다. 소랑의 어깨를 쓰다듬으며 몇 모금 마시자, 소랑도 루비가 내민 커피를 받았다. 따뜻한 커피를 몇 모금 들이켠 소랑은 미약하게나마 긴장이 풀렸는지 표정을 폈다.

"이런 표현 이상한데요. 커피에서 솔방울 맛이 나요."

소랑이 커피 향을 들이켰다. 나는 커피 사발을 쥔 소랑의 손 위로 내 손을 포갰다. 루비가 내 손을 보다가 슬쩍 웃으며 평상에 걸터앉았다.

"솔방울 맛은 어떻게 알아챘어요? 예리하네."

"루비, 진짜 솔방울을 넣었어?"

"아니. 그 비슷한 재료를 넣긴 했는데. 알려 줘?"

"아니, 차라리 모르고 싶어."

루비와의 대화는 항상 이런 식이었다. 원하기만 한다면 얼마든지 핵심을 피하고 겉도는 이야기를 유쾌하게 할 수 있었다. 이 편이 나을 때가 많았다. 우리의 대화 방식은, 핵심에 진입하는 순간 전쟁을 치렀으니까.

"다시 묻고 싶어요. 루비 씨는 츠키랑 어떻게 아는 사이예요?"

소랑은 바로 핵심으로 파고들었다. 소랑은 말랑말랑한 얼굴로 사람의 핵심을 관통하는 이야기를 꺼낼 수 있는 아이였다.

"츠키가 죽었어요. 어젯밤에요. 마지막으로 연락한 사람이 당신이고요. 솔직히 당신이 츠키를 죽였을지도 모른다고 의심하고 있어요."

소랑이 거침없이 돌진했다. 내내 여유가 있던 루비의 얼굴에 장난기가 싹 가셨다.

"츠키가…… 죽었다고요? 무슨 일이 생겼을 거라 짐작하긴 했는데 죽었다는 건······.”

“사실이야. 소랑의 다른 동료도 죽었고.”

일부러 건조하게 말했다. 재빨리 루비의 반응을 살폈다. 루비는 진심으로 충격받은 듯했다. 나는 루비를 오래 알아 왔고, 루비는 표정에 감정이 바로 드러나는 편이라 알기 쉬웠다.

“그게······ 어젯밤에 츠키랑 여기서 만나기로 했어. 츠키는 이미 여기 한번 와 봤거든.”

“츠키가 당신을 왜 만나죠?”

소랑이 따지듯 물었다. 루비는 소랑을 등지고 내 쪽을 보며 답했다.

“나는 츠키의 멸망 촬영을 도와주고 있었어.”

“멸망 촬영? 이 지구의 멸망? 루비 네가 그걸 어떻게 알아?”

“정확히는 그쪽의 촬영이죠, 소랑 씨.”

루비가 다시 몸을 돌려 소랑을 똑바로 주시했다. 루비의 시선이 대화를 담고 있는 카메라를 향했다.

“소랑 씨랑 츠키는 멸망 촬영 전날에 샤데르발로 이동 예정이었죠? 멸망 촬영을 세팅해야 하니까. 제가 소랑 씨랑 츠키의 샤데르발 이동을 맡았거든요. 촬영 세팅도 돕고요.”

“혹시 츠키가 고용했다던 현지인?”

“맞아요, 제가 츠키가 고용한 현지 촬영 코디네이터예요.”

루비가 큰 숨을 내쉬었다. 정글에 숨어 있는 온갖 벌레들의 울음소리가 정적을 채웠다.

"칼리온이 츠키를 죽여 버릴 거라고는 전혀 예상 못했어요."

"잠깐. 나도 칼리온의 짓이라고 생각하지만…… 너는 어떻게 칼리온이라고 확신해?"

나와 소랑은 방금 총질하는 칼리온의 가면 부대를 직접 목격했으니까 츠키의 죽음 역시 칼리온이 범인이라고 의심할 수 있다. 하지만 루비가 바로 츠키를 죽인 범인이 칼리온이라고 단정 짓는 건 다른 얘기였다.

"다른 지구에서 온 사람을 죽일 만한 게 칼리온 말고 더 있어?"

루비가 날카롭게 말했다. 나는 반박할 수 없었다. 루비의 말도 일리가 있었다.

"대체 츠키랑 어떻게 알게 되었는데요?"

소랑이 핵심적인 해답을 보챘다. 루비가 잠시 생각에 잠긴 듯 뜸을 들이며 정글의 하늘을 올려다보았다.

"뭐, 다소 제멋대로인 손님들이지만…… 따뜻한 차와 푹신한 방석이 있고, 숲이 지켜 주는 곳만큼 말하기 좋은 곳도 없겠지."

시원하게 쏟아지는 매미 소리와 나뭇잎들이 바람결에 맞춰 합창하는 소리, 루비가 틀어 둔 오로라티아의 음악이 어우러졌다. 우리는 각자의 시야를 가리던 흐릿한 안개를 걷어 내고, 서로의 정보를 끼워 맞추며 선명한 실체 속으로 빨려 들어갔다.

"츠키를 소개해 준 건 알레프 프로덕션의 라라 회장이었어. 네, 소랑 씨 어머니요."

루비가 질문으로 끼어들려는 소랑을 가로막으며 말문을 열었다.

"라라 회장은 우리 지구의 멸망을 찍고 싶어 했어. 멸망 촬영을 진행할 피디와 핸들러를 보낸다고 했지. 그게 소랑 씨와 츠키였고. 그런데 카이 너도 현장 나가 봐서 알잖아. 다른 나라에 로케이션 촬영 갈 때도 현지 전문가의 도움이 필요한데, 다른 지구는 어떻겠어? 이곳을 이해하고 촬영 장비를 준비하고 도와줄 현지 사람이 필요했지. 그 일에 나만큼 제격인 사람은 없었고."

루비는 최연소 자연과학 다큐멘터리 촬영감독 출신이다. 루비만큼 촬영 장비와 대자연을 촬영하는 방법을 잘 아는 사람은 없었다. 나라도 멸망을 찍는 데에 현지인의 도움이 필요하다면 루비를 고를 것 같았다. 다만, 알레프 프로덕션의 라라 회장이 루비를 어떻게 알고 고용했는지는 여전히 미지수였다.

"그러니까…… 우리 엄마랑도 아는 사이라는 거죠?"

소랑이 물었다. 나 역시 알레프 프로덕션의 회장이자 마틸다 지구 사람인 라라 회장과 루비가 어떻게 아는 사이인지 궁금했다.

"카이랑 나는 참 많이 싸웠어. 그중에서도 서로를 죽일 듯이 싸웠던 때가 몇 번 있었는데……."

루비가 우리의 과거를 언급하자 나도 모르게 소랑의 손을 다시 잡았다. 소랑이 손에 힘을 꽉 주며 내 손을 맞잡았다.

"카이, 네가 나더러 노트북 몰래 봤다며 화낸 날 기억나?"

"어, 우리가 처음 크게 싸운 날이지, 아마."

"그날이었어. 내가 라라 회장이랑 처음 대화한 날이."

사건의 전말은 이랬다. 내가 거실에서 하니 사제와 연락을 주고받는 걸 루비가 목격했다. 침실에서 자다가 물을 마시러 부엌으로 가는 길에 우리의 비밀스러운 통신을 본 것이다. 루비는 특유의 인내심으로 나를 다그치지 않고 새벽의 밀회를 수차례 지켜봤다. 그러다 내가 다른 지구의 사람과 통신한다는 걸 눈치챈 루비는 처음엔 내가 바람이라도 피는 줄 알고 몰래 지켜봤다고 했다(나는 이 부분에서 강력하게 항의하고 싶었지만 소랑이 나를 말렸다). 루비가 나의 비밀 통신이 싸구려 밀회가 아니라는 것과 대화 상대방이 원초 지구에서 가장 유명한 이단자, '하니 사제'라는 걸 알아내기까지는 그리 오래 걸리지 않았다.

라라 회장도 루비와 같은 과정을 거친 모양이었다. 역시나 하니 사제의 밀회를 의심하던 라라 회장은 켜져 있는 칼리시스를 이용해 나에게 서투른 솜씨로 통신을 시도했다. 그리고 그 연락을 루비가 받았다. 내가 샤워 중이었다나 뭐라나. 그렇게 루비와 라라 회장이 처음 이야기를 나누게 된 것이다. 인내심과 우연이 만들어 낸 조합이었다. 루비는 라라 회장이 자신의 아내와 어떤 사이인지 물어봤다고 했다.

"그 뒤로는 라라 회장과 직접 소통했어. 라라 회장은 참 눈치가 빠르고 행동이 시원시원해. 하니 사제가 칼리시스를 켜 두고 자리를 비우는 틈을 기막히게 활용하더라고. 하니 사제는 칼리온을 실시간으로 지켜보느라 칼리시스를 자주 켰던 것 같아. 어쨌거나 우리는 괜찮은 이야기를 주고받았어. 다만 카이 너도 알겠지만, 라라 회장 쪽에서만 내게 통신을 시도할 수 있었어. 하니 사제와 칼리시스가 거기 있으니까."

루비는 라라 회장에게 원초 지구의 이야기를 모조리 해 주었다. 루비의 말로는, 라라 회장은 칼리온에 대해 많은 걸 모르고 있었다고 했다. 아무래도 하니 사제는 라라 회장이 너무 많이 알면 좋지 않다고 판단했던 모양이다.

"라라 회장과 나는 서로의 정보원을 넘어 우정 관계까지 나아갔어. 라라 회장은 알레프 프로덕션을 운영할 때의 고충, 연결 지구 방송의 미래 고민 같은 걸 내게 털어놨지. 나는 라라 회장에게 루가타 부족과 칼리온, 원초 지구가 얼마나 형편없는지 하소연했고."

슬쩍 소랑의 표정을 살폈다. 소랑은 표정 변화 없이 루비의 말에 귀 기울이고 있었다.

"라라 회장은 좋은 대화 상대야. 똑똑하고 눈치도 빠르지. 꽂히는 게 있으면 그게 해소되기 전까지 다른 대화 주제로 넘어가지 않는 어려움은 있었지만, 연결 지구의 방송을 통솔하는 사람치고는 꽤 경청하는 편이었어. 통찰도 날카롭고, 무엇보다 실행력은 무시무시하지. 그렇게 추진하고 행동하는 사람은 오랜만이었어. 존경스러웠지."

루비가 라라 회장의 '실행력'을 언급하며 내 쪽을 바라본 건 기분 탓이 아닐 것이다. 루비는 헤어지기 직전까지 나의 행동을 촉구해 왔으니까.

“라라 회장은 연결 지구 방송국의 다음 단계를 고민했어.”

원초 지구에 대한 정보를 대가로, 라라 회장은 루비에게 알레프 프로덕션과 연결 지구 방송에 대해 전부 말해 줬다. 이미 나를 통해 마틸다 지구의 영화와 알레프 프로덕션의 방송을 감상하던 루비에게 익숙한 내용이었다. 하지만 라라 회장이 알레프 프로덕션을 운영하며 직면한 문제들은 루비에게도 신선한 자극이었다.

“라라 회장은 궁금한 게 많았어. 하지만 그보다 걱정이 더 많더라고. 그중에서도 라라 회장이 가장 걱정한 건 칼리시스의 수명이었어. 카메라 배터리와 메모리 카드가 수명이 다하듯이, 어느 날 칼리시스가 작동하지 않으면? 칼리시스는 지구인이 이해할 수 없는 기계야. 신의 영역으로 알려지고 칼리온의 성배가 된 이유지. 하니 사제가 챙겨온 건 다섯 대 중 고작 두 대야. 두 대의 칼리시스가 모두 멈추면 알레프 프로덕션도, 연결 지구 방송도 끝장이었지. 라라 회장은 예측 불가능한 것을 싫어하더라고. 라라 회장은 확실히 하고 싶어 했어. 칼리시스가 영원히 닳지 않는 배터리와 메모리 카드를 지니고 있는지, 영원한 방송 장비가 될 수 있는지 알고 싶어 했지. 그리고 무엇보다…… 알레프 방송을 방해할 모든 잠재적 존재를 없애고 싶다고 말했어.”

“그 잠재적 존재가 칼리온이었고?”

“그래. 라라 회장은 칼리온이 영영 사라지길 바랐어.”

루비가 잠시 말을 멈추고 소랑의 카메라를 쳐다보았다. 소랑은 나와의 첫 만남부터 이미 카메라를 켜 두고 모든 상황을 담았기 때문에 나는 자주 소랑의 카메라를 잊곤 했다. 소랑은 루비의 시선을 따라 반사적으로 자신의 카메라를 확인했다.

"라라 회장에게 이 지구가 곧 멸망할 거라는 사실을 말해 준 것도 나야."

루비는 나도 소랑도 아닌, 소랑의 카메라를 보며 말을 이어 나갔다.

"정확히 말하면 예언보단 선언이었지. 내가 그렇게 만들 거니까."

"잠시만, 당신이 원초 지구의 멸망을 만든다고요?"

"그래요. 내가 그렇게 만들 수 있어요."

"라라 엄마는 그럼 당신의 목표만 듣고 이 지구의 멸망을 믿었던 거고요?"

"맞아요. 다가오는 두 지구의 밤에서, 원초 지구를 멸망시킬 거예요."

루비는 돌연 카메라가 아닌 소랑을 보며 말투를 바꿨다. 멸망을 예고하는 루비의 말이 끝나자 정글의 소리가 우리를 감싸 왔다. 마치 정글이 루비의 계획을 비호하는 듯했다.

"난 칼리온 지구가 항상 멸망하길 바라 왔어. 카이는 이미 잘 알 거야. 우린 이 얘길 하다 헤어졌으니까."

루비의 말에 나도 모르게 소랑의 손을 꽉 잡았다. 소랑은 이미 우리 사이를 눈치채고 있었다는 듯 손을 마주 잡았다. 루비가 또다시 다 안다는 표정을 지으며 우리의 손을 흘깃 보았다. 나는 루비의 저 표정을 싫어했지만, 이번만큼은 화를 낼 수 없었다.

"아, 식사를 가져올게요. 보여 줄 것도 있고."

"여기서 끊는다고?"

"나도 빈속이라."

루비가 눈썹을 찡그렸다. 루비가 오두막으로 사라지자 나와 소랑 사이에 침묵이 흘렀다. 풀벌레 소리도 풀 내음도 한껏 진해졌다. 먼저 침묵을 깬 건 소랑이었다.

"언니는 저 사람 얼마나 믿어요?"

"내가 루비를 얼마나 믿냐면."

루비를 얼마나 믿을까. 7년간 연애했지만, 루비는 내게 여전히 미지의 영역이다. 루비는 루가타 부족과 대자연에서 자란 사람이고, 나는 루비가 작동하는 방식을 영원히 이해하지 못할 것이다.

"솔직히 잘 모르겠어. 믿기로 결심할 순 있지."

"도움이 되는 말은 아니네요."

"멸망 이야기가 가장 황당하게 들리지? 그런데 오히려 나는 그 부분이 가장 믿음이 가. 우린 그것 때문에 지독하게 싸웠으니까. 루비가 아직까지 그런 계획을 하고 있을 줄은 몰랐어."

"왜 싸웠는데요?"

"너의 애인이…… 우리가 살고 있는 지구를 멸망시킨다고 생각해 봐. 루비는 정말 진지했어. 나는 그걸 말도 안 된다고 생각했고, 루비는 나에게 굉장히 서운해했지.”

루비는 내가 칼리온에 불만족하면서 그 무엇도 바꾸려고 하지 않고, 멸망 계획에 동참하지도 않는다며 불평했다.

“서운할 만하네요.”

“뭐?”

한참 생각에 잠겨 있던 소랑이 잠긴 목소리로 루비의 편을 들었다.

“오해하지 마세요. 저 솔직히 루비 씨 마음에 안 들어요. 언니랑 사귀었던 거 포함해서요.”

“그건…….”

“그래도 서운할 순 있다고 생각해요. 저는 제 애인이 멸망하길 원하는 지구가 있다면…….”

“지구 멸망을 꿈꾸는, 하나도 평범하지 않은 애인이 있다면?”

“동참할 거예요.”

소랑의 답변에 잠시 말을 잃었다. 반박하려는 의지가 꺾일 정도로 소랑이 진심이었기 때문이다.

“사랑하는 사람이 멸망을 꿈꾸면, 저는 그 멸망에 동참할 거예요.”

다시 한번 정글의 소리가 요란하게 우리를 감싸 왔다. 정글이 이번에는 소랑의 말에 동의하는 것 같았다. 멸망을 이야기하는 소랑의 모습을 가만히 보고 있자니 내 안에서 감정의 정글이 되살아나고 있었다. 예측할 수 없고, 어디까지 뻗어 나갈지 모르는 감정의 정글. 각기 다른 나무에서 자란 잎사귀가 한데 뭉쳐 하나의 정글이 되어 갔다.

"짜잔! 주인장 특선 메뉴."

루비가 쟁반을 들고 등장했다. 그린 커리는 루비가 유일하게 잘하는 요리였다. 우리가 커리를 먹으며 각자의 생각에 몰두하는 동안, 정글은 완연한 어둠에 잠겼다. 루비가 밥을 먹다 말고 이곳저곳의 작은 조명을 켰고 그 주위로 날벌레가 몰려들었다. 고요하면서도 화려한, 루비를 닮은 정글의 요새. 루비의 반려견이자 사냥개 세 마리가 우리 주위를 배회했다.

"솔직히 말할게요. 아직도 그쪽을 못 믿겠어요. 라라 엄마랑 친구라는 것도, 츠키를 도와주고 있었다는 것도요."

"이해해요. 증거가 있는 것도 아니니까."

"설령 당신이 멸망을 계획 중이고, 그걸 실현할 수 있다는 걸 믿는다 쳐요."

"오, 멸망 계획을 먼저 믿어요? 편견이 없네."

"그치만 라라 엄마가, 고작 당신 한 사람이 이 지구가 멸망할 거라 말했다는 이유로, 그걸 믿고 우리를 보냈다고요? 이건 도저히 못 믿겠어요."

시종일관 장난스럽고 여유롭게 대처하던 루비는 소랑의 이번만큼은 장난스레 답하지 않았다. 오히려 차가운 목소리로 소랑을 몰아세웠다.

"그쪽 엄마는 굳이 따지자면 촉으로 움직이는 사람이지 않나? 방송 각 잡으면 뭐든 하는 사람. 소랑 씨는 아쿠아 시네마 기술을 개발하다가 몇 명이나 죽었는지 알아요?"

거침없는 소랑조차 제동이 걸리는 말이었다. 루비는 소랑의 약점을 놓치지 않고 말을 이어 나갔다.

"라라 회장은 과학자가 아니야, 방송국 놈이죠. 나를 못 믿었을 거라고요? 아내도 말해 주지 않은 비밀들을 내가 다 얘기해 줬는데? 방송쟁이 수명을 연장해 주겠다는데?"

"루비, 적당히 해."

"라라 회장은 나를 믿었어요. 가족사진도 보여 줬어요. 당신 사진도 몇 번이나 봤는지 몰라요, 소랑 씨. 난 라라 회장한테 굴러 들어온 복이었죠."

"그만. 소랑은 너를 처음 만났잖아. 네가 라라 회장과 츠키를 알고 있었다는 건 충분히 의심할 만해."

"하긴. 가장 가깝다고 믿었던 사람들한테 아무런 설명도 듣지 못했던 거니까요. 나를 의심하는 게 제일 쉽겠죠."

"루비!"

루비는 원하는 만큼 성질을 부렸는지 다시 장난스럽고 나른한 표정을 되찾았다. 저렇게 불타올랐다가 혼자 식어 버리는 게 루비의 특징이었다. 상대방의 감정이 클라이맥스로 치달았을 때, 루비는 혼자 왜 그러냐는 듯이 평온을 되찾곤 했다.

“미안, 내가 흥분했네. 소랑 씨만 괜찮으면 아까 하던 이야기로 돌아갈까요?”

“소랑, 너무 마음 쓰지 마. 루비가 원래 저렇게…….”

“언니, 전 괜찮아요.”

소랑이 나를 안심시켰다. 소랑은 괜찮은 척하는 게 아니라 정말 루비에게 휘둘리지 않아 보였다.

“라라 엄마는 그런 사람 맞아요. 그렇다고 제가 그쪽을 믿는 건 아니에요.”

루비가 웃음을 터트렸다. 나는 소랑이 루비가 휘두르는 감정 채찍으로부터 방어할 뿐만 아니라 오히려 루비의 감정을 바꾸는 것이 신기했다.

“무지개 종말에 대해 얼마나 알아요?”

“칼리온이 5년에 한 번씩 종말 지구를 골라서 멸망시킨다. 그걸 무지개 종말이라고 부른다. 카이 언니한테 이 정도만 들었어요.”

“이거 본 적 있죠? 무지개 방울.”

루비가 팔을 들어 올려 공중에 떠다니는 무지개 방울을 휘저었다.

“네. 이 지구에서만 볼 수 있는 기상 현상이라서 많이 찍었거든요.”

“다들 그렇게 알고 있죠. 하지만 무지개 방울은 기상 현상 따위가 아니에요, 이건.”

루비가 천막 위에 흘러 다니는 무지개 방울 하나를 가리켰다.

"무지개 방울은 다른 지구가 멸망한 흔적이에요. 칼리온의 비밀은 사실 길거리에 널려 있었던 거지."

"루비 씨의 말이 사실이에요?"

루비가 터트린 폭탄에 소랑이 놀란 눈으로 나를 보며 물었다. 나는 고개를 저을 수밖에 없었다. 나 역시 소랑만큼 놀랐다. 평생 칼리온의 굴레에 갇혔던 나조차 처음 듣는 이야기였다.

"칼리온을 믿는 이 지구의 사람들은 무지개 방울을 단순한 기상 현상으로 알고 있지요. 카이를 포함해서요. 심지어 무지개 방울은 아름답다고 관광 상품으로 개발되기까지 했지만, 이건 그렇게 아름다운 것만은 아니에요."

루비가 잠시 말을 멈추자 정글의 소리가 다시 한번 루비를 감쌌다. 습기를 잠시나마 잊게 해 주는 시원한 바람이 우리를 스치고 지나갔다.

"무지개 방울은 다른 지구가 멸망할 때 형성된 종말 에너지 간섭체예요. 멸망한 지구의 에너지, 시공간, 차원을 다 담고 있지요. 그래서 아무리 터트려도 다시 생기는 거예요. 에너지 자체가 사라지진 않으니까요."

"잠깐. 칼리온도 이걸 다 알고 있다고?"

무지개 방울은 오로라티아 섬과 샤데르발이 칼리온의 탄생지임을 상징한다고, 칼리온 경전에 나와 있었다. 흔한 관광 책자에도 나오는 설명이었다. 그 어디에도 다른 지구와 관련된 이야기는 하나도 없었다. 지금 우리 머리 위에 떠다니는 무지개 방울이 다른 지구가 멸망한 흔적이라는 것은 믿기 어려웠다.

"알고 있기만 해? 칼리온이야말로 여태 무지개 방울을 가장 잘 이용해 왔는걸."

"어떻게 이용했는데요?"

"말해 봐요. 소랑 씨는 무지개 종말 이야기를 듣고 어떻게 생각했어요?"

"그건…… 칼리온의 성배 칼리시스를 작동시키면……."

"그럼 뭐 마법 같은 일이 벌어졌을까요? 구체적으로 어떤 행위를 하길래 다른 지구가 멸망했을까요?"

소랑이 모르겠다는 듯 고개를 저었다. 루비의 목소리가 높아졌다.

"카이는? 칼리온이 다른 지구를 어떻게 멸망시킨다고 생각했어? 도대체 칼리온에 어떤 신비한 능력이 있기에?"

"그건…… 방울의 순례자들이 연결의 우물에 떠 있는 수많은 지구 모형 중에 종말 지구를 상징하는 지구 모형을 연결의 우물에 빠트려서……."

나는 소랑 대신 대답하다가 말을 멈췄다. 연결의 우물에 떠 있는 지구 모형을 연결의 우물에 담그는 건 보여 주기 위한 '의식'이지, 진짜 멸망은 아니었다.

"그건 생중계용 쇼잖아. 그 정도는 의심했을 텐데?"

"그럼 진짜는 뭔데요? 칼리온이 다른 지구를 멸망시키는 방법이요.”

“진짜는요, 소랑 씨. 칼리온이 연결의 우물을 통해서 무지개 방울을 다른 지구에 보내는 거예요. 무지개 방울, 그러니까⋯⋯ 졸지에 멸망 에너지 간섭체를 전송받은 지구는 자신들도 이해하지 못하는 이유로 종말을 맞이하는 거고요.”

루비의 말은 마치 정글이 직접 말하는 것처럼 비현실적으로 들렸다. 나는 잠시 루비와 소랑과의 대화에서 벗어나 직접 목격했던 두 지구의 밤 행사를 회상했다. 칼리시스에 그런 힘이 깃들어 있는 줄로만 알았다. 지구 모형을 연결의 우물에 담그고 칼리시스를 작동시키면 저절로 멸망되는 것으로. 거기에 어떤 메커니즘이 있을 거라고 생각해 보지 않았다. 나야말로 이 세계의 대전제를 의심 없이 받아들이고 있었구나. 문득 소랑이 자신은 아무것도 몰랐다며 자책하던 모습이 스쳐 지나갔다. 루비가 ‘칼리온을 싫어하는 것 치고 수동적’이라며 나를 공격했던 말이 보이스오버로 겹쳐졌다. 루비가 내게 느꼈던 답답함을 지금 스스로 느끼고 있었다. 무지개 종말을 극도로 싫어했으면서 종말이 어떻게 작용하는지 메커니즘을 알아내고 싶어 한 적은 없었다. 신이 대신 멸망을 내려 준다고 어렴풋이 생각했던 거다. 나는 칼리온을 부정한다고 착각하면서, 결국 칼리온의 모든 대전제를 믿고 있었다.

“언니도 몰랐군요.”

소랑의 목소리에 현실로 되돌아왔다. 소랑이 걱정스러운 얼굴로 나를 살피고 있었다.

"처음 듣는 얘기야."

"카이는 알 수 없죠. 루가타 설화에는 나오고 붉은 안갯길을 지나다니는 방랑자들끼리는 다 알지만, 칼리온은 이런 걸 사람들에게 절대 알려 주지 않죠. 하지만 무지개 방울이 종말의 흔적이라는 건요, 붉은 안갯길에선 누구나 아는 농담 같은 거예요."

무슨 일인지 루비는 내가 그것을 모른다는 사실을 굳이 공격 지점으로 삼지 않고 유순하게 말했다. 나는 우리 주위를 떠다니는 무지개 방울을 찬찬히 들여다보았다. 이 작고 아름다운 것이 멸망을 일으킨다니.

"내일 예정된 두 지구의 밤에, 칼리온은 무지개 방울을 다른 지구에 내보낼 계획이에요. 무지개 방울을 받은 지구는 물리법칙이 뒤틀어지고 차원이 꼬여서 멸망하는 거고요. 그렇게 멸망한 지구의 에너지는 다시 무지개 방울이 되어 원초 지구로 돌아와요. 역시나 연결의 우물을 통해서요."

소랑의 카메라가 루비의 손가락과 그 손가락이 맴도는 무지개 방울을 향했다. 소랑이 카메라 거치대를 빼고 짐벌도 끼우지 않았기 때문에, 카메라 앵글은 지금 루비가 털어놓은 내용만큼이나 흔들리고 있을 것이다. 소랑은 평소보다 훨씬 줌을 당겨 무지개 종말의 진실을 고하는 루비의 얼굴과 몸짓을 잡고 있었다. 클로즈업의 순간이었다.

"여기 비밀이 또 하나 있어요. 이곳이 아무리 원초 지구여도 무지개 방울, 그러니까 다른 지구의 멸망한 에너지를 계속 가지고 있을 순 없어요. 내보내지 않으면 원초 지구가 멸망하거든. 그래서 칼리온은 매번 이 방울을 다른 지구로 보내는 거예요. 두 지구의 밤이라는 이유로, 실은 원초 지구를 지키기 위해서죠. 칼리온의 최고 사제들이 방울의 순례자라는 이름을 얻은 것도 그 때문이에요.”

루비가 팔을 휘저으며 무지개 방울을 차례로 터트렸다. 무지개 방울은 잠시 공중에서 사라진 듯하다가 이내 더욱 커져 루비의 머리 위로 둥둥 떠다녔다.

“그런데 여기서 소랑 씨 엄마 덕분에 중대한 문제가 생겼어요. 네, 하니 사제요. 하니 사제가 칼리시스 두 대를 훔치고 달아나는 바람에 다른 지구로 무지개 방울을 배출하는 일이 불가능해진 거예요. 유일하게 칼리시스를 다룰 줄 아는 사람이 사라져 버린 거죠. 하니 사제는 심지어 칼리시스를 다룰 후계자를 양성하지도 않았어요. 하니 사제가 그렇게 가 버리자, 칼리온은 남아 있는 세 대의 칼리시스로 다른 지구를 염탐할 순 있지만 그게 다였어요. 칼리시스로 뭔가를 보는 것까진 다른 방울의 순례자들도 할 수 있어요. 하지만 물리적으로 무언가를 연결 지구로 이동시키는 일은 하니 사제만 가능해요. 칼리온은 하니 사제를 대체할 만한 능력자를 줄곧 물색해 왔지만, 항상 실패했고요.”

“하지만…… 두 지구의 밤은? 하니 사제가 사라진 뒤에도 조율자를 뽑았고 종말 지구도 선정했잖아? 심지어 방송도 했잖아.”

"내가 두 지구의 밤 생중계 송출을 준비하다 쫓겨난 이유가 이거였어. 다 가짜라는 걸 눈치채 버렸거든. 하니 사제가 도망 간 뒤로, 생중계도 두 지구의 밤도 무지개 종말도 전부 허위였 어. 그야…… 실현할 힘이 없어졌으니까. 칼리온은 하니 사제 없이 연결의 우물을 열지 못한다는 걸 절대 비밀로 해야만 하 지. 거대 종교가 실은 한 명의 사제가 없어졌다고 무너질 순 없 잖아? 나는 진작 눈치채서 탐사 보도 팀에도 언론사에도 연락 했지만 아무도 내 이야기를 들어 주지 않았어. 나는 루가타의 후손이고, 내가 이 의식을 허위라고 말해 봤자 루가타 부족이 시비를 건다고 여겼을 거야. 칼리온의 압박도 거셌고. 난 은둔 할 수밖에 없었어. 아마 내가 그때 이런 얘길 했으면 카이 너도 날 안 믿었을걸?"

루비의 말을 부정할 수 없었다. 당시 루비의 말을 들었더라도 나 역시 루비가 또 극단적인 소리를 한다고 여겼을 것이다.

"소랑 씨, 이 지구에 무지개 방울은 이미 꽉 찼어요. 솔직히 당 장 내일 멸망한다고 해도 이상하지 않죠. 그러니까 칼리온이 소 랑 씨 엄마에게 얼마나 화가 났을지 실감이 나요? 츠키는 그 때 문에 죽었을 거예요. 칼리온 입장에서 츠키는 하니 사제의 사람 이니까."

"츠키는 아무 잘못이 없어요!"

"알죠. 그치만 칼리온은 제정신이 아니에요. 지금의 칼리온은 신을 따르는 게 아니라, 신을 자신들의 세계관에 끼워 맞추고 있으니까. 초기 칼리온은 신성했어요. 루가타의 후손이지만 그건 인정해요. 모든 지구를 연결한다는 대원칙을 지켜 왔었죠. 하지만 지금의 칼리온은 원초 지구와 다른 지구를 연결시키는 것보다 원초 지구가 다른 지구를 멸망시키는 데 힘쓰고 있죠. 연결은커녕…… 망치고 있잖아요. 전 이렇게 생각해요. 오히려 라라 회장의 알레프 프로덕션이 더 최초의 칼리온과 가깝다고요. 뭐, 방향성은 논란의 여지가 있겠으나…… 다른 지구들끼리 연결시켜 준다는 점에서는 여전히 존경스러워요. 그래서 라라 회장이 더욱 마음에 들었어요. 연결 지구 방송이 배터리 걱정 없이 이어지도록 라라 회장을 도와주고 싶었고요.”

“너의 멸망 계획이라는 건 그러면…… 지금 이 지구에 꽉 찬 무지개 방울들과 관련이 있는 거야?”

“그래. 나는 칼리온이 하려던 계획을 방해해서, 무지개 방울이 그대로 꽉 차게 둘 생각이었어. 사실 이대로만 있으면 칼리온이 자멸할 거였는데, 갑자기 소랑 씨가 이 지구로 와 버린 거야.”

이제야 모든 퍼즐이 맞는 기분이었다. 칼리온은 소랑을 납치해 볼모 삼아 하니 사제가 이 지구로 다시 건너오기를, 그래서 칼리시스를 작동시켜 주기를 바랐다. 무지개 방울을 다른 지구로 내보내려면 그 방법밖에 없었을 것이다.

“한 가지 짚고 넘어가고 싶어요.”

“뭐죠?”

“라라 엄마와 당신이 한 거래는 뭐였죠? 그런 상황이라면 라라 엄마가 날 왜 보냈는지 더욱 이해가 안 가서요. 나는 여기 와 봤자 볼모로 잡힐 상황이잖아요."

"간단해요. 라라 회장은 영구적인 칼리시스를 원하고, 나는 이 지구의 멸망을 원하니까. 라라 회장이 믿을 만한 사람을 이 지구로 보내면, 나는 남아 있는 칼리시스 세 대를 라라 회장이 보낸 사람에게 쥐여 주고 돌려보낸다. 이게 다였어요. 나도 라라 회장이 그 믿을 만한 사람으로 하니 사제의 딸을 보낼 줄은 몰랐어요. 칼리시스를 얻는 데서 그치는 게 아니라, 원초 지구의 멸망까지 촬영해 가겠다는 것도 놀라웠고요."

"라라 엄마가 믿을 만한 사람으로 나를 골랐다고요?"

소랑이 라라 회장에게 화가 난다기보다 내심 기대하는 목소리로 물었다. 루비는 그런 소랑의 표정을 보더니 한숨을 내쉬었다.

"소랑 씨는 카이와 정말 닮았어요."

좋은 쪽으로도, 안 좋은 쪽으로도. 루비가 슬프게 중얼거렸다. 소랑은 루비의 말을 곱씹더니 아무런 반박도 하지 않았다. 다만 소랑은 뭔가를 결심한 듯 루비에게 카메라 배터리 충전을 부탁했다.

"내일 샤데르발로 가지? 나도 같이 가."

"뭐? 네가 샤데르발에?"

"두 지구의 밤이 내일이야. 어차피 나는 칼리온을 방해할 생각이었어."

"그래도 너희 아버지는 네가 정글에 있길 원할 텐데. 가족들 곁에 있는 게 낫지 않겠어?"

"그건 아버지가 원하는 거지, 내가 원하는 게 아니야."

루비의 대답에 목이 꽉 막히는 기분이었다.

"칼리온의 소멸을 내 눈으로 보고 싶어."

루비의 말을 거절할 수 없었다. 루비가 칼리온과 대치해 왔던 시간은 내가 제일 잘 알았다.

"샤데르발에 도착하면 칼리온 사원으로 가겠죠? 소랑 씨는 남은 칼리시스 세 대를 챙겨서, 연결의 우물을 통해 지구 1호로 돌아가는 거예요. 내가 도와줄 테니까."

"말은 참 쉽다. 모든 과정에 목숨을 걸어야 할 텐데."

"그래도 카이, 네가 있으면 사원 출입은 수월하겠지."

나는 고개를 끄덕였지만, 솔직히 반신반의했다. 아버지는 유록 리조트로 가면 부대를 보냈다. 내가 종말의 틈새단 멤버인 것을 알고 있는데도 암살자를 보낸 것이다. 이런 나를 아버지가 칼리온의 사원에 출입시켜 줄까?

"혹시 그 어떤 지구도 멸망하지 않을 방법은 없을까요?"

"소랑 씨, 뭘 묻고 싶은 거죠?"

"멸망 인서트 찍으려던 사람이 이런 말 하는 거 웃기지만, 칼리온 지구의 다른 사람들은 죄가 없잖아요. 다른 방법은 없을까요?"

"없어요. 그리고 칼리온 지구의 다른 사람들도 죄가 있어요."

“그들이 종말 지구를 만들어 왔던 건 아니잖아요. 칼리온 종교가 한 일이지.”

“칼리온 종교의 실체가 뭐라고 생각하는데요? 사제 몇 명? 사원 몇 채? 방송국 놈들?”

루비가 날카롭게 물었다. 청자는 소랑이었지만 루비는 나를 보고 있었다.

“질문하지 않고 믿었던 사람들. 아무 의심 없이 종말의 스펙터클을 경이로워했던 사람들. 따지고 보면 내일의 멸망은 칼리온이 자초한 거예요. 칼리온이 두 지구의 밤을 통해 처음 종말 지구를 만든 순간부터, 종말 에너지 간섭체가 흘러 들어온 거잖아요. 그러니까 이 최후도 칼리온이 다 같이 감당해야 하고요. 칼리온을 지탱한 사람들과 함께요.”

소랑은 루비의 말을 잠자코 듣고 있었지만, 루비는 다시 감정을 폭발시키고 있었다. 루비는 아까까지 나에게 뿜어내던 질책의 에너지를 소랑에게 분출했다.

“알레프 프로덕션 회장 따님이 한번 말해 봐요. 칼리온이 원하는 대로 하게 두고 싶어요? 얼마나 많은 지구가 멸망할지도 모르는데?”

루비가 ‘알레프 프로덕션 회장 따님’이라는 발음에 특히 힘을 주었다. 루비는 칼리온에 채찍을 휘두르며 나를, 알레프 프로덕션에 채찍을 휘두르며 소랑을 때리고 있었다. 당장이라도 루비에게 반박하고 싶었지만, 생각이 많아져서 말을 고르기가 어려웠다. 소랑은 표정 변화 없이 두 손을 꼭 쥐고 생각에 잠겨 있었다.

"다른 지구들을 구하기 위해 칼리온 지구를 전부 희생시키는 게 맞는 걸까요?"

"지금 당장 정답을 찾을 순 없겠죠. 하지만 내일이에요. 우리는 지금 시점에 우리가 헤아린 걸 바탕으로 결단을 내려야 하고요. 완벽한 정답을 기다리면 아무것도 못 하거든요."

루비가 이 말을 하면서 다시 한번 나를 똑바로 주시했다. 루비의 눈빛이 뾰족한 칼처럼 심장에 꽂히는 것 같았다. 좋은 타이밍. 완벽한 정답. 내가 늘 갈구했던 것들이다.

"그쵸. 그리고 칼리온과 칼리시스가 있으면…… 이런 일은 계속 반복되겠죠."

소랑이 중얼거렸다. 소랑은 복잡한 얼굴이었지만, 나에게는 오히려 간단했다. 나는 드디어 칼리온과 정면으로 대립할 준비가 되었다. 이상하게도 종말이 두렵지 않았다. 이제는 소랑을 마틸다 지구로 돌려보내기 위해서라도 칼리온과 맞서야 했다.

"소랑 씨한테 부탁이 있어요."

루비가 충전 중인 소랑의 배터리를 만지작거리며 말했다. 소랑이 얘기해 보라는 듯 희미하게 미소 지었다.

"만약 소랑 씨 지구로 돌아갈 기회가 생기면, 카이도 데려가요. 마틸다 지구로요."

"루비, 그렇게 네 맘대로……"

“그럴게요.”

루비에게 반발하려던 찰나에 소랑이 나를 막아 세웠다.

“언니, 시도만 해 보자는 거예요.”

이내 소랑은 바로 내일 칼리온을 막으러 가야 하니 조금이라도 쉬자며 나를 설득했다. 소랑은 빠르게 자리를 정리하고 싶어 하는 것 같았다. 루비도 더 이상 대화하기 싫다는 듯 기지개를 켰다.

“둘이 이 오두막을 써.”

밤이 깊어지며 우리를 감싸던 공기도 제법 차가워졌다. 루비는 자신의 침실을 소랑과 나에게 양보했다. 언제 화를 냈었냐는 듯, 루비는 평온해 보였다.

“루비 씨는요?”

“난 걱정 말아요. 아침 일찍 출발할 거니까 지금이라도 푹 자 둬요.”

“너는 어디로 갈 건데.”

나가려는 루비의 팔을 붙잡고 조심스레 물었다. 차마 이곳에 같이 있자는 말은 꺼내지 못했다. 루비는 나의 비겁함을 대범하게 받아쳤다.

“잊었어? 나에겐 이 정글이 다 집이라는 걸.”

“그래도 밤에는…….”

“너랑 소랑 씨는 하룻밤도 살아남지 못하겠지만 난 아니야. 정글과 더불어 살아왔으니까.”

루비가 숨을 여러 차례 크게 들이마시고 내쉬었다.

"정글은 한번도 시시한 적이 없었지. 너를 제외하면 유일하게도."

"정글도 너를 그렇게 생각할 거야."

나는 루비의 '너를 제외하면'이라는, 감정이 담긴 말을 교묘하게 피하며 농담으로 받아쳤다. 루비가 조금은 슬픈 표정으로 나를 바라보았다.

"정글에 있을 때만 이런 생각이 들어."

"무슨 생각?"

"이 지구조차…… 멸망하기엔 너무 아름답다고."

정글의 소리가 다시 한번 청아하게 울렸다. 마치 정글이 루비의 말을 듣고 감동한 듯했다.

"오두막에 소랑 씨한테 보여 주고 싶은 영화가 있어. 자기 전에 틀어 봐."

"그래, 알겠어."

"오늘 풀 내음이 유독 쓰네."

밝은 목소리 톤과 달리 루비의 표정은 지쳐 보였다. 나는 루비를 정글로 배웅했다.

"그럼, 좋은 밤 보내길."

다정한 말을 남기고 루비는 정글의 어둠 속으로 사라졌다.

4

<최초의 연결자 : 빛의 열쇠>

루비가 딱 한 번 기획부터 구성, 촬영과 편집까지 총괄한 프로젝트가 있었다. 루비의 연출 입봉작이었다. 루비의 입봉작은 정규 방송 편성을 약속받았다. 그러나 루비의 첫 작품은 완성도와 별개로 편성 팀을 통과하지 못했다. 칼리온의 강력한 입김 때문이었다. 루비가 금기시된 루가타 부족의 설화를 소재로 삼은 것까지는 좋았다. 루비는 당사자성이 있는 화자였고, 심지어 루가타 부족장의 딸이었으니까. 내부자의 시선으로 루가타 부족을 조명하는 접근은 사람들의 이목을 끌 수 있었다. 문제는 앵글이었다. 그놈의 방송 각. 루비가 칼리온의 근본을 뒤흔드는

주장을 펼친 것이 문제였다.

　연결 지구를 최초로 열어젖힌 자가 칼리온 신이 아닌 루가타 부족의 조상이며, 그가 루가타에 대대로 '빛의 열쇠'를 증표로 물려주었다.

　루비의 다큐멘터리는 이렇게 시작했다. 칼리온은 루가타가 최초의 연결자라는 사실을 부정한다. 루가타가 최초의 연결자라는 건 칼리온 창세기에 반할 뿐만 아니라, 루가타 부족에게는 빛의 열쇠가 없었다. 그렇게 루비의 입봉작은 세상의 빛을 보지 못했다. 루비는 그 뒤 자연과학 다큐멘터리 촬영감독으로 전향했다. 자신의 목소리를 내야 하는 연출 작업은 두 번 다시 하지 않았다. 촬영감독이 적성에 맞는 것처럼 보이기도 했다. 칼리온의 압박으로 어디에도 방송되지 못했지만, 나는 루비가 입봉작을 준비하는 것부터 완성하기까지 가장 가까이에서 본 유일한 사람이었다. 루비가 만든 방송은 칼리온의 심기를 불편하게 했다는 점만 제외하면 질투가 날 정도로 뛰어났다. 다만 당시의 나는 칼리온에 반감이 큰 동시에 칼리온이 주입한 종교 교육의 그림자를 벗어나진 못한 상태여서, 루비의 과감함이 부담스러웠다. 마치 폐병원에 귀신이 나온다는 설정의 페이크 다큐멘터리를 보는 기분, 미신을 진지하게 실험하는 교양 프로그램을 마주한 기분이랄까. 그러나 루비의 내레이션과 한 번도 본 적 없는 루가타 부족 사람들의 인터뷰, 루비만 접근할 수 있는 북부 산악 지대는 매력적이었다. 나는 칼리온 교리를 배웠음에도 불구하고 루비가 펼친 서사에 설득되었다.

만약 루가타가 지구들을 연결한 '최초의 연결자'라는 이야기가 진짜라면 루비는 칼리온 신, 즉 루가타의 직계 후손이 되는 거였다. 그러나 칼리온 창세기에는 전혀 다른 이야기가 전해져 내려온다. 루가타가 아닌 칼리온 신이 다섯 명의 인간을 신의 목소리를 대변할 사제로 선택했고, 그게 방울의 순례자들이었다. 루가타 부족은 샤데르발의 원주민이지만, 신의 약속을 어겨 샤데르발에서 추방당한 불명예스러운 사람들이다. 신을 거스른 결과로 오로라티아 북부 지대까지 쫓겨나 고립된 삶을 꾸려 온 것이다. 칼리온에서는 감히 칼리온의 신을 원주민 여자와 동일시하는 아이디어 자체가 금기였다.

"어때? 루비의 다큐멘터리는 아마 방영했어도 여기 사람들은 이해하지 못했을 거야. 소랑 너는 다른 지구에서 왔잖아. 편견 없이 본 감상이 궁금해."

"솔직히 얘기할까요? 또 보고 싶을 정도로 재미있어요. 무엇보다…… 감독의 말이 다 맞는 것처럼 느껴져요. 이 다큐만 보면 루비 씨의 이야기를 믿게 돼요. 취재가 깊이 있고 취재원들이 진솔했단 뜻이겠죠. 루비 씨가 그들의 이야기를 잘 이끌어냈고요. 화자가 차분하지만 확신에 차 있는 게 느껴져요. 그러니까 완전히 설득당하네요."

우리는 루비의 오두막에서 루비의 심장과도 같은 첫 번째 작품을 감상 중이었다. 루비가 정글로부터 유일하게 숨을 수 있는 침실에는 종말의 틈새 단원들과 함께 마틸다 지구의 영화를 감상했던 빔 프로젝터가 아직 남아 있었다. 루비가 정글에서 혼자 세상의 빛을 보지 못한 자신의 처음이자 마지막 연출작을 보고 있었을 장면을 상상했다. 연민과 죄책감이 동시에 들었다.

"요 이틀 동안 뼈저리게 느꼈지만요. 루비 씨의 다큐멘터리를 보니까 더더욱 알레프 프로덕션이 각성해야 한다는 생각이 들어요."

"어떤 점에서?"

"알레프 프로덕션은 연결 지구를 완전히 잘못 이해하고 있어요."

우느라 퉁퉁 붓고 넋이 빠져 있던 소랑은 상황이 위기에 치달을수록 빠르게 자신만의 질문을 찾아 나갔다.

"우리는 아무것도 모르면서 카메라만 켜고 있는 것 같아요. 일단 다 찍어 놓고 무턱대고 만드는 짓을 하고 있다고요. 연결 지구를 제대로 이해하지도 못했으면서 소재로 소비하고 있는 거죠. 우리는, 알레프 프로덕션은 연결 지구를 이해하는 것부터 다시 시작해야 해요."

연결 지구를 이해하는 것, 그 이해를 바탕으로 카메라를 잡는 일. 나는 많은 말을 생략하고 이렇게만 말했다.

"소랑, 너라면 할 수 있을 것 같아."

“그래요? 라라 엄마가 알레프 회장이라서 제가 할 수 있다고 생각하는 거라면 틀렸어요. 오히려 엄마가 회장이라서 더 어려운 점도 있거든요.”

“그 마음 너무 잘 알지. 하지만 난 너희 엄마와 별개로 너에 대해 이야기하고 있는 거야.”

나는 사제복을 입은 아버지를 떠올렸다. 단단한 믿음으로 똘똘 뭉친 자세와 눈빛을 떠올렸다. 나를 괴롭혔던 아버지의 실루엣은 이제 피와 살이 있는 인간의 모습에서 납작한 입간판으로 전락한다. 그 입간판을 망설임 없이 부러트리는 소녀의 모습을 그려 본다. 어쩐 일인지 그 소녀는 내가 아니라 소랑이다. 문득 깨닫는다. 아무것도 모른 채 이곳에 왔지만 적극적으로 질문하는 소랑에게서, 내가 마음속 깊이 갈구했으나 되지 못했던 모습을 찾는다. 소랑에게는 자신이 놓친 것이 무엇인지 곧이곧대로 발설하고 고통스러워하는 용기가 있었다. 음악 방송 피디에 만족하며 자위하던 나와는 달랐다. 소랑에게 더 큰 용기를 주고 싶었다. 그건 과거의 나에게 건네는 격려이기도 했다.

“너라면 해낼 거라는 믿음이 있어. 너는 너무 깊게 생각하느라 사유에만 그칠 뻔한 것들도 별생각 없이 실행하려고 해. 미루지 않고 나아갈 수 있게 해.”

내게 저녁 먹자며 돌격했던 소랑의 모습을 떠올렸다. 루비와 격렬히 토론하던 소랑의 목소리가 겹쳐졌다. 루비를 처음 보는 사람은 무조건 루비에게 말리는데, 소랑은 그러지 않았다. 테이블 위에 널브러진 소랑의 카메라조차 당돌해 보였다.

"정답을 몰라도 어느 순간에는 자신만의 정답을 정해서 행동으로 옮겨야겠지. 나는 그걸 못 했어. 정답을 찾는답시고 시간을 몽땅 허비하고 안주해 버렸거든. 그치만 소랑, 너는 할 수 있을 것 같아. 그러니까 무사히 알레프로 돌아가야 해."

창밖으로 정글을 휘감은 바람 소리가 울렸다. 소랑이 말없이 이불을 끌어 올리면서 내 쪽으로 돌아누웠다.

"그거 알아요? 지구 17호…… 그러니까 이 원초 지구는 우리 지구 1호와 별반 다를 게 없다고 생각했어요. 겉모습도 비슷하고, 무엇보다…… 알레프 프로덕션에서 1과 가까운 숫자의 지구는 별반 다를 게 없다고 결정했으니까요."

"아, 맞다. 나 그거 궁금했는데, 〈메가 로봇 배틀〉은 지구 몇 호였어?"

"128호요. 알레프 프로덕션은 세 자릿수 지구에서만 방송 만들어요."

"세 자릿수 지구는 겉모습이 너희 지구와 많이 달라?"

"겉모습은요. 근데 겉모습이 다르다는 걸 인식했다고 해서 그 지구의 핵심을 파악했다고 할 순 없죠."

소랑이 루비의 다큐멘터리를 되감기 하더니 어린 루비가 루가타 설화를 듣는 장면에서 멈춰 세웠다.

"사람들이 방송국 놈들 욕하면서 그런 얘기 많이 하거든요. 알지도 못하면서 떠든다고. 없는 얘기 쥐어짠다고. '리얼' 예능인 척했는데 다 대본이 있었다거나 뭐 그런 거 있잖아요.”

“뭐, 그건 여기 방송국 놈들도 크게 다르지 않아. 더 심하면 심했지.”

“지구 17호라는 표현이요. 도대체 왜 다른 지구가 우리 지구와 별반 다를 게 없다고 단정 지었을까요? 그리고 나는 왜 그런 대전제를 아무렇지도 않게 받아들였을까요?”

“우리가 매일 숨을 쉬면서 산소의 존재를 의식하진 않잖아. 살갗과 옷의 먼지를 꼼꼼하게 인식하지도 않고. 하지만 그것들은 어딘가에 켜켜이 쌓여서 언젠가 우리를 기침하게 만들지. 그런 거 아닐까?”

소랑이 내가 방금 한 말이 마음에 와닿았는지 카메라의 녹화 상태를 슬쩍 체크했다.

“하지만 전 피디잖아요. 심지어 탐사 보도로 커리어를 시작했는데!”

“때로는 방송국 사람들의 시야가 더 좁아. 네모난 화면 안에서 세상을 보니까. 방송이 될 만한 꼭지를 들이대서 자꾸만 프레임 안에서 억지로 이야기를 정립하려고 하지. 그 프레임에 집착하느라 정작 실제 사람이 살고 있는 프레임 바깥은 놓치는 거야.”

잎사귀들이 바람에 스치는 소리, 루비의 사냥개가 컹컹 짖는 소리, 풀벌레가 우는 소리가 오두막을 감쌌다. 마치 정글이 내 말을 경청하는 것 같았다.

“우리는 종종 프레임 바깥의 세상을 놓치고, 때로는 의도적으로 무시하지. 분명히 존재하는 어떤 사실들을 없는 것처럼 만들어 버려.”

정글에서 다시 한번 바람 소리가 울렸다. 정글이 내 말에 격하게 동의해 주는 듯한 착각이 들 정도로 강한 소리였다.

“아직도요, 제대로 된 방송을 만들어 본 적 없는 기분이에요.”

소랑이 이불을 끌어 내렸다. 소랑은 몇 번이나 루비의 다큐멘터리를 되감기 했다. 나는 소랑이 세계가 뒤집히는 피곤한 하루를 보냈음에도 이런 생각을 전개하는 것이 피디답다고 생각했다.

“소랑은 여기가 연결 지구 처음이라고 했지? 알레프 방송은 안 해 봤고.”

“네. 처음으로 와 본 연결 지구가 원초 지구일 줄은 몰랐지만요.”

“왜 영화를 하지 않았어? 아니, 이렇게 물어보니까 이상하네. 내 말은…… 나는 너희 지구의 영화들을 굉장히 좋아했거든. 영화감독이 될 생각은 없었어?”

소랑이 음, 하며 생각에 잠겼다. 자신을 헤아릴 시간이 필요하다기보다는 더 적확한 말을 고르는 것 같았다.

“전 단 한 번의 테이크로 쭉 가야 하는, 카메라를 계속 켜 두다가 배터리가 다 될 때만 롤을 끊는, 각본 없는 리얼리티가 좋아요.”

“내가 여러 테이크를 다양하게 찍을 수 있는, 각본과 콘티로 재구성하는 리얼리티를 좋아하는 것처럼?”

소랑이 즐겁게 웃었다. 여기서 소랑에게 영화의 장점을 나열해 봤자 소용이 없을 것이다. 난 그저 소랑이라는 사람이 궁금해서 물어본 거지, 소랑을 영화감독으로 만들고 싶은 것이 아니니까.

“어릴 때요. 하니 엄마가 저한테 가장 많이 가르쳐 준 게 딱 두 개가 있었어요. 하나는 심폐소생술이고, 다른 하나는 오래된 영화 편집기를 다루는 일이었어요. 무비올라 편집기나 스틴벡에서 만든 옛날 편집기요. 이 두 가지를 왜 가르치는 건지 예전에는 몰랐어요. 그런데 수영장 이동을 해서 다른 지구로 와 보니까 알겠어요. 영화 편집기는 모르겠지만 심폐소생술은 꼭 필요한 기술이었어요. 하니 엄마는 내가 언젠가 다른 지구로 갈 거라고 생각했나 봐요.”

“근데 오래된 영화 편집기라면 영화 「바빌론」이나 「파벨만스」 같은 데 나오는 그런 편집기를 말하는 거야?”

나는 영화에서 봤던 거대한 편집 기계를 떠올렸다. 아날로그 식으로 필름을 끼우고 위아래로 잘라 가며 수동으로 편집하는 기계였다.

“맞아요. 하니 엄마가 어릴 때부터 자꾸 영화 편집기 다루는 방법을 가르쳐 줘서 그랬을까요? 저는 오히려 영화제작에 흥미가 없었어요. 각본 없는 영상을 편집하는 게 더 재밌었어요.”

소랑은 잠이 오지 않는지 침대에 걸터앉아 한참 동안 카메라를 들여다보며 자신이 오늘 찍은 촬영분을 모니터링했다. 집중한 소랑의 얼굴을 꼼꼼하게 관찰했다. 아침까지만 해도 아무런 해답 없는 연약한 아이처럼 보였던 소랑은, 이제 생기가 넘쳐 보였다. 무엇보다 소랑은 비로소 후련해 보였다. 지금 나의 표정과 닮았다고 느꼈다.

"이제 잘까? 몇 시간 뒤에 샤데르발로 떠나야지."

루비의 다큐멘터리를 보고 이런저런 대화를 나누다 보니 한 침대에 누워 있다는 사실이 심하게 의식되지는 않았다. 소랑이 같이 이불을 끌어 올리며 리모컨으로 재생 버튼을 눌렀다.

"이 부분 딱 한 번만 더 볼래요."

—루가타의 창세 설화는 이렇게 시작합니다.

첫 번째 열쇠를 맡은 자여. 연결의 우물을 열어라.

모든 지구가 갈라지기 전, 하나의 원초 지구에서 솟아난 연결의 우물을 열어라.

지구들을 가로지르는 틈새의 파동을 들어라. 파동에 맞춰 지구들을 이어라.

카메라는 이제 루비의 엄마와, 그에게 안겨 있는 다섯 살 루비의 모습을 비춘다.

—루비, 잘 들으렴. 옛날 옛적에, 루가타가 처음 대지에 뿌리를 내렸을 적, 세상은 아직 하나였단다. 그러던 어느 날 루가타는 가족들에게 먹일 물을 찾아다니다 정글 깊숙한 곳에서 커다란 샘물을 발견했어. 루가타가 물에 손을 대는 순간, 모든 것을 새하얗게 집어삼킬 정도의 빛이 쏟아져 나오며 원초 지구에서 무한한 지구들이 갈라져 나갔단다.

그렇게 연결 지구가 만들어졌단다. 하지만 아직 저마다의 지구는 서로를 알지 못했고, 사람들은 자신의 땅과 하늘이 세상의 전부인 줄 알았지. 오직 루가타만이 모든 지구를 볼 수 있었어.

샤데르발의 정글에는 아직도 연결의 우물이 있단다. 그 우물은 어둠 속에서도 환한 태양처럼 빛났고, 깊은 물결 속에 다른 지구의 그림자가 비쳤지. 어떤 이들은 그걸 환영이라고 했지만 루가타는 그것이 세계의 진실임을 알아보았단다.

루가타는 물가에 앉아 매일 노래를 불렀단다. 수면에 비친 하늘을 묘사하며 이야기를 지어내기도 했지. 루가타의 목소리가 물결에 닿으면, 우물을 지나는 다른 지구의 사람들이 루가타의 목소리를 들었지. 그렇게 서로의 세계가 이어졌고, 이를 '최초의 연결'이라 부른단다.

루비, 기억하렴. 루가타는 '최초의 연결자'이면서, 모든 지구의 연결을 지켜 줄 수호신이란다. 우리는 루가타의 마음을 이어받은 후손이야.

어린 루비는 엄마의 품에 얌전히 안겨 모든 이야기를 들었다. 또랑또랑한 눈을 가진 어린 루비의 얼굴 위로, 어른 루비의 내레이션이 얹어졌다.

—최초의 연결자를 잊었더니, 역사가 바뀌었습니다. 루가타는 연결의 우물로 지구들을 연결하고 공명했지요. 지금 우리는 연결의 우물을 통해 다른 지구들의 역사를 마음대로 바꾸고, 없애고, 존재를 소멸시킵니다. 이건 루가타의 의지가 아닙니다. 이 우주의 질서가 아닙니다.

화면이 블랙아웃 된다. 어른 루비의 단호한 목소리가 검은 화면을 채운다.

—우리는 다시 최초의 연결자를 기억해야 합니다. 빛의 열쇠를 루가타에 돌려줘야 합니다.

잠결에 영상 속 루비의 목소리가 작아졌다. 나란히 누워 꽉 잡은 손의 온도와 나무 벽면에 투영된 어린 루비의 모습과 함께, 정글에서의 밤이 깊어 갔다.

5

폭우가 쏟아지는 정글을 통과하는 일은 쉽지 않았다. 정글이 우리를 놔주지 않으려는 것 같았다. 나는 전면 유리에 하염없이 흐르는 빗물이 와이퍼에 닦여 나갈 때마다 정확한 시야를 확보하려 애썼다.

"여기서 오른쪽 길로 가야 해."

정글 안내를 이유로 조수석을 차지한 건 루비였다. 루비는 흔들리는 차 안에서 평온한 얼굴로 커피를 홀짝였다. 나는 터져 나오는 하품을 삼키며 루비의 솔방울 커피를 마실지 고민했다.

"어째 정글에서 잔 나보다 피곤해 보이네. 내가 할까?"

"커피나 줘. 그 이상한 거라도 마셔야겠어."

운전대를 넘길 수는 없었다. 나는 루비가 얼마나 거칠게 운전하는지 기억하고 있었다. 샤데르발로 가는 길 내내 교통사고를 우려하며 멀미하기 싫었다. 단호하게 거절하자 루비가 어깨를 으쓱거렸다. 루비가 입에 가져다준 수제 커피는 역시나 솔방울 향이 났다. 백미러로 뒷좌석의 소랑을 흘깃 쳐다보았다. 소랑은 차창에 기댄 채로 빗물에 번진 정글 풍경을 보고 있었다. 백미러를 통해 소랑과 눈이 마주쳤지만, 소랑이 금방 고개를 돌렸다.

붉은 안갯길을 빠져나가는 동안 소랑과 츠키는 한참 각자의 생각에 잠긴 듯했다. 나는 운전에 집중하느라 전면 유리를, 소랑과 츠키는 각자의 차창 밖을 보고 있었다. 우리의 시선은 서로 다른 방향을 향한다. 나는 침묵을 재료 삼아 지금 차 안을 영화로 찍는다면 어떨지 가상의 카메라 배치도를 상상했다. 카메라를 설치한다면 다섯 대 정도가 좋겠다. 우리 모두를 비출 수 있는 앞 유리 안쪽에 한 대, 후면에 한 대, 각자의 45도 측면을 잡는 카메라 한 대. 조금 더 욕심을 부리면 차 바깥에서 유리의 반사 레이어를 활용한 그림도 만들 수 있고, 혹은 사이드미러와 백미러를 적극적으로 담는 카메라를 붙일 수 있다.

자동차 안의 대화 신은 영화에서 굉장히 중요한 문법으로 작용한다. 우선 자동차는 밀실이다. 어딘가 도착하기 전까지 인물들은 차 안에 함께 있다. 구도도 흥미롭다. 서로의 시선에서 자유롭기 때문에 경계심이 옅어진다. 그 점이 인물을 솔직하게 만든다. 인물은 자동차 안에서 뭔가를 고백하거나 진실을 밝힌다. 차 안의 장면은 언어로 말하는 것과 내면의 간극을 보여 주기에도 좋다. 가령, 인물이 어떤 질문에 대수롭지 않은 듯 가볍게 대답한 뒤 창밖을 봤는데 스산한 풍경이 반사되어 인물의 얼굴을 스친다고 하자. 그 순간 고개를 돌린 인물의 표정은 찰나지만 미묘하게 굳어진다. 그렇다면 이 장면은 '방금 인물이 내뱉은 대답과 속마음이 전혀 다르다'는 영화 언어로 작동할 수 있다.

"루비 씨는 아직도 최초의 연결자를 믿어요? 루가타 설화요."

가상의 카메라 배치도를 찢고 나를 현실로 끌어낸 건 소랑이었다. 소랑의 몸이 앞좌석에 바싹 가까워졌다. 소랑은 거침없는 아이였다. 오랜 시간 루비를 알아 온 나조차 어려워하는 대화 주제를 전면에 꺼냈다. 창밖을 보고 있던 루비가 고개를 돌려 소랑을 본다. 소랑과 루비의 시선이 순간 교차한다. 루비는 이내 운전하는 나를 본다.

"최초의 연결자가 루가타라는 걸 정말로 믿어요?"

소랑이 거듭 물었다. 두 엄마의 맹목적인 지지를 받으며 제멋대로 살아온 시간으로 만들어진 소랑의 막무가내 기질은, 회피 없이 직진하는 데 발휘되었다.

"믿어요. 나는 루가타의 직계 후손이니까. 그리고 칼리온이 하는 짓을 증오하거든. 종말 지구니 뭐니 하는 것들이요."

"그 설화가 단지 루비 씨 어머니가 들려준 이야기라서 믿는 건가요?"

"그런 감상적인 이유 때문은 아니에요. 나 루가타 역사 공부 많이 했거든요. 칼리온의 역사도요. 정글에서 지내는 동안 오며 가며 들은 이야기도 많고요."

"그럼 루비 씨는 루가타 설화를 단순히 믿는 게 아니라 진짜로 그게 진실이라고 생각하는군요."

"그래요. 믿음의 영역으로 비약한 게 아니에요."

거침없기로는 루비도 뒤지지 않는다. 루비는 폭우에 잠긴 정글을 똑바로 마주하며 망설임 없이 말했다. 마치 차 바깥에서 앞좌석을 찍는 가상의 정면 카메라의 존재를 알고 연기하는 배우 같았다.

"루가타 설화는 나에겐 단단한 현실이니까."

루비는 자신의 목소리를 항상 순도 100퍼센트로 발휘하는 사람이었다. 설령 그 목소리가 이 지구 전체의 기반을 뒤흔드는 목소리일지라도, 칼리온의 보복을 당할 두려움을 감수하고서라도.

"동생 분 일은 유감이에요."

소랑이 앞으로 기울였던 몸을 다시 뒷좌석에 기댔다. 소랑이 한 걸음 물러나며 차 안의 긴장된 분위기가 완화됐다. 루비는 여전히 앞을 본 채로 고개를 끄덕이며 소랑의 말에 반응했다. 루비의 동생 루루는 칼리온에 의해 조율자로 선정되어 외딴 지구로 보내졌고, 이내 종말 지구로 선정되어 머나먼 지구에서 종말을 맞이했다. 루비가 칼리온을 싫어하는 이유이기도 했다. 루비가 고개를 돌려 나를 보는 것이 느껴졌다. 나는 애써 루비의 시선을 외면했다. 루루를 종말 지구로 보낸 건 내가 아닌데도, 루비가 나를 빤히 볼 때마다 칼리온을 대신해 부채감을 느꼈다.

가상의 정면 카메라가 있다면, 나를 보는 루비와 그런 루비를 외면하는 나의 어긋난 시선이, 나의 복잡한 심경을 표현하는 장면이 될 것이다.

"아! 나 소랑 씨 지구에서 흥미로웠던 다큐멘터리 있어요."

루비가 능숙하게 분위기를 전환했다. 루비에게는 '난처함'이라는 깊숙한 구덩이에 빠지기 직전까지 나를 몰아세운 뒤 빠지기 직전에 구출하는 재주가 있었다.

"뭔데요?"

소랑이 흥미로운 듯 다시 몸을 앞좌석 쪽으로 기울였다. 차 안은 좁아서, 인물의 움직임이나 표정 변화가 즉각적인 다이내믹을 만든다.

"학살자가 자신이 했던 학살을 직접 재연하는 파격적인 다큐멘터리였어요. 제목이……."

"「액트 오브 킬링」?"

나와 소랑이 동시에 대답했다. 「액트 오브 킬링」은 종말의 틈새단에서 가장 열띤 토론을 나눴던 영화 중 하나였다. 마틸다 지구의 '인도네시아'라는 나라에서 역대 가장 잔인한 학살자라 불리는 무리가 자신들의 '살인'을 직접 재연하고 코멘트 하는 파격적인 형식의 다큐멘터리였다.

"루비, 너는 그 영화를 불쾌해하는 줄 알았는데."

"불쾌하다고 느끼는 거랑 좋은 작품이라고 믿는 건 양립할 수 있어."

루비와 나는 「액트 오브 킬링」 이야기를 하다가도 다툰 적이 있다. 루비는 「액트 오브 킬링」을 보며 감독을 비롯해 카메라를 잡은 사람들의 욕망이 짙다고 비난했다. 명작을 만들기 위한 무리수라고, 루비는 여러 차례 말했다.

"난 별로였지만 카이는 이 다큐를 되게 좋아했거든요."

"저도 흥미롭게 봤어요. 카메라가 파격적이잖아요."

소랑이 잠깐 생각하더니 덧붙였다.

"「액트 오브 킬링」만큼 파격적인 다큐멘터리가 또 있어요."

"뭔데?"

"뱅크시의 「선물 가게를 지나야 출구」요."

"뱅크시? 처음 들어 보네."

하니 사제도 뱅크시라는 사람의 영화는 보여 준 적 없었다.

정글에서 지구 1호의 영화 이야기를 하고 있자니 다가오는 종말과 칼리온을 마주하는 일이 별거 아닌 것처럼 느껴졌다.

"우리도 볼 수 있겠죠? 언젠가 알레프 방송에서 틀어 준다면요. 우리야 알레프가 보여 주지 않으면 못 보니까."

루비가 장난인 척, 그러나 날카로운 목소리로 중얼거렸다. 루비는 저런 식으로 상대방의 약점을 자꾸 들추려고 한다. 나는 루비의 공격 지점으로부터 소랑을 방어하기 위해 화제를 제자리로 돌려놨다.

"소랑은 어떤 점에서 그 영화를 좋아해?"

"그게, 뱅크시는 그라피티 아티스트인데요. 길거리 예술이요.

일단 제가 뱅크시를 너무 좋아해요. 독특한 작업을 많이 하거든요. 그림체도 독특하지만 메시지를 전달하는 방식이 기발해요. 가령 뱅크시의 정치적인 메시지가 마음에 안 들면, 공권력이 뱅크시의 그림을 지워 버리는 식으로 경고하거나 작품을 부정하거든요. 근데 바로 거기서 뱅크시가 진가를 발휘해요. 정부가 그림을 지워 버린 흔적까지 합쳐서 뱅크시의 작품인 거예요. 그 바깥 상황까지 전부 메시지가 되는 게 재미있어요."

"그럼 「선물 가게를 지나야 출구」는 뱅크시의 일대기를 다룬 다큐멘터리야?"

"아뇨, 「선물 가게를 지나야 출구」는…… 뭐랄까, 뱅크시가 피사체였다가 감독이 되어 버리는 다큐예요. 영화 초반에는 '티에리 구에타'라는 기록광이 뱅크시를 비롯한 길거리 예술가들을 모조리 다 찍는데요, 나중에는 티에리가 촬영당하는 입장으로 반전돼요. 티에리가 그간 촬영했던 기록물도, 피사체였던 뱅크시가 재편집하고요. 티에리는 감독이었다가 피사체로, 뱅크시는 피사체였다가 최종 편집권을 가진 감독이 되는 거죠."

"흥미로운 구조네요. 카메라 렌즈는 언제든 서로에게로 향할 수 있으니까."

루비는 다시 소랑과 알레프를 공격하지 않기로 했는지 호의적으로 대답했다. 차창 밖으로 폭우가 더욱 거세졌다. 루비의 얼굴 위로 순간순간 정글의 그림자가 스쳤다. 우리가 이야기를 나누는 말소리보다 빗줄기가 차체를 때리는 소리가 더 거세졌

다. 소랑이 하품하자 루비가 솔방울 맛 커피를 제안했다. 소랑
은 여전히 뒷좌석에 몸을 기댄 채 고개를 절레절레 저었다.

"근데 라라 회장이 죽으면 알레프 프로덕션은 누가 물려받아
요? 아무래도 원초 지구 출신이니까 소랑 씨가?"

루비가 빗줄기를 뚫고 또다시 직설적인 질문을 꺼냈다. 루비
의 공격이 다시 시작됐다. 루비는 숲을 삼킨 듯한 맛의 커피를
아직도 홀짝거리고 있었다.

"그러는 루비 씨는 부족장 자리 물려받나요?"

소랑이 발끈하며 받아쳤다. 소랑은 무언가 거슬린다는 듯 강
하게 인상 쓰고 있었다. 그게 루비가 라라 회장의 죽음을 가정
했기 때문인지, 죽음 이후의 이해관계를 물은 탓인지 헷갈렸다.

"난 부족장 할 생각 없어요."

루비가 감정의 동요 없이 태연하게 대답했다. 나는 하필 가장
까다로운 길이 나타나는 바람에 둘의 대화에 껴들지 못하고 정
글을 무사히 빠져나가는 데 힘을 쏟고 있었다.

"기분 나빴다면 미안해요. 근데 알레프 프로덕션은 일반적인
회사가 아니잖아. 연결 지구 수영장도, 칼리시스도 다뤄야 하는
일인데……. 차기 회장을 선출할 것 같진 않고 가족한테 물려주
려나 그게 궁금했어요. 소랑 씨가 아무래도 하니 사제 딸이니까."

루비의 질문에는 알레프 프로덕션의 경영권을 물려받는 사람
이 칼리시스도 함께 물려받느냐는 말이 숨어 있었다.

"그런 생각은 해 본 적 없어요. 아직……."

소랑이 말끝을 흐렸다. 최근 소랑은 아무것도 모른 채 멸망 인서트 컷을 찍으러 칼리온 지구에 건너왔다는 사실을 포함해서, '진작 생각해 보지 못했던 것들'에 꽂혀 있었다.

"안 한다고 하진 않네. 맡을 생각은 있나 봐요?"

"수지 언니가 하지 않을까요? 언니는 그런 생각도 이미 해봤을 거예요. 자격도 충분하고요."

"수지? 〈메가 로봇 배틀〉 피디 맞죠?"

"네. 그게 저희 언니가 만든 방송이에요."

"보통 꾼이 아니던데."

"그쵸. 저희 언니 방송 진짜 잘해요."

"방송을 꾼처럼 만든다고 연결 지구 방송국을 잘 맡는다고 할 순 없어."

내가 말을 꺼냄과 동시에 거짓말처럼 비가 멎기 시작했다. 나는 운전대를 쥐고 있던 손에 힘을 풀며 간신히 대화에 끼어들었다.

"지구를 연결하는 건 꾼이 할 일이 아닐지도 몰라. 능숙한 꾼보다 오히려…… 부끄러워할 줄 아는 사람이 연결 지구 방송을 만드는 편이 낫지 않을까? 틀리면 인정하고 다시 시작할 줄 아는 사람. 그야, 연결 지구잖아. 수많은 세상이 있는데 기존에 알던 걸 접고 새로 시작하는 데에도 열려 있는 사람이 낫지. 〈메가 로봇 배틀〉을 만든 피디가 그럴 것 같진 않은데. 〈메가 로봇 배틀〉은 너무나도 지구 1호의 관점의 방송이잖아."

백미러로 소랑과 다시 한번 나와 눈이 마주쳤다. 소랑이 희미한 미소로 화답했다. 나와 소랑의 이어진 시선을 뚫고 루비가 나를 빤히 쳐다보았다.

"카이 아버지가 방울의 순례자인 거 알아요?"

"네, 들었어요. 칼리온 역사도 조금 들었고요."

"난 카이한테 항상 궁금했거든. 만약 아버지가 그 자리를 남동생 안 주고 카이한테 물려준다고 했으면? 그럼 카이는 어떻게 자랐을까? 하고요."

"갑자기 무슨 말이 하고 싶어? 수동 공격하지 말고 정확하게 말해."

결국 브레이크를 밟았다. 또 시작됐다. 루비가 나를 난처함의 구덩이로 끝까지 밀어 넣는 장면이.

"만약 네가 방울의 순례자가 될 기회가 있었다면? 그때도 너는 칼리온을 미워했을까?"

내가 방울의 순례자를 물려받았더라면 아버지와 똑같은 사람이 되었을지 여러 시나리오를 따지는 것도 루비와 내가 항상 싸웠던 이유 중 하나였다.

"그건 영원히 알 수 없겠지. 나의 현실이 아니니까."

5년 전의 나는 루비가 이런 말을 할 때면 나를 구성하는 핵을 파괴당한 사람처럼 흥분했다. 그러나 지금은 스스로도 놀랄 만큼 감정이 정돈되어 있다. 그게 뒷좌석에 앉아 있는 소랑 때문인지, 종말 위기를 앞두고 담담해진 덕분인지, 칼리온을 향한 행동 노선을 정해서인지는 알 수 없었다.

"방울의 순례자가 되지 못해서, 그 자리를 남동생에게 뺏겨서 칼리온에 반발하기 시작했냐는 말을 하고 싶은 거라면, 맞기도 하고 틀리기도 해. 방울의 순례자를 물려받았다면 내가 칼리온의 기둥이 되었을지 여전히 칼리온을 미워했을지 나도 모르겠어. 어쨌든 남동생이 방울의 순례자가 되는 건 현실이고, 나는 무언가를 가정하면서 스스로를 괴롭히지 않기로 했어. '만약 내가 그 자리를 물려받았으면 나도 비겁하게 칼리온에 복종하지 않았을까' 하는 그런 가정 말이야. 난 아버지한테 학대당했고, 방울의 순례자로 키워지지도 않았어. 그게 내 과거고 현실이야. 그 시간들이 쌓여 만든 게 진짜 나야. 나는 이런 나를 중심 잡고 미래로 나아가야 하고."

부끄러워도 곧이곧대로 드러내는 건 현실에 발 딛는 가장 좋은 방법이었다. 현실에 발 디뎌야 다음 장으로 넘어갈 수 있었다. 종말을 앞두고서야 '언젠가는'이라는 단어와 '먼 지구의 영화감독'이라는 실루엣을 지우고 나에게 집중할 수 있었다. 어차피 다 소용없으니까, 내가 지금 가지고 있는 건 나밖에 없으니까. 내 말에 박수를 쳐 주는 것처럼 다시 세차게 비가 내렸다.

"네 말처럼 아버지가 나를 방울의 순례자로 키우고, 나를 전폭적으로 인정했으면 내가 달라졌을 수도 있겠지. 진정한 칼리온의 기둥이 되어 버렸을지도 몰라. 하지만 그건 어디까지나 일어나지 않은 일이고, 나는 영원히 그 시나리오를 알 수 없어. 방울의 순례자를 물려받지 못한, 기록자 과정을 이수하지 못한, 칼리온의 교리가 우스꽝스럽다고 생각하는, 마틸다 지구의 영화를 좋아하는 지금의 내가 현실이야. 나는 그 현실에 발을 붙여야 해."

내가 말을 멈추자 차 안은 빗소리로 가득했다. 나는 어느 때보다도 개운한 기분을 느끼며 액셀을 밟았다. 차는 다시 정글을 밟고 샤데르발을 향해 나아갔다.

"잘됐네."

연애할 당시 내가 스스로를 긍정하길 바랐던 루비는, 진짜로 스스로를 받아들인 나에게 어쩐지 더욱 화가 난 것처럼 보였다. 하지만 루비가 어떻게 받아들이든지 그건 내 몫이 아니었다. 소랑과 백미러로 눈이 마주쳤다. 소랑은 풋사과 오두막에서 처음 만났던 날처럼 웃고 있었다.

"루비, 궁금한 게 있어."

"뭔데?"

루비가 고개도 돌리지 않고 되물었다. 루비는 어지간히 기분이 저조한 듯했다.

"하니 사제가 칼리시스를 훔쳤고 유일하게 칼리시스를 다룰 줄 아는 사제였는데, 다른 지구로 가 버려서 진짜 두 지구의 밤은 멈췄다고 했잖아?"

"그래. 하니 사제가 도망간 뒤로 했던 건 다 가짜 쇼였어."

"그럼…… 루루도 살아 있는 거 아니야?"

루비가 비로소 내 쪽을 본다. 강한 빗줄기가 자동차 전면 유리를 시원하게 때렸다.

"그게 무슨 말이에요, 언니?"

"하니 사제가 칼리시스를 훔쳐 도망간 이후로 두 지구의 밤을 거짓으로 진행했잖아. 그 말은 곧…… 칼리온이 다른 지구로 무지개 방울을 보내지도 못했으니, 애초에 루비의 동생도 죽지 않았겠지."

짧은 침묵을 강한 빗줄기 소리가 채운다. 루비는 부정하지 않고 희미하게 웃고 있었다. 이내 고개를 숙이더니 큭큭거렸다. 루비는 루루가 살아 있다는 걸 알고 있었다. 배신감이 끓었다.

"루비, 루루가 살아 있어?"

루루가 살아 있다면 루비는 도대체 왜 이 지구를 멸망시키고 싶어 하는 것이며, 칼리온과 어떤 일을 벌이고 있단 말인가?

"그래. 루루는 살아 있어."

"어디 있는데?"

내가 담담하게 물었다. 루비가 신경질적으로 대답했다.

"칼리온이 루루를 새로운 방울의 순례자로 키우고 있어. 하니 사제의 빈 자리 말이야. 루루는 애초에 다른 지구로 간 적도 없었어. 놀라운 사실을 알려줄까? 루루가 이제 칼리시스를 다룰 줄 알게 되었나 봐. 하니 사제처럼. 칼리온은 루루를 이용해서 이번 두 지구의 밤에서 모든 무지개 방울을 다른 지구에 배출할 계획이야."

"왜 루루가 살아 있다고 얘기하지 않았어?"

루비는 다시 조수석 창밖에 시선을 고정했다. 루비가 갑자기 비가 쏟아지는 창문을 열었다. 루비의 얼굴과 빨간 머리카락이 비에 젖기 시작했다. 나에게도 빗방울이 튀었다.

"루비 씨가 말한 설화가 어느 정도는 사실이었던 거군요. 루가타 부족만이 빛의 열쇠로 칼리시스를 열어, 연결 지구를 다룰 수 있다는 이야기요."

"빛의 열쇠라고? 잠시만, 그럼 저 목걸이가……."

"제 목걸이가 빛의 열쇠였던 거죠? 연결 지구 사이를 '이동' 하려면 빛의 열쇠가 필요한데 우리 엄마가 가져갔던 거고요. 그 래서 제 목에 걸려 있는 거겠죠."

"맞아요. 칼리온엔 아쿠아 시네마 기술 같은 게 없죠. 연결의 우물에서, 빛의 열쇠를 가진 혈통의 후계자가, 칼리시스를 열어 야 지구를 연결할 수 있어요. 그래야 이동할 수 있다고요. 하니 사제는 우물 빼고 모든 걸 가져갔던 거고요."

루비가 다시 창문을 올리자 빗소리가 한층 작아졌다. 비를 잔 뜩 맞은 루비는 빗방울을 핑계로 눈을 제대로 뜨고 있지 않은 것 같았다. 루비의 표정을 정확히 볼 수가 없었다. 루비가 손으 로 아무렇게나 빗물을 닦아 냈다.

"나는 소랑 씨가 마음에 들어요."

루비는 이렇게 말하면서도 뒷좌석을 보지는 않았다. 만약 칼 리온이 루가타 부족의 후계자만이 빛의 열쇠를 다룰 수 있다는 걸 알고 있었고, 칼리온의 권위와 역사를 위해 이 사실을 숨겨 왔다면 한 가지 의문이 남는다. 루가타 부족만이 칼리시스를 다룰 수 있다면, 하니 사제는 칼리시스를 어떻게 다뤘던 걸까. 하지만 그 의문은 금방 해소되었다.

"우리가 사촌이라는 점을 포함해서요."

"뭐?"

"우리 엄마도, 그리고 저도 루가타 부족의 피가 섞여 있던 거죠?"

거의 브레이크를 밟을 뻔한 나와 달리 소랑은 담담했다. 백미러로 다시 소랑과 눈이 마주쳤다.

"소랑 씨를 좋아하기 때문에 지금부터 벌어질 일이 벌써 안타까워요. 부디 상황이 나빠지지 않도록 협조해 줬으면 좋겠어."

루비가 협박조로 말했다. 교차했던 시선은 다시 한번 루비가 끼어들면서 절단됐다.

"루비, 너 무슨 말을 하는지 스스로 알고 있는 거지?"

"잘 들어, 카이. 지금 이 길을 따라 정글을 나서면 소랑 씨를 잡으러 온 칼리온의 가면 부대가 기다리고 있을 거야. 그것도 카이, 네가 맞이해야 할 현실이지."

루비가 마지막 문장을 유독 비꼬며 말했다.

"소랑 씨가 목걸이를 순순히 넘긴다면 정글을 빠져나가게 도와줄게요. 그게 아니라면 칼리온의 가면 부대와 맞서야 할 거예요. 아, 혹시나 해서 말하는데 지금 정글 곳곳에는요. 칼리온의 가면 부대만 있는 게 아니에요. 루가타의 군사들이 잠복해 있어요. 소랑 씨가 나에게 협조하지 않고 칼리온에서 빠져나갈 방법은 없어요. 누구보다 카이가 더 잘 알겠지만."

루비가 마지막 말을 유독 강조하며 말했다.

"소랑 씨 목걸이를 나한테 주세요."

루비가 소랑의 목걸이를 뚫어져라 쳐다보며 말했다. 나도 그 시선을 따라 소랑을, 그리고 소랑의 목걸이를 바라보았다.

"나한테 빛의 열쇠를 돌려줘야겠어요."

소랑이 두 손으로 목걸이를 꼭 쥐고 차 문에 바짝 다가섰다. 언제든 폭우를 뚫고 바깥으로 나갈 듯한 자세였다. 소랑의 목걸이와 루비를 번갈아 보다 결심했다.

"돌려주자."

"언니!"

소랑이 배신감 든다는 듯 발끈했다. 나는 뒤돌아서 차분히 소랑을 설득했다.

"루비 말이 맞아. 우리가 칼리온에 대항할 방법은 없어. 정말 죽을지도 몰라."

"언니, 이 목걸이가 전설 속 빛의 열쇠라면 더더욱 칼리온 손에 들어가면 안 돼요! 무지개 방울이 어떤 지구에 얼마나 배출될지도 모르고, 얼마나 많은 종말 지구가 생길지 모르는 일이라고요!"

"어차피 빼앗길 거야. 차라리 지금 넘기는 게 나아."

“카이, 나는 칼리온에 미리 패배하는 너의 모습을 싫어했는 데……. 지금만큼은 협조해 줘서 고마워.”

루비의 나긋나긋한 목소리가 유독 얄미웠다. 나는 치미는 감정을 억누르고 루비에게 부탁했다.

“뭔진 모르겠지만 네가 원하는 걸 이루고 나면, 소랑을 마틸다 지구로 보내 줘.”

“글쎄. 그러려면 일단 마틸다 지구가 무지개 종말에서 살아남아야겠지?”

루비가 편안하게 등받이에 기대며 말했다. 루비는 기지개를 켜며 상황을 마무리할 준비를 하고 있었다.

“칼리온이 다른 지구에 무지개 방울을 보낸다 쳐. 그냥 원초 지구에 남으면 살 수 있잖아. 네가 여기서 소랑 씨 먹여 살리면 되잖아. 뭐가 걱정이야?”

“역시 내 생각이 맞았네요. 루비 씨는 칼리온을 무너트릴 생각이 아니라 반대였던 거죠? 이 목걸이를 손에 넣으면 무지개 방울을 전부 다른 지구에 방출하려는 거고요! 칼리온이 하려던 것처럼?”

“칼리온과는 달라요. 난 칼리온을 바로 잡을 생각이니까.”

“당신은 애초에 칼리온이니 원초 지구의 멸망이니 이런 건 관심도 없고, 루가타 설화의 주인공이 되고 싶었던 것뿐이에요!”

“맞아요. 난 루가타가 없는 칼리온은 망했으면 좋겠지만, 내가 칼리온의 일부가 된다면 이야기가 달라져요. 나는 칼리온과 원초 지구의 역사를 바꿀 거예요. 루가타를 원래 있던 자리에 되돌려놓고, 내가 그 주인공이 될 거고요.”

꼭 쥔 주먹에 힘이 들어갔지만 차분하게 감정을 다스려야 했다. 소랑은 금방이라도 목걸이를 휘둘러 자신의 먼 사촌에게 덤빌 기세였고, 나는 소랑을 달래서 이 상황을 빠져나가야 했다.

“소랑, 목걸이 주고 나랑 떠나자.”

“저 사람이 우리 지구도 멸망시킬 거예요. 다른 지구들도 마찬가지고요. 결국 칼리온과 똑같다고요!”

“소랑, 우선 진정해. 일단 정글에서 나가자. 너도 가면 부대가 어떻게 하는지 봤잖아.”

소랑이 고집스레 목걸이를 꼭 쥐고 고개를 저었다.

“나는 너와 마지막으로 오로라티아 라테를 마시고 싶어. 무지개 방울, 기억나?”

소랑이 내 말을 곱씹더니 비로소 표정을 풀었다.

“참 낭만적이기도 하지.”

루비가 못 볼 꼴이라도 본 듯 창가로 시선을 돌렸다. 소랑이 결심한 듯 목걸이를 풀었다. 건성으로 누워 있던 루비가 잽싸게 자리를 고쳐 잡았다. 소랑은 크게 심호흡을 하고서 루비에게 목걸이를 건넸다.

“실체 없는 인정 투쟁에 갇힌 건…… 우리가 아니라 루비 씨였을지도 몰라요.”

“마음대로 생각해요. 루가타 설화는 실체 없는 이야기가 아니니까.”

“마치 그게 진실이 아니면 큰일 날 것처럼 조급해하시네요.”

소랑의 말에 루비가 웃음을 터트렸다. 내가 아는 루비라면, 이건 유쾌한 웃음보다 허를 찔렸을 때 화나서 짓는 웃음에 가까웠다.

“저쪽 오솔길 따라 쭉 내려가요. 길이 없는 것처럼 보여도 시내로 연결되어 있으니까. 그리고 지금 와서 의미 없는 말이지만…….”

루비가 차 문을 열다 말고 소랑 방향으로 몸을 돌렸다. 잠시 뜸 들이다 말했다.

“나도 츠키를 좋아했어요. 칼리온이 츠키를 죽일 줄은 정말 몰랐어.”

루비가 소랑의 대답을 듣지 않고 차에서 내렸다. 차 문이 열렸다 닫히며 잠시 정글의 여름 향과 습기, 빗소리가 들어왔다. 나는 소랑이 뭐라 소리 지르기 전에 액셀을 밟았다. 백미러로 굴러떨어지는 물방울들 사이로 루비의 모습이 작아지는 게 보였다. 루비는 금세 정글과 폭우 속으로 사라졌다. 루비가 내 삶에서 완전히 없어지는 순간이었다.

“츠키…….”

소랑이 얼굴을 감싸 쥔다. 나는 자동차 바깥에 흐르는 풍경을 빨리 감기 하듯이 정글을 벗어나는 데에만 집중했다.

정글을 비로소 빠져나왔을 때, 아직 감정의 정글을 헤매고 있던 소랑에게 말했다.

“소랑, 진정해. 저 목걸이는 진짜가 아니야.”

그리고 지구 1호의 어느 방 안에서, 하니가 칼리시스로 모든 것을 지켜보고 있었다.

3부

파이널 컷
─모든 프레임의 바깥에서

1

전지적 작가 시점이라는 것도 결국 또 하나의 편집된 리얼리티일 뿐이다.

엔딩을 향해 가는 파이널 컷은 속도감이 생명이다.

이 문장도 연결 지구 방송국의 피디가 편집한 자막일 수 있음을 잊지 마시길.

2

소랑과 카이가 서로의 지구를 거슬러 진실에 다가가던 그 순간조차, 방송국 놈들은 또 다른 리얼리티를 편집하여 방송 중이었다. 지구 1호도 예외는 아니었다.

―속보입니다. 연결 지구 연합 임시 협의체가 알레프 프로덕션을 주축으로 연결 지구 공용 화폐 '링크' 발행 법안을 통과시켰습니다. 알레프 프로덕션은 미디어 기업을 넘어선 화폐 발행 기구가 되었는데요. 일각에서는 미디어 그룹이 금융 기구의 권한을 가졌을 때의 위험부담을 제기하며 상당히 부정적인…….

―'우리가 서로 알고 지낸다는 게 중요하죠, 안 그래요?' 라

라 회장이 어느 강연에서 이렇게 말했죠. 하지만 지구인들이 서로 연결되고 알아 갈 준비가 되었는지 정작 누가 책임…….

—국제 협상 전문가 최 박사님, 그리고 온라인 미디어 평론가 뭉코 씨를 모셨습니다…….

—저 바깥에 어떤 지구가 있는 줄 알고요? 그 위험은 알레프만 감수한답니까?

—우리가 다른 지구와 연결되어야 한다는 아이디어가 폭력적이라는 생각 안 들어요? 모든 지구가 연결을 원하는 건 아니잖아요.

—……라라 회장은 이제 우리의 채널만 쥐고 있는 게 아니에요. 그 손으로 화폐까지 찍어 내면서 모든 지구의 숨통을 쥐게 되었지요. 우리가 던질 질문은 이거예요. 대체 알레프가 뭔데요? 많은 지구의 사람들이 이걸 다 괜찮다고 할까요?

알레프 그룹이 연결 지구의 공용 화폐 '링크'를 발행한다는 뉴스는 텔레비전 화면 속 앵커의 날카로운 음성으로, 알레프 프로덕션 빌딩이 고압적으로 보이도록 의도한 로우 앵글 이미지로, '누구도 원치 않은 연결의 지배자'와 같은 자극적인 헤드라인을 통해 널리 퍼지고 있었다.

로시는 여러 뉴스 채널 화면을 동시에 띄워 놓고 모든 것을 지켜보고 있었다. 로시는 이런 흐름이 반가웠다. 라라 회장이 주목받을수록 로시가 만들어 나갈 알레프 뉴스는 더욱 빛날 것이다.

—필요하면 나를 난도질하세요. 기꺼이 뉴스가 될 테니까.

로시가 알레프 프로덕션의 채용 계약서에 사인을 한 것은 라라 회장이 제시한 엄청난 액수의 연봉 때문만은 아니었다. 라라 회장이 망설임 없이 건넨 저 말. 필요하면 자신이 직접 뉴스가 되겠다는 라라 회장의 단호함. 그게 로시를 흔들었다. 뉴스를 제작하면서 쉬운 것을 만들 생각은 없었다. 라라 회장 정도는 되어야 싸울 맛이 나는 법이다. 로시의 저널리즘 정신이 불타는 순간이었다. 게다가 라라 회장의 곁에는 하니 대표가 있었다. 아무리 알레프에서 만드는 뉴스여도, 알레프의 입맛대로 다루거나 특정 세력의 프로파간다로 휘두르지 않겠다고 하니 대표가 약속했다.

로시는 좋은 언론인이라는 이상을 넘어 고유한 언론인이 되겠다는 꿈에 올라탄 채로 출근길을 나섰다. 길게 뻗은 도시의 빌딩들과, 입김이 나오는 찬 공기를 뚫고 늘어선 자동차들과 성난 표정으로 휴대폰을 들여다보는 사람들. 옥외 스크린에 띄워진 링크 화폐 홍보 영상과 알레프 프로덕션의 로고. 길을 걷다 알레프 프로덕션의 홍보 영상에 시선을 빼앗기는 사람들. 그 모습을 지켜보는 로시. 사람들이 알레프의 위상을 체감하는 장면이다. 일상적인 풍경조차 로시에게는 뉴스 인서트 컷처럼 보였다. 로시는 알레프 프로덕션과 함께, 전 지구에서 가장 규모가 큰 뉴스를 만들어 갈 것이다.

로시는 알레프 사옥에 도착하자마자 조정실로 향했다. 수많은 모니터와 중계 기기 앞에는 로시와 호흡을 맞출 스태프들이 분주히 자신의 몫을 수행하고 있었다. 로시는 심호흡을 했다. 로시는 곧 전 세계, 아니 전 지구 최초로 '연결 지구 통합 뉴스'를 제작하는 총괄 피디가 될 것이다.

로시와 스태프들이 알레프 프로덕션의 보도국 출범 준비로 촌각을 다투는 그 시각, 라라는 집에서 자기가 주인공인 뉴스, 정확히는 알레프가 주도하는 '링크 경제'에 대한 뉴스를 시청 중이었다.

—대체 알레프가 뭔데요? 많은 지구의 사람들이 이걸 다 괜찮다고 할까요?

무용한 질문이군.

라라가 텔레비전을 껐다. 라라는 자신이 그렸던 것보다 훨씬 커진 연결 지구 방송의 판에서, 방송의 바다에 빠져 익사하지 않을 자신이 없다는 공황 속에서, 일주일째 자신과 말 한마디 섞지 않는 아내의 싸늘한 시선 속에서 모든 상황을 맞이하고 있었다.

이런 허접한 방식으로 기죽을 순 없지.

라라는 명상을 했다. 잠시 후 비서를 호출했다. 서둘러 보도국에 가야 했다. 오늘은 알레프 프로덕션 최초로 '뉴스'를 보도하는 날이었다. 공황보다 성취감을 느껴야 할 순간이었다. 알레프 프로덕션이 연결 지구 보도국을 신설했다. 동시에 알레프 프로덕션은 연결 지구에서 유일무이한 '뉴스 통신사' 역할을 하게 됐다. 알레프 뉴스가 미국의 AP통신처럼 뉴스 도매상 역할을 하는 동시에 CNN처럼 뉴스를 전파하는 기능까지 수행하는 것이다. 라라는 이 모든 걸 무리하게 추진해 왔다. 알레프 프로덕션에서 연결 지구 보도권을 쥐고, 공용 화폐를 발행하는 것. 라라가 정치인부터 협상 전문가까지 총동원하여 이뤄 낸 결과였다. 라라는 그들에게 연결 지구 개척에 투자하는 대가로 선점할 수 있는 달콤한 가능성을 약속했다. 물론 가장 큰 도움이 된 사람은 아내 하니였다.

—첫 뉴스 아이템은 당신이야. 멸망 지구에서 온 최초의 연결자. 연결 지구 시대를 열어젖힌 사람.

—제정신이야? 소랑이 죽을지도 모르는데 그딴 인터뷰나 하라고?

─당신, 이제까지 우리 방송만이 아니라 다른 방송 섭외 다 거절했잖아. 어떻게 편집될지 알 수 없으니까. 하지만 이건 우리 이름을 내건 뉴스라고. 미리 준비할 수 있어. 우리가 원하는 대로 이끌 수 있단 말이야.

─바로 그 점이 위험하다는 생각은 안 드니?

─여보. 여기 지구 1호 사람들은 당신을 궁금해하고 연결 지구 통신을 알고 싶어 해. 별의별 소문이 다 있는 거 알잖아. 당신이 오로라 핑크의 숨겨진 엄마라는 소문까지 있는 거 알아?

─당신한텐 좋은 거 아니야? 〈메가 로봇 배틀〉 시청률에 도움 될 소문이잖아.

─하니, 진정하고 생각해 봐. 우리 방식으로 알레프 프로덕션의 매니페스토를 만들고 브랜딩할 기회야. 당신이랑 내가 계획했던 거. 우리 거의 다 왔어.

─난 최초의 연결자가 아니야. 여러 번 말했잖아. 그런 척 연기할 순 없어.

─아니. 알레프가 만든 연결 지구 세계관에선, 당신이 최초의 연결자야.

─하지만 그건 진실이 아니잖아!

─진실은 편집할 수 있어. 당신도 편집된 진실의 피해자였잖아. 이제 주체적으로 이끌어 갈 수 있는 기회야.

─라라, 당신 정말……

─하니. 당신이야말로 우리가 알레프 뉴스를 만든 이유를 잊

었어? 당신이 그랬잖아, 우리가 진실의 최종 편집권을 가졌으면 좋겠다고! 그걸 사이비 종교도 악덕 독재자도 수익에 미친 대기업도 아니고 우리가 갖는 거잖아. 당신이 바라 왔던 순간이야, 응?

하니는 라라의 말에 폭발할 것 같았지만 끝내 수긍했다. 라라는 하니의 핵심을 정확하게 파악하고 있었다. 하니는 그 누구도 자신의 삶을 왜곡할 수 없는 위치에 서고 싶었다. 진실을 최종으로 편집할 수 있는 권리. 하니가 가장 갖고 싶어 하는 거였다. 카메라에 모든 것을 기록하고 싶어 하는 소랑의 모습은 하니와 닮았다. 소랑에게 카메라가 있다면, 하니에겐 칼리시스가 있었다.

—좋아. 당신 요구대로 내가 우리 뉴스의 첫 번째 아이템이 될게.
—덧붙일 말이 있는 얼굴인데?
—맞아. 조건이 있어. 이건 협상 불가야.

알레프 보도국이 본격적으로 칼리온을 취재할 것. 취재한 내용을 투명하게 방송할 것.
하니가 라라에게 내세운 조건이었다. 하니는 거듭 강조했다. 연결 지구 뉴스를 시청하는 사람들에게 칼리온의 실체를 보도

할 것. 나아가 알레프 그룹은 칼리온 종교가 했던 것처럼 특정 지구의 운명을 결정짓는 오만한 짓을 하지 않을 것. 라라는 기쁘게 그 조건을 수용했다. 라라 입장에서는 오히려 환영할 조건이기도 했다. 칼리온 다큐멘터리를 만드는 건 연결 지구 시청자들에게 알레프 그룹이 어필할 기회였다. 그간 칼리온 종교가 저질렀던 추악한 일들을 알리고, 그 효과로 알레프가 반사이익을 얻을 것이다. 칼리온에 비하면 알레프는 합리적이라는 대비 효과. 라라는 서사적 계산에 밝았다. 세상의 중요한 일을 쥐고 주인공이 되려면 물리적 실체가 있는 것들—돈과 재력—만큼이나 실체가 없는 것들, 그러니까 이미지와 프레임과 스토리텔링이 아주 중요했다. 때로는 그게 전부였다. 칼리온은 아주 매력적인 뉴스 아이템이자 알레프를 주인공으로 만들어 줄 최적의 안타고니스트였다.

잠시 후 라라는 알레프 사옥에 도착했다. 엘리베이터와 복도에서 마주친 직원들이 라라의 얼굴을 보고 흠칫했다. 실무진들은 라라를 접할 때마다 이런 반응이었으나, 라라는 직원들 한 명 한 명의 이름을 다 외우고 그들의 장단점을 파악하는 리더였다. 라라는 빠른 발걸음으로 조정실로 향했다.

"스튜디오 스탠바이. 셋, 둘, 하나, 스튜디오 카메라 온."

로시의 디렉팅에 따라 그래픽 프로듀서가 알레프 뉴스 로고 화면을 송출했다. 잠시 후 라라와 로시가 마지막까지 피 터지게 싸우며 선정했던 앵커 두 명을 비춘 화면으로 전환되었다. 앨런 조와 강미나였다. 앨런 조는 수년간 다국적 미디어 그룹의 간판 앵커로 활약해 호감도와 신뢰도가 높았다. 반면 강미나는 신인 앵커였다. 라라와 로시는 앵커 두 자리 중 하나는 새로운 얼굴을 발굴해서 기용하자는 의견에 동의했지만, '어떤 새로운 얼굴을 만들 것인가'를 치열하게 논쟁했다. 강미나는 하니가 칼리시스로 여러 지구를 뒤져 가며 발굴한 인재였다. 하니는 강미나를 데려오기 위해 아쿠아 시네마 기술로 직접 수영장 이동을 해서 강미나가 있는 지구에 다녀오기도 했다. 강미나가 지구 1호 출신이 아닌, 다른 지구에서 온 인재라는 뜻이다. 강미나는 종말 지구에서 살아남은 생존자였다. 이 사실을 알게 된 하니가 강미나를 채용했다. 강미나의 출신과 서사야말로 알레프 뉴스가 지향하는 이미지였다. 지구 1호의 인기 스타 앨런 조가 뉴스의 신뢰도를 담당한다면, 다른 지구 출신의 강미나는 알레프 뉴스에 신선도와 매력을 더할 것이었다.

—연결 지구 시청자 여러분, 안녕하십니까. 수많은 지구가 서로를 모르던 시대는 끝났습니다. 알레프 뉴스가 지구와 지구 사이의 빛과 그림자를 주시하며 항상 여러분 곁에서 진실을 알리겠습니다. 알레프 뉴스의 앨런 조, 강미나 인사드립니다.

알레프의 첫 9시 뉴스였다. 라라는 스튜디오로 나가 직접 카메라 앞에 서도 될 것처럼 멋들어진 로시와, 실시간으로 자막과 이미지를 띄우는 그래픽 피디 사이에 앉아 수십 개의 뉴스 화면을 바라보았다. 브레이크가 고장 난 자동차에 올라탄 기분이었다.

라라가 마지막으로 진지하게 뉴스를 시청한 적은 라라 자신이 뉴스의 주인공이었을 때였다. 라라는 이미 저녁 뉴스에 보도된 적이 있었다. 처음 라라의 이야기가 뉴스에 보도된 건 라라가 연출하던 서바이벌 예능의 출연진이 자살했을 때였다. 당시 라라는 리얼리티 생존 예능 〈대홍수: 살아남은 자들〉을 연출했다. 대홍수가 일어난 뒤 출연진을 제외한 모든 인류가 멸망했다는 설정의 예능이었다. 자살한 출연진은 자신의 소셜 미디어에 '프로그램 속 나의 캐릭터가 마음에 들지 않는다. 그건 내가 아니다. 라라 피디가 만든 방송은 사실상 나를 살해했다.'라는 말을 남긴 채 세상을 떠났다. 일이 더 커진 건 해당 출연진이 자살한 방식 때문이었다. 라라는 미션 달성에 실패하여 최종 탈락한 출연진을 대홍수에 쓸려 가는 장면으로 캐릭터의 탈락을 알렸다. 시청자들이 몰입할 수 있도록 자극적인 그림을 만들자는 라라의 아이디어였고, 프로그램의 시그니처 장면이었다. 문제는 자살한 출연진이 자신의 죽음에 이 그림을 그대로 모사했다는 것이었다. 그는 시골 마을의 작은 댐을 테러하여, 프로그램 속 대홍수와 흡사한 상황을 만들었다. 게다가 물결에 휩쓸려 죽어 가는 모습을 소셜 미디어로 생중계했다. 이 일로 아무런 관련이 없는 마을 사람 열두 명이 죽었다. 라라가 그에게 부여한 캐릭터는 '생존을 위해 어떤 이기적인 행동도 불사하는, 두뇌 회전은 빠르지만 결코 구성원들과 호흡하지 않는 캐릭터'였다. 그 출연진이 약삭빠른 사람이기도 했지만, 라라가 그의 캐릭터를 강조하기 위해 컷 편집과 자막으로 끊임없이 쪼아 주어 그가 한층 이기적인 캐릭터가 된 것도 사실이었다. 그는 죄 없는 사람들을 함께 죽음에 몰아넣으며, 방송이 부여한 캐릭터처럼 최후를 맞이했다.

이 사건으로 라라가 연출하는 모든 프로그램에서 손을 뗄 것을 요구하는 시청자 청원에 불이 붙었다. 라라는 30여 년간 쌓아 온 경력이 물거품 되는 것을 느끼며 어쩔 수 없이 은퇴했다. 사장 승진을 코앞에서 놓친 것이다.

두 번째로 라라의 이야기가 뉴스가 된 것은 첫 번째 뉴스가 보도되고 반년이 채 지나지 않은 시점이었다. 심지어 두 번째 뉴스는 온갖 온라인 가십지와 연예면을 장식했는데, 라라의 남편이 불륜을 저질렀기 때문이었다. 라라의 전남편은 시청률 1위의 9시 뉴스 앵커였다. 재벌가 3세이면서 앵커의 길을 선택한 걸로 유명했다. 황금 시간대 뉴스를 오래 독차지하여 전 국민이 목소리를 아는 남자이기도 했다. 남편의 불륜 상대가 차라리 젊고 어린 잠자리 상대였다면 마음이 편했을까? 라라는 남편을 사랑하지 않았다. 솔직히 누구와 불륜을 저질렀어도 개의치 않았을 것이다. 그러나 남편과 스캔들을 일으킨 상대방은 언론인

상까지 받은 뉴스 총괄 피디였다. 자신만의 철학이 있는 뉴스를 만드는 사람, 지금은 다국적 미디어 그룹의 수석 본부장이 된 여자. 이 사실은 불과 몇 개월 전 방송 윤리가 없다며 난도질당한 자신과 더욱 대비되었다. 일부 가십지에서도 이 프레임을 꼭지 삼아 마치 남편이 윤리의식이 부재한 스타 피디에게 염증을 느껴 고고한 피디와 마음을 나눈 것처럼 언론 플레이를 했다.

쏟아지는 뉴스에 허우적대며 숨어 사는 동안, 라라는 기적적으로 하니를 만났다. 인생에서 가장 심연에 잠겨 있던 밤이었다. 그날 밤, 수영장에서 걸어 나온 하니를 만나고 라라는 비로소 인생이 시작되었다고 느꼈다. 그 전까지의 인생은 리허설이었고, 하니와 함께 꾸려 나가는 인생만이 진짜 같았다. 라라는 알레프 방송을 시작할 수 있었고, 건강한 두 딸을 함께 키우며 난생처음으로 제대로 된 가족을 꾸린다는 행복도 느꼈다.

그러나 그마저 끝나 가고 있었다.

라라의 바람대로 알레프 방송은 커지고 있었지만, 라라가 처음 가져 본 가족은 멸망 중이었다. 모든 건 라라의 욕심 때문이었다. 하니 몰래 막내딸을 지구 17호로 보낸 것을 들켰을 때, 하니는 라라에게 불같이 화를 냈다. 하니는 딸을 구하러 지구 17호로 가고 싶었지만 갈 수 없었다. 지구 17호의 유록 리조트에 설치했던 하늘 중계 장비는 부서졌고, 수영장 이동을 맡은 츠키는 죽었다. 심지어 빛의 열쇠는 소랑이 갖고 있었다. 하니는 소랑이 지내던 방에 틀어박혀 칼리시스만 들여다봤다. 하니는 지구 17호, 그러니까 원초 지구에서 어떤 일이 벌어지는지 감시하는 데 혈안이었다. 아무것도 할 수 없다는 무력감이 하니를 힘들게 했다. 하니는 이제까지 '신'에 준하는 힘을 휘둘러 온 사람이었다. 그 때문에 이 나약한 현실이 더욱 견디기 어려웠다.

　―저는 최초의 연결자예요. 알레프와 함께 처음으로 지구들을 연결했죠. ……많은 분들이 알레프의 뉴스와 링크 경제를 우려하고 있다는 걸 알아요. 하지만 저처럼 갑자기 멸망을 맞이하는 지구를 보면요. 내가 살고 있는 지구를 견디기 힘든 사람이라면 공감할 거예요. 이 지구가 아니더라도 내가 아직 연결될 수 있는 세계가 있다는 감각이 얼마나 소중한지를요. 우리는 서로의 구원 지구가 될 수 있습니다. 연결 지구 뉴스는 단순히 여러 지구에서 벌어진 일을 보도하는 게 아니에요. 우리가 서로를 알아 갈 수 있다는 가능성을 약속하는 거예요.

　라라에게 화난 것과 별개로, 하니는 라라와의 약속을 잘 지키고 있었다. 지구 1호에 온 뒤 처음으로 방송에 출연해 화제를 모았고, 특유의 차분한 화법으로 알레프 뉴스의 신뢰도를 끌어올렸다. 라라가 능숙하게 인터뷰에 임하는 아내를 넋 놓고 보고 있을 때, 비서가 조정실로 들어와 라라의 귀에 속삭였다.
　"회장님, 희나 피디가 깨어났습니다."
　"아내는? 알고 있어?"

"인터뷰 마치면 바로 전달해 드리겠습니다."

광고가 송출되는 동안, 뉴스 스튜디오에 앉아 있던 하니도 희나의 소식을 들었는지 얼굴을 찡그리며 시계를 확인했다. 라라는 하니와 함께 희나가 입원해 있는 병원에 갈 생각이었다.

"바로 병원으로 가지."

라라가 조정실을 나서려고 하자, 로시가 라라를 붙잡았다. 라라가 천천히 뒤돌았다.

"뭡니까?"

라라가 냉정한 목소리로 물었다. 화면에는 다국적 기업의 신발 광고가 송출되고 있었다. 저 광고를 본 다른 지구의 사람들은, 대체 생산 시스템을 통해 해당 신발을 구매할 수 있다. 지구 1호에서 직접 신발을 수출할 순 없지만, 기술을 수출할 순 있다.

"끝까지 안 보셔도 괜찮겠어요? 첫 뉴스인데요."

아직 알레프 프로덕션에는 보도국장이 따로 없었기에, 로시의 상위 의사 결정권자는 라라 회장이었다.

"내가 결혼 생활을 구해야 해서요."

라라는 아리송한 표정을 짓는 로시에게 귓속말로 자신의 뜻을 명확히 전달했다.

"난 뉴스는 몰라요. 이러려고 그 돈 준 거니까 잘 마무리해 봐요. 로시 피디도 이름값을 할 텐데, 망치진 않겠죠."

상냥한 얼굴의 라라는 더없이 차갑게 말하며 로시의 어깨를 두드렸다. 로시는 라라 회장과 의견 충돌이 있을 때마다 느꼈던 긴장감을 떠올리며 자세를 고쳐 잡았다.

라라가 서둘러 주차장으로 갔지만 하니는 이미 병원으로 떠나고 없었다. 라라는 고요한 차 안에서 알레프 프로덕션의 역사적인 첫 뉴스를 마저 모니터링했다.

—알레프 뉴스는 *지구와 지구를 잇는 가장 진실한 목소리가* 될 것을 시청자 여러분께 약속드립니다.

로시가 써 내려갔던 문구가 프롬프터 화면을 타고 앵커의 목소리가 되어 연결 지구에 울려 퍼졌다. 로시가 서면으로 보고했을 때 라라도 만족했던 문구였다. 막상 눈과 귀로 그 문구를 체감하니, 돌이킬 수 없는 판결을 내린 판사가 된 기분이었다.

알레프 그룹은 이제 공식적으로 연결 지구의 중심이라는 판결이었다.

하니는 이 판결을 좋아했다. 연결 지구를 연결하는 주체가 있어야 한다면, 그 주체에 하니 본인이 포함되어야 한다고 믿었다. 그건 칼리시스나 빛의 열쇠 같은 기술적인 이유를 넘어선, 하니 스스로의 통제 욕구였다. 칼리온이 연결 지구를 지휘하게 두느니, 차라리 하니 자신이 관여할 수 있는 곳에서 연결 지구를 통제하는 것이 낫겠다는 윤리적 우월감. 하니는 칼리온을 포함한 그 누구도 쉬이 믿지 않았다. 자신만 믿었다. 빛의 열쇠를 다룰 줄 아는 자신의 능력만을 믿었다. 라라는 오늘만큼은 반드

시 하니를 붙잡고 하니의 꿈과, 자신을 향한 사랑을 상기시키겠
다고 결심했다.

　라라가 병원에 도착했을 때 하니는 이미 희나와 대화를 나누
고 있었다. 희나는 이틀 전 갑자기 지구 1호의 연결 지구 수영장
에 나타나 칼리온이 자기들을 죽이려 한다며 울부짖다 정신을
잃었다. 그 이후로 처음 깨어난 거였다.
　"희나 피디, 몸은 좀 어때요?"
　"루비라는 사람을 믿으면 안 돼요. 그 사람, 그 사람이에
요……. 칼리온에 우리를 고발한 사람……."
　"쉿, 희나 피디. 우리도 다 알고 있어."
　하니가 희나를 도로 침대에 눕히며 진정시켰다.
　"여긴 안전해. 무슨 일이 있었는지 말해 봐."
　라라가 다그쳤다. 희나는 다급하게 하늘 중계 장비를 작동시
키던 츠키를 떠올렸다. 자신을 먼저 수영장으로 밀어 넣은 츠키
를. 물속에서 츠키의 비명과 장비가 망가지는 소리를 들었
고…….
　"츠키가 죽었어요! 저를 구하려다가……."
　희나가 우느라 허덕였지만 하니는 무덤덤했다. 하니는 이미
칼리시스로 모든 상황을 확인했고, 이미 밤마다 울고 있었으
니까.
　"츠키가 나를 먼저 수영장으로 밀었어요. 근데 칼리온 사람들

이 하늘 중계 장비를 망가트렸고…… 츠키는…… 츠키는 아마
…… 이건 나 때문이에요! 내가 목걸이 그림을 들고 너무 휘젓
고 다녀서……."

희나는 알레프에 대한 반감으로 조심성 없이 굴었던 자신을
원망했다. 츠키는 그런 자신마저 이해해 주었고, 자신을 구하려
다 죽었다.

"희나 피디, 괜찮아. 넌 누가 지시한 일을 했을 뿐이잖아."

하니의 말이 라라를 찔렀다. 희나에게 칼리온 취재를 무리하
게 진행하라고 지시한 사람은 라라였으므로. 소중한 딸을 칼리
온 지구로 보낸 것도 라라였다. 하니는 언젠가 라라와 다시 말
을 나누긴 하겠지만, 평생 라라를 원망할 것이다. 라라는 하니
가 자신을 용서하지 않더라도 가까이에만 있어 주면 좋겠다고
소원했다.

"루비는 믿으면 안 돼……. 누가 얘기해 줘야 돼요. 루비는 위
험해요. 루비가 소랑 피디님 목걸이를 노리고 있단 말이에요!"

"희나, 희나. 진정해. 희나!"

희나 피디는 다시 정신을 잃었다. 곧이어 간호사와 의사가 들
어와 희나 피디를 살폈다. 라라와 하니는 병원 복도에서 오늘은
더 이상 면회가 어렵겠다는 의사의 말을 들었다.

"집으로 갈 거지?"

라라가 다정하게 물었다. 하니는 아무리 화가 났어도 집에서
떠나진 않았다. 수영장에 소랑이 언제 나타날지 몰랐다. 게다가

칼리시스로 지구 17호의 상황을 지켜봐야 했다. 하니가 라라의 손길을 슬며시 뿌리치며 차분하게 말했다.

"내 딸에게 무슨 일이 생겨도, 라라. 나는 널 용서하긴 할 거야."

안도한 라라가 하니에게 다가갔다.

"소랑은 괜찮을 거야. 내가 그렇게 만들 거야, 여보."

"라라, 당신이 뭘 할 수 있어? 당신은 이 지구 밖에선 아무것도 아니잖아."

하니가 다시 한번 칼처럼 라라의 영혼을 찔렀다. 라라는 자존심에 상처를 입었지만 순간의 화를 누르고 감정을 다스렸다. 지금은 하니의 말을 받아 줘야 할 타이밍이었다.

"난 아무것도 아니지만, 알레프는 아니잖아. 알레프는 지구 밖에서도 뭐든 할 수 있으니까."

"라라, 당신의 용기를 너무나 사랑했는데……. 지금은 당신이 너무 미워."

"언젠가 날 용서해 주긴 할 거잖아, 그치?"

라라가 하니에게 두 걸음 다가섰다. 하니가 희미한 미소를 지으며 고개를 끄덕였다. 라라는 이 정도로도 안심할 수 있었다. 그러나 이어지는 하니의 말에 라라는 무너질 수밖에 없었다.

"내가 널 용서해도, 라라, 너에게 돌아가진 않을 거야."

"하니, 여보……."

"당신은 내 딸과 츠키를……."

“우리 딸.”

“뭐라고?”

“내 딸 아니고 우리 딸이라고.”

라라가 단호하게 말했다. 라라의 말에 하니는 한층 누그러졌다.

“사지로 몰아넣고 잘도 그런 말을 하네.”

“지금 믿어 달라는 것도 웃기지만, 하니, 나는 소랑을 정말 사랑해. 소랑은 내 딸이기도 해.”

“그래. 그건 믿어. 넌 수지였어도 칼리온 소굴에 보냈을 사람이니까. 수지한테는 더 냉정하게 했겠지.”

“수지는…….”

수지는 이런 걱정 끼치지 않고 야무지게 해냈을 거야. 라라는 이 말을 간신히 목구멍 안으로 집어넣었다. 라라가 이렇게 말하는 순간, 둘의 결혼 생활은 절대, 다시는 돌이킬 수 없을 것이다.

“말해 봐, 라라. 당신 무리하게 뉴스 시작하는 거, 전남편이랑 관계없다고 맹세할 수 있어?”

“갑자기 그게 무슨 말이야?”

“전남편 짓밟으려고 뉴스 서두르는 거 아니라고, 내 눈 똑바로 보면서 말해 봐.”

“하니, 아무리 화나도 그런 말은 하지 말자.”

“사람들은 당신을 방송에 미친 사람이라고만 생각하지? 근데 여보. 방송을 위해 뭐든 할 것 같은 캐릭터는 좀…… 진부하잖아? 방송을 위해서 친딸을 위험한 곳에 내보내는 캐릭터 말이야. 근데 그렇게 방송에 미친 것 같으면서 동시에…… 복수를 위해 방송과 상관없는 일을 추진하기도 하지. 전남편의 기분을 잡치게 하려고 말이야. 그럼 캐릭터가 좀 더 입체적이고 덜 진부해지는 것 같네."

하니가 한껏 라라를 조롱했고, 라라는 하니의 의도대로 점점 화를 참을 수 없게 되었다. 하지만 라라는 지금 가장 아픈 사람은 하니라는 것을 기억하려고 했다.

"하니, 무슨 말을 그렇게 해? 전남편 따위가 대수야? 뉴스는 방송국을 위한 선택이었어. 아마 다른 지구에서도 언젠가는 연결 지구 방송을 송출할지도 모르지. 그 전에 뉴스를 우리가 먼저 손에 쥐어야 했어. 당신도 알잖아."

이건 다 진실의 최종 편집권을 쥐기 위한 우리의 계획이잖아. 라라가 호소했다. 지금이야말로 둘이 함께 꾸었던 꿈을 되새길 순간이었다. 우리가 아직 같은 꿈을 꾸고 있다고 상기시켜야 했다. 그러나 하니는 신경질적으로 라라와 멀어졌다.

"그래, 그래, 알아. 방송을 위해서라면 늘 이성적이시겠지. 난 소랑 때문에 눈멀어 감정적인 거고."

하니가 더 이상 대화하기 싫다는 듯 엘리베이터 버튼을 눌렀다. 라라가 하니의 몸을 돌려세우고 다급하게 말했다.

"난 방법을 찾을 거야, 하니. 수영장 규칙을 알아낸 것처럼, 하늘 중계 시작한 것처럼, 지구 17호인지 원초 지구인지 뭔지 하는 곳에서 소랑을 데려올 방법을 찾아낼 거라고."

“공수표는 듣기 싫어.”

“아쿠아 시네마 기술도 내가 개발했잖아. 결국 해냈잖아. 당신은 다른 지구로 갈 방법이 없다고 했지만, 내가 찾아냈잖아. 소랑도 그렇게 데려올 거야.”

라라가 하니를 안았다. 하니는 이번만큼은 라라를 밀어내지 않았다.

“당신 서둘러야겠다. 곧 원초 지구는 멸망하거든.”

“그건…….”

라라가 말을 흐리는 동안 하니가 라라의 품에서 벗어났다.

“집에 들어오지 마. 아님 내가 나갈게.”

하니가 엘리베이터에 오르며 말했다. 라라는 무너진 표정을 숨길 수 없었다. 전남편과의 결혼 생활에서 단 한 번도 보여 준 적 없는 표정이었다. 전남편이 불미스러운 일을 저질렀을 때조차 라라는 침착하고 냉정했다. 그러나 실망한 하니를 보며, 라라는 노쇠한 호랑이가 된 기분이었다.

“뭐, 아직 소랑에게도 기회는 있어.”

엘리베이터 문이 닫히려는 찰나, 하니가 열림 버튼을 누르더니 불쑥 말했다.

“그게 무슨 말이야?”

“소랑의 목걸이는 가짜야.”

“루비한테 넘긴 목걸이가 빛의 열쇠가 아니라는 말이야?”

“그래. 소랑의 목걸이가 츠키 거랑 바뀌었거든. 츠키가 죽기

273

전날 밤, 소랑의 숙소를 몰래 찾아가서 소랑의 진짜 목걸이랑 자신의 목걸이를 바꿔치기했어. 내가 칼리시스로 봤어. 그러니까 츠키가 숨긴 목걸이가 진짜야. 소랑이 루비한테 넘긴 건 가짜고.”

“그러니까…… 아직 칼리온한테 빛의 열쇠를 빼앗긴 게 아니라는 거지?”

“그래. 칼리시스로 다 봤다니까. 카이도 소랑의 목걸이가 가짜란 걸 눈치채고 루비한테 순순히 넘긴 것 같아.”

“그래도 나는 카이인지 뭔지 하는 녀석이 싫어.”

“카이는 아주 오래전부터 소랑을 알던 애야. 당신보다 소랑을 잘 지켜 줄 사람이기도 해.”

라라는 닫히려는 엘리베이터를 붙잡았다. 하니가 한숨을 내쉬었다.

“그러니까, 내가 하고 싶은 말은…… 츠키가 숨긴 소랑의 진짜 목걸이는 아무도 못 찾았다는 거야, 아직은.”

“여보, 그건…….”

“그러니까 우리 딸이, 스스로 해낼 수도 있다는 뜻이야.”

이번엔 정말로 엘리베이터 문이 닫혔다. 하니가 줄어드는 엘리베이터 층수와 함께 라라의 곁을 떠났다. 라라는 병원 복도에 주저앉아 한참을 흐느꼈다.

—연결 지구 공용 화폐 링크의 발행은 각 지구가 텔레비전 화면 너머로, 서로 적극적으로 연결될 수 있는 가능성이자 우리 모두의 미래입니다.

하니는 드넓고 쓸쓸한 거실에서 알레프 뉴스의 하이라이트 편집본을 보고 있었다. 하니 자신이 첫 게스트로 나서서 알레프 프로덕션을 옹호한 발언도 몇 번이나 다시 보았다. 알레프 프로 덕션 주도로 링크가 발행되면 이제 지구들의 '연결'은 돌이킬 수 없게 된다. 하니의 시선에서 헤아리지 못한 문제들도 쉴 새 없이 발생하겠지. 그렇지만 그건 차근차근 해결해 나가면 된다 고, 하니는 마음을 다잡았다. 적어도 칼리온처럼 폭력적으로 다 른 지구를 종말시키는 일은 아니니까.

—수많은 지구, 하나의 목소리. 지금까지 알레프 뉴스였습니다.

하니는 문득 칼리온보다 더 큰 무언가를 만든 건지도 모른다 는 두려움에 사로잡혔다.

3

샤데르발은 발이 닿는 모든 곳이 신비롭다. 마치 고대의 전설 도시에 온 것 같다. 신성이 깃든 것처럼, 전설 속 이야기가 깃든 것처럼. 샤데르발의 종교 건축물은 규모보다 디테일로 사람을 압도한다. 단순한 계단과 난간 하나에도 칼리온의 수호 동물이 섬세하게 조각되어 있고 화려한 패턴이 수놓아져 있다. 없던 믿음도 생기게 하는 아름다움이다.

그러나 샤데르발이 신비로운 가장 큰 이유는 칼리온의 유구한 역사를 '있는 그대로' 보여 주려는 듯, 인공적으로 가꾸지 않았다는 점이다. 수천 년의 시간을 먹고 자란 나무들도, 검은색에 가까운 짙은 녹색의 울창함도, 사원의 돌탑을 감싼 이끼마저 편집하지 않은 시간 그대로의 흔적을 간직하고 있다. 인간의 시간으로는 감히 헤아릴 수 없는 역사가 샤데르발 곳곳에 담겨 있다. 샤데르발을 걸으면 설화 속에 들어온 듯했다.

루비는 신화 속 주인공이 되고 싶었다.

그런 욕망 때문일까? 생애 대부분을 오로라티아 북부의 산악 지대에서 살았음에도 샤데르발이 고향처럼 느껴졌다. 루비는 부족에 대대로 전해져 온 최초의 연결자 캐릭터가 자신의 사명이라고 믿었다. 샤데르발 대학교에 다니던 시절부터 지금까지, 루비는 샤데르발 곳곳을 걸을 때마다 최초의 연결자가 된 자신이 샤데르발에서 칼리온과 연결 지구를 이끄는 모습을 몽상했다. 몽상 속 루비는 세상에서 가장 의미 있는 인물이 되어 있었다.

최초의 연결자만큼 매력적인 서사는 없다. 무수한 지구와 그 지구에 사는 무수한 사람들. 그 안에서 가장 의미 있는 좌표로 자리매김하려면, 가치 있는 이야기의 주인공이 되어야 했다. 그리고 연결 지구 세계관에서 '연결자'만큼 고유한 존재는 없지. 루비는 엄마 품에 안겨 처음 루가타 설화를 들었던 날부터 설화의 주인공을 꿈꿨다. 수많은 사람이 칼리온을 추앙하듯 루비를 추앙하길 바랐다. 시행착오도 겪었다. 직접 루가타 설화를 다룬 다큐멘터리를 만들어 이야기를 퍼트리고자 했고, 붉은 안갯길에 은둔하는 동안 칼리온에게 빛의 열쇠가 필요하다는 것을 알아냈으며, 하니 사제가 훔쳤던 그 열쇠를 다시 칼리온 지구로 불러들이기 위해 라라 회장을 속였다. 지난한 과정이었다.

라라 회장이 보여 준 가족사진에서 루비가 주목한 것은 하니 사제가 라라 회장의 아내라는 점이 아니었다. 루비는 어린 소랑의 목에 걸린 빛의 열쇠를 발견했다. 소랑의 목걸이는 늘 루비의 타깃이었다. 우연히 라라 회장과 통신이 닿은 건 신의 뜻이라고, 루비는 몇 번이고 되뇌었다. 루가타의 은총을 받은 것이다. 루비는 일을 그르치지 않기 위해 인내심을 발휘했다. 카이에게조차 자신의 목적을 적나라하게 드러내지 않았고, 라라가 직접 소랑을 이곳으로 보내도록 은근하게 유도했다. 라라 회장은 타인을 잘 믿지 못했고, 칼리온 지구가 멸망한다면 그것마저 카메라에 담고 싶어 할 사람이다. 아무나 보내지 않을 거라고 짐작했다. 라라 회장의 욕망과 작동 방식을 이용해 소랑을 이곳으로 불러냈다. 루비는 모든 것을 10년이 넘도록 준비했다.

루비의 계획에서 유일하게 거슬리는 존재는 카이였다. 칼리온과 가장 가까이 있으면서도 칼리온을 거부하는 카이의 모습은 악몽이었다. 루비는 카이를 사랑하는 동시에 증오했다. 루비는 카이가 가문을 버리는 극단적인 선택을 하길 바라는 한편, 카이가 진짜로 칼리온을 등지면 괴로울 것 같았다.

소랑과 카이가 정글 요새에 나타난 날, 루비는 드디어 소랑의 목걸이를 두 눈으로 확인했다. 카이의 달라진 모습을 보며 루비는 속이 뒤틀렸다. 루비는 정글에서 홀로 밤을 지새우며 깨달았다. 이건 부끄러움이라고. 누군가는 부조리하다고 느끼는 것을 이렇게나 소망하는 자신이 부끄럽다고. 그래서였다. 루비가 소랑에게서 목걸이만 건네받고, 카이와 함께 소랑이 정글을 무사히 빠져나가도록 도와준 이유는. 원래 칼리온과의 거래에 따르면, 루비는 목걸이뿐만 아니라 소랑까지 샤데르발의 사원으로 데려와야 했다. 칼리온은 오늘 두 지구의 밤에서 이단자의 딸을 종말 지구로 보내 처벌의 본보기로 삼을 계획이었다. 게다가 이번 두 지구의 밤에서는 최초로 일반인들에게 연결의 우물과 칼리온 사원을 전면 개방하는 파격적인 행사가 예정되어 있었다. 칼리시스를 작동할 줄 아는 사제가 아무도 없다는 흉흉한 소문을 잠재우고, 다시 한번 칼리온을 믿음으로 단합하기 위해서였다. 화려한 기도식도 예정되어 있었다. 루비는 이 모든 계획을 들으며 코웃음 쳤지만, 칼리온의 사제들은 이 행사로 젊은 세대의 마음을 얻을 수 있다고 믿었다.

"루루는 어디 있어요?"

휜. 그는 방울의 순례자이자 카이의 아버지였다. 휜이 고갯짓을 하자 왼쪽 문이 열리며 루루가 뛰어 들어왔다. 연결의 우물 앞에서, 10년 만에 자매가 재회했다.

"언니!"

"루루!"

루루는 머리카락을 까맣게 염색한 상태였다. 빨간 머리카락을 길게 늘어트린 루비는 루가타 부족의 흔적을 지운 루루를 힘껏 안았다.

"이단자의 딸은 보이지 않는군요."

횐이 특유의 인자한 표정으로 나긋하게 말했다. 횐의 단정한 백발과 주름이 횐을 위엄 있어 보이게 했다. 샤데르발의 종교 건축물처럼, 시간의 흔적을 그대로 담아낸 모습이었다.

"생각해 봤는데 하니 사제 이야기는 되풀이하지 않는 게 좋겠어요. 지금 와서 하니 사제의 기억을 다시 끄집어내는 게 오히려 역효과예요. 칼리온은 이제 무언가를 부정하는 프레임에서 벗어날 때도 되지 않았나요? 뭔가를 부정해야만 성립되는 믿음이 아니라, 뭔가를 긍정해서 믿게 해야죠."

루비가 루루를 안은 채 횐을 똑바로 마주했다. 루비는 자신의 빨간 머리카락을 흘끗 보는 횐의 시선을 느꼈다. 찰나의 경멸이었다.

"하니 사제의 딸을 두 지구의 밤에 처형하지 않더라도 이 지구에 그냥 두는 건 위험하지요. 어찌 됐거나 그 아이도 빛의 열쇠를 다룰 줄 아는 혈통이니까요."

"만나 봤는데 그 아인 하니 사제와 달라요. 할 줄 아는 게 아무것도 없어요. 아는 것도 없고요. 처형당할 자격조차 없달까요."

루비가 최대한 냉담하게 말했다. 횐이 칼리시스로 다른 지구를 들여다보듯 루비를 빤히 바라보았다. 횐은 이단자의 딸을 우려하는 것이 아니었다. 소랑의 곁에는 카이가 있었다.

"카이가 이단자의 딸한테 마음을 뺏겼다는 게 사실입니까?"

횐이 루비의 속을 읽은 것처럼 물었다. 루비는 루루의 어깨를 꽉 잡았다. 예상보다 긴장한 루비의 팔에 힘이 들어갔다.

“아뇨. 카이를 잘 아시잖아요. 오히려 저한테 협조했어요.”

루비가 자신의 목에 걸린 목걸이를 가리켰다. 확실한 목소리로 과장해서 말했다.

“따님을 잘 키우셨더라고요.”

“엉뚱한 곳에만 야심을 품어 아까우나……. 어쨌거나 얌전한 아이지요.”

“카이는 잠깐 멀어져도 늘 돌아오잖아요.”

“칼리온에 누가 되지 않기를 바랄 뿐입니다.”

휜이 시계를 보더니 루루의 머리를 쓰다듬었다. 휜은 루루에게 다정했다. 루비는 저도 모르게 루루를 자기 쪽으로 당겼다. 휜이 여유롭게 미소를 지었다.

“잠시 자매에게 시간을 드리지요. 준비할 게 많습니다.”

“잠시만요.”

루비가 루루를 품에서 놓으며 휜을 붙잡았다. 휜이 눈짓으로 주위 사람들을 전부 물렸다. 루루가 루비와 떨어지기 싫다는 듯 칭얼거렸다.

“루루, 잠시 나가서 채비하고 있겠니?”

“아뇨. 루루가 있는 자리에서 말하는 게 낫겠어요.”

“말씀하시지요.”

휜이 여전히 미소를 띤 채 루비의 말을 기다렸다. 루루가 루비의 허리를 꼭 붙잡았다. 루비가 심호흡했다. 루비가 10년 전부터, 루가타의 욕망을 품었을 때부터 늘 하고 싶었던 말을 꺼냈다.

“연결자는 나예요. 방울의 순례자, 그 빈자리도 내가 채우겠
어요.”

“그렇게 말할 것 같았습니다.”

훤은 놀라지 않았다. 훤과 방울의 순례자들은, 루비가 빛의
열쇠를 찾아오겠다며 칼리온에 거래를 제안했을 때부터 이 상
황을 예상했다.

“이건 협상의 여지가 없습니다. 통보입니다. 칼리온이 루가타
의 설화를 받아들이고, 나를 인정하세요.”

훤은 이해가 되지 않는다는 얼굴로 루비와 루루를 번갈아 보
았다.

“참고로 난 검은색으로 염색하지도 않을 거예요.”

“그렇다면 준비를 서둘러야겠습니다. 루가타 부족을 새로운
방울의 순례자를 소개하려면, 좀 더 그럴듯한 이야기를 만들어
야 하니까요.”

훤의 반응은 예상외로 담담했다.

“나를 이렇게 쉽게 받아 준다고요?”

“조율자로 뽑혔다가 종말 지구에서 죽은 걸로 되어 있던 루
루 님보다는, 당신을 연결자로 만드는 편이 우리도 좀 더 수월
합니다.”

루비는 루루의 검은색 머리카락을 매만졌다. 루루는 루가타
혈통이므로 칼리시스를 다룰 자격은 있지만, 이미 전 세계에

‘루가타 부족에서 뽑힌 조율자’로 얼굴을 알린 적이 있었다. 검은색으로 염색했어도, 누군가는 루루를 알아볼지도 모른다.

“그럴 수도 있겠네요.”

루비가 훤의 말에 수긍했다.

“루비, 당신은 동생의 죽음을 품고 살았던 캐릭터가 되는 겁니다. 칼리온을 위해 조율자의 임무를 수행하다 몸 바친 동생의 뜻을 기리기 위해 당신은 직접 지구들을 뒤져 하니 사제를 기어코 찾아냈고 처단했습니다. 그런 당신의 모습을 높게 산 칼리온이, 원초 지구의 단합을 위해 당신을 연결자이자 방울의 순례자로 인정하는 그림이지요. 그리고 이 모든 건 칼리온 신의 뜻입니다.”

“루가타 설화는요? 나는 루가타 설화가 진짜라고 선포하고 싶은데요. 공식적으로요.”

“글쎄요, 그럼 프로파간다처럼 느껴질 겁니다. 설화를 아예 죽여 버리는 일이지요.”

훤이 차분하게 말했다. 칼리온의 사제들의 적대적인 반응을 예상하고 준비해 왔던 루비는, 침착한 훤의 대응이 낯설고 두려웠다.

“어째서죠?”

“설화의 생명력은 믿음과 의심 사이를 줄타기하는 상상력에서 나옵니다. 루가타 설화도 사람들의 상상력에 맡겨 두는 편이 낫지 않겠습니까?”

한편, 정글을 빠져나온 카이와 소랑은 오로라티아 시내를 지나고 있었다.

"그 목걸이가 츠키 거라는 걸 어떻게 눈치챘어요?"

조수석으로 옮겨 탄 소랑이 물었다. 비가 그친 오로라티아의 시내 풍경이 느린 속도로 창밖에 흘러갔다. 카이는 핸들을 쥐었던 손에서 비로소 힘을 빼고 차분하게 운전할 수 있었다. 오늘 밤, 두 지구의 밤 의식이 진행될 예정이었다. 루비의 배신은 분하지만, 소랑과 카이는 화를 낼 시간조차 아까웠다. 진짜 목걸이를 찾아서 빠르게 샤데르발로 가야 했다. 연결의 우물을 통해 소랑을 마틸다 지구로 돌려보내고, 무지개 방울이 다른 지구로 가는 것을 막아야 하겠지. 그럼 고여 있는 무지개 방울이 원초 지구를 종말 지구로 만들 것이다. 카이는 이미 마음의 준비를 끝냈다. 카이는 원초 지구와 운명을 함께할 것이다. 그 끝을 직접 지켜볼 것이다. 원초 지구가 남아 있는 이상 다른 지구가 또 다른 지구를 해치는 일은 반복될 테니, 칼리온과 원초 지구는 오늘로 사라져야만 한다.

"하니 사제님이 말해 준 게 있었거든. 빛의 열쇠는 해당 지구처럼 모양이 바뀐다고 했어. 그런데 아까 소랑 목에 걸려 있는 목걸이 안의 지구가 우리 지구의 모양이 아닌 거야. 풋사과 오두막에서 봤을 땐 분명 우리 지구의 모양을 하고 있었거든. 그래서 눈치챘어. 소랑이 지금 하고 있는 건 가짜구나, 아마 츠키랑 바뀌었겠구나, 하고.”

“츠키가 진짜를 어디에 숨겼을까요? 저는 츠키가 언제 목걸이를 바꿔치기했는지도 모르겠어요.”

카이도 막막했다. 츠키의 시신을 수습할 때도 목걸이는 없었다. 츠키는 어디에 숨겨 둔 걸까? 당장 진짜 목걸이를 찾지 않으면 소랑을 마틸다 지구로 돌려보낼 수 없었다.

“루비 씨는 원초 지구를 멸망시킬 생각이 아닌 거죠?”

“그래. 루비는 지지하는 서사만 다를 뿐, 칼리온과 하려는 일은 같았던 거야. 무지개 방울을 전부 다른 지구에 배출하는 것. 원초 지구를 지키기 위해서. 자신이 루가타가 되기 위해서.”

“루비 씨는 자기가 만든 다큐멘터리의 주인공이 되고 싶었던 거군요. 그러려면 원초 지구가 무사해야 하고요.”

“난 루비가 루가타 부족 출신이고, 루루를 잃은 경험이 있으니 당연히 칼리온을 미워할 거라고 생각했어. 나 역시 루비를 납작한 프레임에서만 이해했던 거야. 루가타 설화에 대한 루비의 순수한 열정을 제대로 보지 못했던 거지. 루비가 나보고 다른 지구로 가든지 칼리온에 제대로 순응하든지 선택하라고 화를 냈던 것도, 우리가 그렇게 싸우다 헤어졌던 것도, 루비가 주인공이 되고 싶어 했기 때문이라는 걸 몰랐어.”

카이는 루비와 정글에서 보냈던 수많은 밤을 떠올렸다. 루비의 다큐멘터리에 담긴 진심을 이제야 제대로 감상한 것 같았다.

"언니도 마틸다 지구로 함께 가는 거죠?"

소랑이 문득 물었다. 소랑의 목소리가 카이의 영혼을 꿰뚫어 본 것처럼 날카로웠다. 카이는 담담하게 답했다.

"나도 칼리온의 사람인걸. 칼리온의 잔재는 다 사라지는 편이 낫겠어."

카이가 자조했다. 소랑은 긴 숨을 내쉬더니 카이의 손을 붙잡았다.

"언니. 언니는 음악 방송을 만들지만 한 번도 무대에 올라가고 싶어 하지 않았잖아요."

"응, 그게 왜?"

"루비 씨도 결국 무대에 오르고 싶었던 사람이거든요. 저처럼요."

"소랑도 무대에 오르고 싶었어?"

"음……. 제가 했던 말 기억해요? 음악 방송만 보면, 마치 잃어버린 무대를 보는 것 같아서 공허하다고. 그래서 잘 안 본다고. 가져 본 적 없는 무대조차 상실감이 드는 사람들이 있나 봐요."

"기억나. 이 얘기를 하다가 내가 너를 녹화장에 초대했지."

소랑이 고개를 끄덕이며 웃음을 터트렸다. 그러다 이내 슬픈 표정을 지었다. 소랑이 카이의 음악 방송 녹화장에 놀러 갔던 날은, 츠키가 죽은 날이기도 했다.

"하지만 언니는 달라요. 언니는 어둠에 잠긴 채 무대를 만드는 사람이지, 무대에 직접 오를 생각은 없는 사람이니까요."

"무대에 오를 용기가 없을지도 모르지."

"뭐, 그럴 수도 있지만요. 연결 지구에 필요한 사람은 그런 사람일지도 모른다는 생각이 들어요. 모든 무대를 욕심내지 않는 사람."

카이는 소랑의 말을 곱씹었다. 코앞으로 다가온 멸망 앞에서도 소랑과 나누는 대화 한마디 한마디가 소중했다.

"아!"

갑자기 소랑이 탄식했다. 카이가 깜짝 놀라 급정거했다. 앞뒤로 차가 한 대도 없어서 다행이었다.

"소랑, 괜찮아?"

"나는 정말 바보예요. 아니, 츠키는 정말…… 츠키다워요."

"무슨 말이야?"

"목걸이가 어디 있는지 알겠어요, 언니. 유록 리조트로 가요."

"리조트는 다 뒤졌잖아."

"아직 안 찾아본 곳이 있어요."

카이가 다시 차를 출발시켰다. 소랑은 두 손을 맞대고 기도하는 모양새로 츠키의 이름을 중얼거렸다. 아침을 맞이한 오로라티아 시내는 거리마다 좌판이 활발했다. 늦은 아침 식사를 찾는 사람들과 떠돌이 개들이 돌아다니고 있었다. 일상을 반복하는 시내 풍경을 보며 카이는 어젯밤 정글에서 있었던 일도, 오늘 밤 일어날 일도 전부 영화를 보는 것처럼 생소하게 느껴졌다.

소랑이 리조트에 도착하자마자 달려간 곳은 수영장이었다. 칼리온이 뒤처리를 한 모양인지 알렉스의 시신도, 종말의 틈새 단원들도 보이지 않았다. 하늘 중계 장비 잔해도 대부분 사라져 있었다.

"애옹아, 애옹아."

소랑이 무릎을 굽혀 플루메리아 나무가 우거진 곳 안으로 들어갔다. 손바닥을 슬며시 들어 올려 어색하게 고양이와 인사할 준비를 했다. 카이가 뭔가 깨달은 듯 입을 틀어막았다. 혹시나 큰 소리를 내서 고양이가 도망가지 않길 바라는 마음에서였다. 츠키의 시신을 안고 우는 소랑을 챙기던 때, 주변을 맴돌던 삼색 고양이가 있었다. 카이도 소랑을 따라 자세를 낮췄다.

"애옹아, 애옹아."

잠시 후, 삼색 고양이가 자그마한 울음소리를 내며 나타났다. 애옹이의 목소리가 마치 츠키가 없어졌다고 고자질하는 것처럼 들렸다. 소랑이 애옹이에게 손가락을 가져다 대자 애옹이가 잠시 냄새를 맡더니 목덜미로 소랑의 손가락을 쓸고 지나갔다. 애옹이의 목에는 소랑의 진짜 목걸이가 걸려 있었다. 소랑이 고양이를 한껏 쓰다듬고 고양이와 인사를 나눴다. 카이가 삼색 고양이를 안았다. 고양이는 카이의 품이 편안한지 얌전히 있더니 이내 버둥거렸다. 카이는 고양이를 조심스레 선베드에 앉혔다.

"이름이 애옹이야?"

"네. 츠키가 처음 발견했을 때 애옹이라고 계속 불렀었나 봐요. 그 뒤로도 애옹이라는 이름에만 반응한다고, 츠키가 그랬어요."

소랑의 목소리가 떨렸다. 소랑은 츠키와 애옹이가 다정하게 온기를 나누던 장면을 떠올렸다. 소랑의 눈에 눈물이 고일 때쯤, 애옹이가 선베드에서 폴짝 내려와 카이와 소랑의 주변을 서성거렸다. 소랑은 애옹이의 눈높이에 맞춰 앉아 애옹이를 만졌다.

"고양이에게 목걸이를 해 주다니. 생각도 못 했어."

"츠키가 루비 씨한테 보낸 문자요."

"문자?"

"소랑은 애옹이보다 말을 안 듣는다는 말. 묘하게 맥락에 맞지 않는다고 느꼈거든요. 엉뚱한 말을 한다고 생각했어요."

소랑은 애옹이가 츠키라도 되는 듯 소중하게 쓰다듬고 엉덩이를 살살 두드렸다.

"샤데르발로 출발하기 전에…… 풋사과 오두막에 들러도 될까요?"

카이가 애옹이의 엉덩이를 두드리는 소랑과 눈높이를 맞춰 무릎을 굽혔다.

"풋사과 오두막은 왜?"

카이가 상냥하게 물었다. 소랑의 부탁이면 무엇이든 들어줄 생각이었다.

"사장님한테 인사도 드리고, 또…… 풋사과 오두막을 한 번 더 보고 싶어서요.”

“그래. 그러자.”

카이가 애옹이를 다시 안았다. 이 지구는 어쩌면 오늘이 마지막일지도 모르지만, 그래도 밥도 주고 돌봐 줄게. 카이가 애옹이에게 속삭였다. 애옹이가 알아들었다는 듯 야옹거리며 화답했다.

비에 젖은 풋사과 오두막은 한층 더 채도가 높았다. 진한 초록색을 후각으로 만든 것처럼 젖은 흙과 나무 냄새가 시원했다.

“이모, 저희 왔어요.”

“둘이 10년은 늙어 버린 것 같은데?”

한 선생이 야외 테이블을 꺼내 놓다 말고 카이와 소랑을 맞이했다.

“안녕하세요, 한 선생님.”

“어머, 이 귀염둥이는 누구지?”

“연결 지구의 운명을 쥔 고양이에요. 인사하실래요?”

한 선생이 애옹이를 한껏 만지며 애옹이의 목에 걸린 목걸이를 보았다. 잠시 뒤, 한 선생이 고양이용 참치 캔과 물그릇을 들고 왔다. 애옹이가 식사를 즐기는 동안, 카이가 조심스레 목걸이를 뺐다.

“오늘이구나, 그치?”

한 선생이 고양이를 쓰다듬으며 물었다. 카이가 조심스레 고개를 끄덕였다.

"저 커피 한 잔만 마셔도 될까요?"

소랑이 2층을 올려다보며 말했다. 소랑은 하니가 자신을 위해 풋사과 오두막을 만들었다는 걸 이틀 전에 카이에게 처음 들었다.

"올라가 있어. 금방 갖다줄게."

소랑은 카이와 함께 2층으로 올라갔다. 나무 계단이 삐걱거리는 소리가 유독 크게 들렸다. 소랑은 풋사과 오두막에 와 있으면서도 풋사과 오두막을 그리워하고 있었다.

"언니, 기억나요? 고작 며칠 전에 우리 여기서 처음 만난 거."

"그럼. 너 이 자리에 앉아 있었잖아."

카이가 소랑을 창가 자리로 이끌었다. 명암이 다양한 초록이 창가 풍경을 가득 채우고 있었다. 소랑은 나무 테이블 위에 카메라를 올려 두었다.

"그땐 멸망 인서트 컷을 찍어 가서 알레프로 복귀할 생각만 하고 있었는데 말이죠."

"나는 너를 꼬드겨서 칼리온을 화나게 하고 싶었어."

"그 시간이 까마득해요."

소랑이 꿈결에 젖은 듯 나른하게 말했다. 활짝 열린 창문을 타고 무지개 방울이 떠다녔다. 카이가 무지개 방울을 손가락 끝으로 살짝 건드렸다. 카이의 손끝에 닿은 무지개 방울이 소랑의 앞으로 흘러갔다.

“이 녀석이 그런 힘을 가지고 있었다니. 이렇게 예쁜데.”

“여름이네요.”

“어?”

“언니가 그랬어요. 제 머리에서 무지개 방울 떼어 주면서. 여름이네요, 하고.”

소랑이 손가락으로 무지개 방울을 살짝 끌어당겼다. 손바닥 크기의 무지개 방울이 소랑과 카이 사이에 둥둥 떠 있었다. 두 사람은 무지개 방울을 사이에 두고, 방울에 비친 서로의 모습을 마주하고 있었다. 카메라에 특수한 필터를 끼운 것처럼 색다른 장면이었다.

“아직도 여름이네.”

언제 2층에 올라왔는지 애옹이가 낮은 곳의 무지개 방울을 쫓아다니고 있었다.

“소랑.”

“네, 언니.”

“모든 게 다 잘 끝나면, 꼭 같이 여름휴가 가자.”

카이가 소랑이 앉은 방향으로 돌아앉았다. 무지개 방울이 마치 두 사람의 약속을 듣기라도 한 듯 제자리를 지키고 있었다. 애옹이가 토독토독 뛰어다니는 소리가 제법 평화로웠다.

“좋아요.”

소랑이 희미하게 미소를 지으며 카이의 손을 잡았다.

“좋아요. 여름휴가를 가요.”

애옹이가 폴짝폴짝 뛰어다니며 무지개 방울을 건드렸다. 그때 나무 계단이 삐걱거리는 소리와 함께 한 선생이 쟁반을 들고 나타났다.

“선생님도 오로라티아 라테를 만들어요?”

“우리 이모 이거 잘 만들어. 메뉴엔 없지만.”

한 선생이 테이블 위에 오로라티아 라테 두 잔을 내려놓았다. 길쭉한 유리잔에 우유를 가득 담고 그 속에 무지개 방울을 터트린 뒤, 맨 위에 에스프레소를 부은 음료. 소랑은 라테를 빨대로 쪽 빨아올렸다.

“우와, 맛있어요!”

“역시 우리 피디님은 리액션이 좋아. 만들어 주는 맛이 있다니까.”

소랑은 한 선생의 입에서 나온 ‘피디님’이라는 호칭이 낯설게 느껴져 놀랐다.

“애옹아, 물 마시러 가자.”

“잠깐만요!”

소랑이 애옹이를 안고 계단을 내려가려는 한 선생을 붙잡았다.

“이곳이 지구 17호인 이유는, 수영장 환승을 열일곱 번 해야 하기 때문이에요.”

소랑이 한 선생에게 속삭였다. 한 선생은 여전히 어리둥절한 표정이었다.

“지금은 칼리온도 유록 리조트에 관심이 없을 거예요. 하늘 중계 장비는 망가졌지만, 수영장 물만 정돈하면 환승 이동은 가능할 거예요. 남은 시간 동안 선생님은 수영장을 깨끗하게 만들어서 수영장 이동을 하세요.”

“소랑 피디님은 같이 안 가요? 그리고 카이는…….”

“저는 할 일이 있어요. 언니도 지금은 가려고 하지 않을 거예요.”

소랑이 단호하게 말했다. 한 선생은 슬픈 얼굴로 고개를 끄덕였다.

“풋사과 오두막을 두고 가야 하는 게 마음 아프네.”

“다른 지구에 풋사과 오두막을 만들면 되잖아요.”

소랑이 씨익 웃으며 말했다. 한 선생은 별말 없이 미소로 화답했다. 카이는 무슨 말을 나눴냐는 듯 소랑을 채근했지만 소랑은 어깨를 으쓱이며 화제를 돌렸다. 그냥 감사 인사 좀 드렸어요, 소랑이 얼버무렸다. 창밖으로 부슬비가 내리기 시작했다. 소랑은 커피를 마시며 한참 동안 창밖을 바라보았고, 카이는 소랑의 옆모습을 지켜봤다.

“언니.”

“응, 소랑.”

“이거요.”

소랑이 카이에게 메모리 카드 다섯 개를 건넸다. 며칠 전까지만 해도 소랑이 직접 편집하고 싶어서 안달했을 촬영 데이터였다.

“제가 지구 17호에 머무르면서 촬영한 데이터들이에요. 언니가 가지고 있어 줘요.”

카이는 제 손에 놓인 메모리 카드를 보았다. 소랑의 시선에서 담은 장면들이 카이의 손에 꼭 쥐어져 있었다. 그때, 소랑이 카메라를 끄는 소리가 들렸다. 카이가 무슨 일이냐는 눈빛으로 소랑을 빤히 보았다.

처음으로 소랑이 카메라를 껐다.

“왜, 배터리가 없어?”

“아뇨. 배터리는 많아요.”

“이제 결전의 날인데 안 찍어도 돼? 전부 기록하고 싶다며. 찍어 가면 좋지 않아?”

“제 카메라는 이제 끌 거예요.”

창가로 부슬비와 함께 커다란 무지개 방울이 들어왔다. 무지개 방울은 소랑과 카이가 처음 만났던 날처럼 둘 사이를 둥둥 떠다녔다.

“다 안 찍어도 돼요. 필요하면 잘 기억했다가 영화로 만들면 되니까요.”

소랑이 꺼져 있는 카메라를 가만히 보았다. 아무것도 담지 않는 새까만 화면에는 소랑의 얼굴이 반사되었다.

“언니를 보면서 깨달았어요. 있는 그대로 전부 기록하지 않아도, 더 좋은 방법으로 리얼리티를 되살릴 수도 있겠다는 걸.”

“영화로 만들면 되니까?”

“꼭 영화는 아니지만…….”

소랑이 무지개 방울을 살짝 밀어 카이의 진짜 얼굴을 마주했다.

"예전엔 뭘 만들고 싶은지 몰라서 다 찍었는데요. 이젠 내가 뭘 만들고 싶은지 알겠어요. 그래서 카메라를 끄는 거예요."

소랑이 카메라를 완전히 가방에 집어넣었다. 카이가 시야를 막는 무지개 방울을 조심스레 밀었다.

"아무리 생각해도 저는 영화를 할 것 같진 않지만요. 영화는 언니가 하면 되니까요!"

"그래그래, 그게 내 꿈이지."

카이가 소랑의 말에 농담으로 받아쳤다.

"마지막 몇 시간이 될 텐데, 찍지 않고 느낄래요."

소랑이 웃음을 멈추더니 또렷한 목소리로 말했다. 카이가 가만히 소랑의 머리를 쓰다듬었다.

"풋사과 오두막에 이렇게 있으니까요. 언니랑 아주 오래 알았던 것처럼 벅차오르고 또 벌써 그리워져요."

카이가 울컥했다. 감정의 정글이 다시 울창해졌다. 같이 있으면서도 그리워진다는 말이 오랜만에 내린 비라면, 자신의 마음은 정글이었다.

"너는 마틸다 지구에 돌아가서도 잘할 거야."

카이가 소랑의 어깨를 살짝 다독였다. 소랑을 따라 마틸다 지구로 갈 수 있을까? 원초 지구에서 벌어진 일들에 자신의 책임도 있다고, 알면서 아무것도 하지 않았던 책임이 있는 거라고 카이는 되뇌었다. 카이는 원초 지구에 남아서 자신이 할 수 있는 것을 할 생각이었다.

“언니는 끝나는 게 무섭지 않은 사람이잖아요.”

“그게 무슨 말이야?”

카이가 놀라서 물었다. 소랑은 그 뜻이 아니라는 듯 웃고 있었다.

“아, 우리 말고 무대요. 저는 무대가 끝날까 봐 무서운데, 언니는 끝나는 게 무섭지 않은 사람이라는 말을 하고 싶어서요.”

“어, 미안. 이해 못 했어.”

“언니가 그랬잖아요. 조명 꺼지고 세트 철거될 때 묘하게 안도감이 든다고. 이렇게 사라져도 다시 시작될 수 있다는 걸 아니까, 끝나도 괜찮다고.”

“네가 음악 방송 제작에서 뭐가 제일 즐겁냐고 물었을 때지, 아마.”

“전 뭐든지 끝나는 게 무섭거든요. 무대도, 조명도. 잃어버리기 전부터 잃어버릴까 봐 무서워서 음악 방송도 안 봤을 정도로. 필멸을 무서워해서 모든 걸 불멸로 남기고 싶었거든요, 카메라로.”

카이는 소랑의 옆모습을 가만히 바라보았다. 카메라의 녹화 버튼이 켜져 있든 꺼져 있든 말투도 말의 내용도, 별 차이가 없는 소랑을. 카메라 앞에서나 카메라 뒤에서나 진솔한 소랑을.

“그래서 자연광을 좋아하는 거예요. 차라리 통제 불가능한 편이 나으니까요. 통제 가능한 빛은 전부 통제해야 할 것 같은 강박이 드는데, 통제 불가능하다? 존경하면 그만이거든요.”

카이는 소랑이 편지 낭독하듯 줄줄이 읊는 문장을 이해하려고 애썼다. 카이가 소랑이 꺼낸 단어와 문장을 곱씹는 동안, 소랑은 마지막 남은 커피 한 모금을 빨대 없이 들이켰다.

“아, 다 마셨다!”

소랑은 도무지 카이가 소랑을 헤아릴 틈을 주지 않았다. 카이는 소랑의 모든 말을 이해할 수는 없었어도, 소랑의 이미지와 뉘앙스를 사랑할 수는 있었다. 카이는 머리 위로 둥둥 떠다니는 무지개 방울과 멈춰 있는 선풍기의 주황색 날개와 빗방울이 튀는 넓은 나뭇잎들, 그리고 그 풍경 안의 소랑을 평생 잊을 수 없을 것 같다고 생각했다. 눈으로 딱 한 장의 사진을 찍을 수 있다면 지금 이 장면을 찍었을 거라고.

“카메라를 꺼도, 진실은 어떻게든 세상에 중계될 수 있어요.”

소랑이 서글픈 눈으로, 그러나 어느 때보다 확신에 찬 목소리로 말했다.

“이제 샤데르발로 가요, 언니.”

4

"두 지구의 밤을 중계해야겠어."

하니가 불쑥 라라의 호텔 방에 찾아와 이렇게 말했다.

"소랑은 나한테 말한 거야! 카메라를 꺼도, 진실은 어떻게든 세상에 중계될 수 있다고……. 그 애가 그렇게 말했어! 그건 카이가 아니라 나 들으라고 한 말이야."

"하니, 갑자기 무슨 소리를 하는 거야?"

라라가 흥분한 하니를 침대에 앉혔다. 하니는 침대에 놓여 있는 노트북과 촬영 구성안 문서 사이에 앉아 가쁜 숨을 뱉었다. 라라는 링크의 발행을 발표한 후로 언론에 대응하고 방송 프로그램을 검토하느라 정신없었다. 이렇게 일에 매달려야 소랑이 원초 지구와 함께 죽을지도 모른다는 불안감에서 벗어날 수 있었다. 만약 소랑이 실패해서 칼리온이 지구 1호에 무지개 방울을 보낸다면, 알레프도 이 지구도 다 끝이었다. 일에 몰두하는 것은 라라가 견디는 방식이었다.

"칼리시스로 원초 지구를 보고 있었어. 풋사과 오두막을 보고 있었다고. 소랑, 그 애가 오두막을 들르고 싶어 했어……."

하니가 흐느꼈다. 라라는 떨리는 하니의 몸을 조심스레 안았다. 오랜만에 느끼는 하니의 온도였다. 하니는 라라가 온기를 다 느끼기도 전에 라라를 뿌리쳤다.

"세 시간 후에 두 지구의 밤 행사가 시작해. 당신이 두 지구의 밤을 연결 지구에 방송해 줘야겠어."

"진정해, 여보. 일단……. 소랑이 당신한테 부탁한 게 아닐 수도 있잖아."

라라는 관자놀이를 꾹꾹 눌렀다. 라라는 칼리온의 존재를 연결 지구에 알린다면 수많은 재편집과 꼼꼼한 시사와 후반 작업을 거친 뒤일 것이라고 생각해 왔다. 사람들에게 대뜸 날것의 칼리온을 공개해서 혼란을 야기할 계획은 없었다. 날것의 칼리온을 생중계한다면 라라가 원하는 대로 프레임을 짜기도 어려울 것이다.

"하니. 두 지구의 밤을 생중계하면, 그 여파가 어떨지 상상이나 해 봤어?"

"알레프 자체가 이미 그 여파야! 난 해야겠어. 그 애가 남긴 마지막 부탁일지도 모르잖아!"

하니가 거칠게 소리 질렀다. 하니는 곧 있으면 소랑을 잃어버릴지도 모른다는 생각에 평상시와 전혀 다른 사람이 되어 있었다. 라라는 자신의 결혼 생활이 바로 이 순간에 달려 있다는 것을 예감했다. 라라는 최대한의 집중력을 발휘해 머리를 굴렸다. 지금 연결 지구 시청자들에게 칼리온이라는 종교를 알리고 칼리온이 다른 지구에 해 왔던 만행을 알린다면? 같은 지구끼리도 원초 지구와 파생 지구로 나뉠 수 있다는, 특정 지구가 우위에 있을 수 있다는 가능성 자체를 알려도 괜찮은 걸까? 그 개념 자체가 위험하지는 않을까?

가장 걱정인 것은 사람들이 '알레프 프로덕션도 칼리온처럼 연결 지구에 위험한 존재다'라며 두려워할 수 있다는 점이었다.

라라는 울부짖는 하니에게서 잠시 등을 돌리고 창밖을 바라보았다. 고작해야 인서트 컷으로 쓰일 법한 도시 풍경이 보였다. 가로등과 자동차 전조등과 빌딩과 간판의 불빛이 보케 효과를 준 듯 빨간빛, 주황빛, 초록빛 동그라미가 되어 번져 보였다. 라라는 슬퍼하는 하니와 먼 지구에서 고군분투하는 소랑, 밤낮없이 방송을 준비하는 알레프 직원들, 연결 지구 어딘가에서 방송을 보고 있을 시청자들을 동시에 떠올렸다. 라라는 최대한 원근감을 갖춘 상태에서 의사 결정을 하고 싶었다. 그리고 눈앞의 하니를 보았다. 슬픔에 잠겨 금방이라도 칼리시스를 휘두를 준비가 된 자신의 아내. 곧이어 라라가 어딘가로 전화를 걸었다.

"로시 피디, 나예요. 지금 바로 만날 수 있을까?"

라라는 결심했다. 칼리온과 두 지구의 밤이 언젠가 알려질 진실이라면, 알레프 시점에서 지금부터 이야기를 써 내려가도 괜찮을 것 같았다.

"방송하는 거야?"

하니가 물기 어린 목소리로 물었다. 라라는 가슴 한구석이 저렸다.

"응. 〈메가 로봇 배틀〉 방송 시간대에, 알레프 뉴스 특보로 내보낼게."

"얼른 칼리시스를 준비할게."

"하니, 진정하고 같이……."

하니는 라라의 대답을 듣지 않고 호텔 방을 나섰다. 라라는 하니의 마음처럼 고집스레 닫혀 있는 호텔 문을 바라보다 로시에게 전화를 걸었다.

"로시 피디, 기습 특보 준비하죠."

칼리온도 예상하지 못한 순간에, 날것의 그림을 보여 준다. 연결 지구 모두에게.

라라는 전율을 느꼈다. 소랑이 하니에게 생중계를 하라고 암시한 것이 맞다면, 자신은 여태껏 소랑의 능력을 과소평가했던 것이다. 혹시 하니를 통해 라라 자신에게 신호를 보낸 거라면? 라라는 잠시 하니와의 결혼 생활을 잊고 순수하게 소랑의 방송각에 감탄하고 있었다. 후반 작업을 하지 않고 생중계로 진실을 보여 주는 것만큼 좋은 수를 두기는 어렵다. 왜 진작 이 생각을 못 했을까? 알레프 뉴스의 입지를 굳히는 데도 좋을 것이다. 라라는 소랑이 얼른 돌아오기를 바랐다. 딸이 가족의 품으로 돌아오는 것만큼, 능력 있는 피디가 회사에 복귀하기를 바라는 마음이었다.

소랑과 카이는 두 지구의 밤을 보기 위해 몰려든 인파를 뚫고 막 샤데르발에 도착한 참이었다.

소랑과 카이가 눈에 띄지 않기 위해 검은색 옷으로 갈아입고 있을 시각, 루비는 정확히 한 시간 뒤에 행사가 열릴, 아직은 고요한 칼리온 사원을 산책하고 있었다. 루비는 공식적으로 루가타 설화의 주인공이 될 순간을 앞두고 있었다. 곧 연결자의 후예가 될 루비는 어디든 닿을 수 있었다. 전에는 출입이 불가능했던 곳을 포함해 칼리온 사원 어디든 걸을 수 있었다.

불가해하고, 아름답다.

루비는 터져 나오려는 눈물을 꾹 참으며 감상했다. 칼리온 사원에 들어온 사람은 누구나 칼리온 신에 경외감을 가지게 되고, 이 종교의 아름다움에 반하게 될 것이다. 사원 건축에 쓰인 빛과 색, 흑과 백은 저마다의 상징과 수사학적 역할을 수행하며 시간의 흐름을 기록한다. 의식 준비로 분주하게 움직이던 사제들이 루비가 걸어갈 때마다 목례했다. 루비는 역사책 속으로 걸어 들어온 기분을 만끽하며, 사원 입구에서 이 모든 걸 조망했다.

칼리온 사원은 네 개의 사원과 멸망 기록 보관소, 연결의 우물로 구성되어 있다. 사원 정문으로 들어서면 '뼈의 사원'이 보인다. 황금빛 탑과 지붕이 돋보이는 사원이다. 칼리온 전설에 따르면, 신이 여러 지구를 연결하느라 인간의 눈에는 보이지 않는 빛의 실을 사용했는데, 그 빛의 실을 내어 준 게 칼리온 전설 속 용이었다. 뼈의 사원은 용이 자신의 몸에서 나온 실로 지구들을 다 연결한 뒤 남은 뼈로 지은 사원이라 전해져 왔다. '연결'을 신성시하며 칼리온의 기원을 기억하는 공간이라 가장 초입에 위치해 있다. 루비가 방울의 순례자이자 연결자가 되면, 가장 먼저 다듬어야 할 공간이기도 했다. 칼리온의 기원에는 신과 용의 실 말고도 루가타가 있었다. 신의 뜻을 가장 먼저 이해하고 지구를 연결한 인간. 그 인간의 이야기도 뼈의 사원에 함께 새겨져야 할 것이다.

뼈의 사원을 나와 왼쪽 대각선으로 걸어가면 '땅의 사원'이 나타난다. 짙은 주황빛 벽화와 다양한 지구 석조물이 돋보이는 곳이었다. 땅의 사원에는 작은 다리가 있었는데, 다리 밑에는 희로애락을 겪는 인간의 수많은 얼굴이 조각되어 있었다. 땅의 사원은 현실에 발붙여 살아야 할 인간들의 위치를 상기시키는 곳이었다. 신의 뜻 없이는 얼마나 작고 무의미한 삶을 살아야 하는지 깨치는 공간이기도 했다. 루비는 땅의 사원을 빠르게 지나쳤다. 자신은 이미 땅의 사원을 초월했다고 믿었기 때문이다.

땅의 사원을 가로지르면 땅의 사원과는 정반대로 신의 세계를 상징하는 '물의 사원'이 나타난다. 온 벽면을 샤데르발의 특수 광물로 만든 새파란 염료로 물들인 화려한 건축물이다. 새파란 색채와 달빛처럼 반짝이는 은장식, 물결을 표현한 섬세한 세공을 보면 환상적인 꿈결처럼 벅차오른다. 지구의 대다수를 이루며 순환하는 그것, 물. 칼리온 지구 사람들에게 물은 가장 신과 가까운 영역이었다. 물의 사원은 신에 대한 경외감을 되새기는 공간이다.

칼리온 사원의 맨 안쪽에 들어서면 초록의 농도가 촘촘한 '빛의 사원'이 나타난다. 수천 년의 시간을 이겨 낸 나무들이 짙은 석조 건물을 호위하고, 축축한 돌탑에는 이끼와 풀들이 인간의 손이 닿지 않은 채 제멋대로 자라고 있었다. 루비가 가장 좋아하는 공간이었다. 대단한 신기술로 건축한 곳보다 이곳이 좋았다. 루비는 텔레비전과 책에서만 보던 빛의 사원에 도달하자 결국 울음을 터트리고 말았다. 빛의 사원은 루비도 처음이었다. 이곳은 일반인에게는 공식 순례 기간에만 출입이 허용된다. 특히 루가타 부족의 후손인 루비에게 빛의 사원은 너무나 먼 존재였다. 빛의 사원 안에는 방울의 순례자와 기록자만 출입 가능한 '멸망 기록 보관소'가 있었다. 아름답게 조각된 크고 작은 지구 모형 수백 개가 매달려 있는 도서관이다. 빛의 사원은 칼리온 신의 권위를 상징하는 곳이었다.

네 개의 사원 한가운데에 '연결의 우물'이 있었다. 우물을 둘러싼 네 개의 사원이 각기 다른 시간대마다 우물에 비치며 다양한 그림자를 자아낸다. 연결의 우물은 집 한두 채가 들어갈 정도의 크기로, 중심에는 컴퓨터 크기만 한 칼리시스 세 대가 놓여 있었다. 루비는 자신의 목에 걸린 빛의 열쇠를 매만졌다. 훤은 루가타 설화는 상상력에 맡기고, 칼리온의 서사에 편입하라며 루비를 설득했지만 루비는 오늘 밤, 반드시 루가타를 언급할 계획이었다. 그리고 칼리시스에 빛의 열쇠를 끼워, 이 무지개 방울을 전부 다른 지구로 내보내 원초 지구를 구원한 존재로 추앙받을 것이다. 루비가 연결의 우물 주위를 배회하자, 생중계 송출을 준비하던 방송국 스태프들이 루비의 빨간 머리를 쳐다보는 시선이 느껴졌다. 루비는 그간 무대 뒤 어둠에 숨어 있던 자신의 과거를 회상했다.

하지만 오늘은 루비가 무대 위에 올라갈 차례다. 루비는 루루와 사제들이 기다리고 있는 빛의 사원으로 걸어가며, 이제는 이 모든 아름다움이 영구적이라는 사실을 실감했다. 현장학습이나 수학여행 따위의 일시적인 것이 아니다. 칼리온 사원으로 상징되는 모든 아름다움과 경외심은 루비의 세계에서 고정값이 될 것이다. 루비의 인생은 비로소 시작될 것이다.

“분할 화면은 어때요?”

두 지구의 밤이 시작되기 직전, 알레프 프로덕션 보도국 회의실에서는 라라와 하니, 로시, 환자복을 입은 희나가 모여 머리를 맞대고 있었다. 희나는 회복이 필요했지만, 이번 일을 해결하는 데 도움이 되고 싶다고 고집을 부렸다.

“희나 피디, 어떤 분할 화면?”

라라가 되물었다. 희나는 칠판에 그림을 그리기 시작했다. 희나는 평소 사람의 눈도 마주치지 못할 정도로 소심하지만, 방송 관련한 이야기를 나눌 때는 다른 사람처럼 돌변했다. 라라는 희나의 그런 점이 마음에 들었다. 로시 역시 희나의 의견에 관심을 가졌다.

“칼리온에서도 두 지구의 밤을 생중계한다면서요? 그쪽 지구 칼리온 신도들이 봐야 하니까. 그 방송 신호를 가로챈 화면 하나랑, 우리가 칼리시스로 엿보는 화면 하나. 이렇게 두 개를…… 분할 화면으로 내보내자는 뜻이었어요.”

희나의 제안은 이랬다. 하니가 칼리시스로 원초 지구를 지켜보는 구도만 송출하면 자칫 구글 어스 같은 지도 앱을 확대하는 느낌이 들고, 상황을 정확하게 보여 주기가 어려웠다. 그래서 칼리시스를 이용해 원초 지구 방송국에서 생중계하는 신호를 가로채서, 원초 지구의 방송국이 생중계하는 화면까지 실감 나게 보여 주자는 제안이었다. 라라는 희나의 제안이 마음에 들었다. 라라는 뉴스 총괄 피디인 로시와, 칼리시스로 모든 것을 실행해야 하는 하니를 돌아보았다.

"희나 피디 뉴스 했었다고 했죠?"

"맞습니다."

희나는 말로만 듣던 전설의 뉴스 피디 로시를 눈앞에 두고 바짝 긴장한 모습이었다. 환자복을 입고 트라우마에 시달리던 모습은 온데간데없이 희나의 눈에는 총기가 돌았다.

"좋은 아이디어예요. 조정실로 같이 들어가시죠."

"감사합니다!"

로시가 간접적으로 희나의 제안을 수락했다. 로시는 최종 의사 결정권자인 라라를 바라보았다.

"하니, 당신은?"

라라는 아내 하니에게 의견을 물었다. 최종 컨펌은 하니가 내릴 것이다.

"나도 좋아."

하니가 캐리어에서 칼리시스를 꺼냈다. 거대한 카메라에 렌즈 대신 지구 모형이 박힌 모양이지만, 카메라의 본체를 열면 고전 영화 편집기를 축소한 것처럼 변신하는 기계. 연결 지구의 모든 통신을 가능하게 하는 전지전능한 기계. 하니가 능숙하게 칼리시스를 작동시켰다. 마치 '원초 지구'라는 영화를 촬영한 필름이 편집기에서 재생되는 것 같았다. 로시와 희나가 반짝이는 눈으로 칼리시스를 보았다. 둘 다 칼리시스를 처음 보았다. 둘은 칼리시스에 대해 몇백 페이지가 넘는 보안 서약서에 사인을 한 참이었다.

"시작할까요?"

하니의 말에 로시가 일사불란하게 조정실에 스태프들을 불러 모으고, 각자의 역할을 지시했다. 라라는 회의실에서 칼리시스를 작동하는 하니를 지켜보았다. 하니는 소랑이 결국 진짜 빛의 열쇠를 찾아내 샤데르발에 도착했다는 것을 알게 되자 기운을 되찾았다. 라라는 수지에게 전화를 걸어 〈메가 로봇 배틀〉의 방송이 끊길 예정이고, 대신 기습 뉴스 특보가 나갈 거라며 상황을 설명했다. 수지는 소랑의 실종도 그 무엇도 모르는 상태였다.

"로시 피디, 칼리시스는 준비됐어요."

하니가 칼리시스 송출 준비를 마쳤다. 로시는 조정실의 스태프들에게 칼리시스가 잡은 화면을 송출하도록 지시했다. 로시의 신호에 맞춰 방송 중이던 〈메가 로봇 배틀〉이 멈추고, 알레프 뉴스 특보 안내 화면이 나갔다. 로시는 스튜디오에 앉아 자신의 신호를 기다리는 미나에게 신호를 보냈다.

ㅡ연결 지구 시청자 여러분 안녕하십니까. 알레프 뉴스 강미나입니다. 잠시 〈메가 로봇 배틀〉을 멈추고 긴급 생중계를 이어 가겠습니다. 연결 지구의 시선을 한곳에 모아야 하는 순간입니다.

로시가 이어서 자료 화면 송출 신호를 보냈다. 그래픽 피디가 미리 준비했던 그래픽 패키지를 화면에 함께 띄웠다.

—현재 화면에 보이는 곳은 지구 17호, 스스로를 원초 지구라 부르는 세계입니다. 원초 지구에는 오래전부터 연결 지구의 존재를 인지해 온 이들이 있었고, 나아가 다른 지구들의 멸망을 결정하는 종교까지 존재하는 것으로 확인됐습니다. 알레프 프로덕션은 이 모든 것을 사후적으로 편집해 보여 드리지 않고 시청자 여러분이 진실에 직접 다가갈 수 있도록, 원초 지구의 종교 행사를 긴급 생중계하기로 결정했습니다. 수많은 지구, 하나의 목소리. 알레프 뉴스가 두 지구의 밤을 지금부터 전해 드립니다. 화면을 지구 17호로 연결합니다.

앵커의 말이 끝나자마자 화면은 칼리온 사원 공중 숏으로 바뀌었다.

"하니 회장님, 칼리시스 화면을 좀 더 가까이 들어갈 수 있어요? 네, 지금 좋습니다, 칼리온 사원까지 줌 당겨졌습니다, 분할 화면 들어갑니다. 칼리온 방송국 중계 채널 화면으로요, 네."

로시의 지시에 맞춰 화면이 두 개로 분할되더니 한쪽에는 칼리시스가 잡은 화면이, 다른 한쪽은 칼리온 지구에서 직접 중계 중인 화면이 나왔다.

두 지구의 밤은 이미 시작되었다.

"와, 없던 믿음도 생기겠어요."

희나가 로시에게 속삭였다. 로시도 동의했다. 두 지구의 밤은 방송하지 않았으면 아까울 뻔했을 정도로 굉장한 그림이었다.

연결의 우물을 감싸고 있는 네 개의 사원은 저마다 존재감을 자랑했고, 다양한 크기의 지구 조형물 수백 개가 연결의 우물 위에 연결되어 있었다. 각각의 지구 조형물이 내뿜는 찬란한 빛이 수면 위를 떠다니며 또 다른 우주를 만드는 것 같았다. 무엇보다 이 모든 것에 열광하는 군중이 있었다. 두 지구의 밤을 보기 위해 모여든 인파가 장면을 완성했다.

"그냥 됐으면 탈 났겠어."

라라가 칼리온 사원을 보며 중얼거렸다. 부감 숏만 봐도 칼리온의 위세를 알 수 있었다. 링크 화폐를 발행한 이후 알레프 프로덕션은 연결 지구의 시스템을 독점하는 악당이라며 공격당했는데, 이제는 칼리온이 새로운 악당으로 프레이밍될 것이다. 라라가 희망적인 미래를 계산하고 있을 때, 화면에 루비가 잡혔다.

"루비!"

라라가 소리쳤다. 루비는 한때 라라와 칼리시스로 통신을 주고받던 친구이자, 배신자였다. 루비는 라라와 공통점이 많았다. 루비는 라라가 품고 있는 야심을 이해했다. 그 때문에 라라는 루비를 믿고 하니 몰래 소랑을 지구 17호, 원초 지구로 보냈었지.

한편 로시는 지금 제단 위에서 사람들의 주목을 받는 저 여자가 누군지, 이름도 정체도 몰라 답답해하고 있었다. 평소 뉴스였다면 실시간으로 정보 자막과 인터뷰 멘트를 내보냈을 것이다. 하니에게 짧은 설명을 들었지만, 로시는 칼리온과 루비, 원초 지구에 대해 자세히 파악한 상태는 아니었다.

─저는 루가타 부족장의 딸, 루비입니다. 제 동생은 조율자로 뽑혀 파견 지구로 보내졌고, 그 다음번 두 지구의 밤에 그 파견 지구가 종말을 맞이하면서 제 동생도 죽었습니다. 칼리온의 뜻을 알리는 일에 실패한 것입니다.

라라에게 간단한 설명은 들었으나 로시는 저들이 말하는 조율자도, 두 지구의 밤도, 파견 지구라는 단어도 전부 생소했다. 총괄 피디조차 잘 모르는 내용을 그대로 방송해도 되는 걸까? 그러다 또 생각했다. 총괄 피디가 전지적 시점에서 전부 이해하고 편집한 내용만 방송해야 옳은 걸까? 로시는 이런 생각을 하면서도 루비의 얼굴 클로즈업을 지시했다.

─제 동생이 실패한 이유는 칼리온의 이단자, 하니 사제 때문이었습니다. 하니 사제가 방울의 순례자의 사명을 다하지 않고 이 지구를 저버렸습니다. 하니 사제가 칼리시스를 훔치고 신을 배신했기 때문에, 제 동생의 죽음과 안타까운 종말 지구가 발생한 것입니다. 그가 소란을 일으키지 않았더라면 제 동생은 칼리

온의 비호 아래 사명을 무사히 완수했을 것이고, 지구는 멸망하지 않았을 것입니다. 이 모든 건 하니 사제가…….

"저걸 저렇게 쪼아 주는구나."

하니가 한숨에 가까운 웃음을 터트렸다. 화면 너머의 루비에게는 닿지 않을 웃음이었다.

"당신, 방금 '쪼아 준다'고 말했어?"

"응. 라라 너랑 수지가 맨날 쓰는 말이잖아? 쪼아 준다고."

"쪼아 줘야 재밌으니까."

"내가 칼리시스로 훔쳐서 여기로 온 거랑 루비의 동생이 죽은 일은 아무 관계가 없어. 칼리온이 루가타 부족을 휘두른 것뿐인데, 저렇게 연결하니까 또 그럴듯하네. 당신 말처럼 어떻게 쪼아 주냐에 달려 있나 봐. 꽤 당하겠어."

"하고 싶은 말 다 하라고 해. 저런 프레이밍은 나중에 각도만 약간 조정하면 돼. 우리가 할 수 있어."

라라가 자신 있게 말했다. 라라가 언급한 '우리'는 알레프 프로덕션이었다. 연결 지구의 유일무이한 뉴스 통신사는 여론의 프레임을 손쉽게 짤 수 있을 것이다.

"솔직히 사람들이 날 뭐라고 생각하든 관심 없어. 카이와 소랑이 샤데르발에 도착해 있고, 연결의 우물로 가서 빨리 돌아오길 바랄 뿐이지."

"하니. 소랑은 해낼 거야."

라라는 알레프의 힘을 과신하느라 소랑이 원초 지구와 함께 죽을지도 모른다는 사실을 순간 잊고 있었지만, 그 사실을 하니에게 최대한 들키지 않도록 재빨리 표정을 수습했다. 소랑을 걱정하는 표정이었다.

—그때 저는 깨달았습니다. 칼리온의 사명, 모든 지구를 연결하여 칼리온 신의 뜻을 전파하는 일에 원초 지구가 다시 하나가 되어야 한다는 것을요. 우리는 오늘 이 자리에서, 무너진 믿음을 다시 세울 것입니다. 저의 사명은 수많은 지구를 하나의 뜻으로 연결하는 일입니다.

뉴스 조정실에서 생중계를 지휘하던 로시는 어쩐지 루비의 말이 익숙했다. 수많은 지구를 하나의 뜻으로 연결하겠다는 루비의 종교적 선언문은, 알레프 뉴스의 슬로건을 닮았다. '수많은 지구, 하나의 목소리.' 로시는 조정실에서 뉴스를 지휘하고 있으면서도 실제로는 아무것도 감독하지 못할 것 같은 예감에 소름이 돋았다.

—칼리온으로 하나가 되기 위해 이 얘기부터 해야겠습니다. 저는 칼리온을 대표하여 칼리온을 배신하고 원초 지구의 뜻을 거슬렀던 이단자, 하니 사제를 처단했다는 사실을 오늘 이 자리에 알립니다. 그 시작으로, 하니 사제의 불경한 마음이 물든 다

른 지구에 종말을 보낼 것입니다.

루비가 목걸이를 꺼냈다. 가짜 빛의 열쇠였다. 하니는 그 목걸이가 가짜인 것을 알면서도 긴장한 채 몸을 화면 쪽으로 바싹 당겼다.

―칼리온의 뜻에 따라 방울의 순례자가 될 준비를 마쳤습니다. 저는 최초의 연결자 루가타의 피를 이어받은 최후의 연결자이자, 방울의 순례자로서 신의 뜻으로 원초 지구를 지키겠습니다.

방울의 순례자와 기록자들이 박수를 쳤고, 처음에는 루가타 부족의 빨간 머리를 경계하던 신도들도 이내 사제들의 박수 소리를 따라 함성을 질렀다. 알레프 뉴스의 분할 화면에는 환호하는 광신도들의 부감 숏과 환희에 찬 루비의 클로즈업 숏이 나오고 있었다.

지구 1호의 방송국 놈들이 각자의 계산으로 방송을 내보내는 동안, 한 선생은 흥분한 애옹이를 안고 어딘가로 향했으며, 소랑과 카이는 신도들의 소음을 가로질러 연결의 우물에 가까워지고 있었다.
"우와, 이게 다 뭐예요?"

소랑은 연결의 우물 위에 떠 있는 지구 조형물들에 시선을 빼앗겼다. 축구공 크기부터 커다란 파라솔 크기까지 다양한 지구 조형물들이 오색찬란한 빛을 내뿜고 있었다. 그것들은 가느다란 빛의 실로 서로 연결되어 있었는데, 누구나 압도될 만큼 아름다웠다. 하지만 어렸을 때부터 행사를 가까이서 봐 왔던 카이는 지겨울 뿐이었다.

"소랑, 네 카메라 좀 줄래?"

카이가 연결 지구 조형물에 시선을 빼앗긴 소랑을 멈춰 세웠다. 둘은 루비의 얼굴이 보일 정도로 연결의 우물에 다가간 상태였다. 소랑이 가방을 품에 안고 카이의 뜻을 재차 확인했다.

"이건 왜요?"

"이젠 내가 찍고 싶어서."

"어차피 이 모든 건 알레프 방송으로 중계되고 있을 거예요."

"그건 전지적 알레프 시점에서 방송하는 거잖아."

소랑이 망설이다 가방에서 카메라를 꺼냈다.

"내 관점에서, 내 카메라로 담고 싶어."

"그럼 약속해 줘요. 영화는 꼭 만들겠다고."

소랑이 카메라를 건네며 당부했다. 소랑의 등 뒤에서, 루비가 가짜 빛의 열쇠를 들어 올리는 모습이 보였다. 소랑과 카이는 환호하는 신도들에 점점 앞으로 떠밀려 갔다. 소랑과 카이는 서로를 꼭 붙들고 있어야 했다. 소랑은 카이에게 고함을 지르려다 말고 카이에 귀에 속삭였다.

"이 이야기가 픽션으로 만들어진다면 지구를 렌즈 삼은 카메라와 무지개가 쏟아져 내리는 하늘, 그리고 방울방울 흘러넘치는 연결 지구들의 이미지로 가득하길 바라요."

믿음으로 단단하게 뭉친 인파 속에서도 소랑의 목소리가 또렷하게 들렸다. 카이는 소랑의 알쏭달쏭한 말에 반문하려다 말았다. 소랑이 마틸다 지구로 돌아가면 원초 지구는 멸망할 것이고, 카이 자신은 원초 지구에서 칼리온과 함께 최후를 맞이할 생각이었다. 카이의 촬영본은 소랑이 찍은 촬영 데이터와 함께 마틸다 지구로 돌려보낼 것이다.

카이가 영화를, 그러니까 또 다른 픽션을 만들 일은 없을 것이다.

"언니는 어둠 속에서도 그다음 세계의 탄생을 믿고, 안도하는 사람이니까."

카이는 또 무슨 소리냐고 물으려다가 멈칫했다. 소랑은 더 이상 속삭이지 않았다.

"소랑, 너……."

카이는 소랑의 확고한 눈빛을 보고 그제야 깨달았다. 소랑이 하고자 하는 일을, 소랑의 결심을. 소랑의 눈동자에 연결 지구 조형물들의 다양한 빛들이 스쳤다.

"언젠간 제가 원하는 걸 만들고 싶다고 했죠?"

소랑이 개운한 목소리로 말했다. 카이는 소랑과 풋사과 오두막에서 처음 만난 날에 했던 대화를 복기했다.

그치만 언젠가는 누가 시켜서 만드는 영상 말고…… 제가 만들고 싶은 영상만 하고 싶어요. 제 채널에 직접 올리는 거요.

신도들이 움직이며 카이는 소랑과 더 가까이 붙을 수밖에 없었다. 비, 땀, 눈물, 무지개 방울, 모든 것이 뒤섞여 축축해진 두 사람의 몸이 맞닿았다.

"그걸 찾았어요."

소랑이 활짝 웃었다. 동시에 다른 지구에 종말을 선언하는 루비의 목소리가 울렸다. 신도들의 함성이 해일처럼 들이닥쳤다. 카이는 소랑처럼 마냥 웃을 수 없었다.

"언니도 잘 찍어 둬요."

소랑이 카이에게 포켓 카메라를 건네며 등을 돌렸다. 소랑은 인파 속으로 빠르게 빨려 들어가며 연결의 우물로 다가갔다. 카이가 뒤늦게 손을 뻗었지만, 자신의 꿈을 향해 발걸음을 옮기는 소랑의 뒷모습은 결코 잡을 수 없었다.

5

"연결의 우물이 열리지 않는군요."

흰의 낮은 목소리가 칼리온 사원에 울려 퍼졌다. 권위 있는 방울의 순례자가 입을 열자, 만여 명이 모인 칼리온 사원이 금세 고요해졌다.

"이게…… 그럴 수는…….'"

루비가 빛의 열쇠를 재차 칼리시스에 꽂았다. 루비가 칼리시스를 작동시켜도 무지개 방울은 연결의 우물로 모이지 않았다. 이대로 두면 원초 지구는 무지개 방울에 의해 멸망을 맞이할 것이다. 그 사실을 상기시키기라도 하듯 어느 때보다도 커다랗고 뚱뚱한 무지개 방울이 칼리온 사원을 가득 채우고 있었다. 흰을 제외한 방울의 순례자들이 불안한 눈빛으로 무지개 방울을 흘겨보았다.

"방울의 순례자는 당신의 자리가 아닌가 봅니다."

당황한 루비와 달리 휜은 이 상황을 모두 예견했다는 듯 여유로웠다. 휜이 손짓으로 다른 사제들에게 무언가를 지시하자 준비를 마친 루루가 단상으로 걸어 올라왔다. 휜은 루루를 에스코트하여 루루와 함께 칼리온 신도들의 앞에 섰다. 루비의 연설은 이 순간을 위한 오프닝 공연에 불과했다는 듯, 휜이 능숙하게 상황을 주도했다.

"칼리온 신의 뜻에 따라 루가타 부족을 다시 한번 시험해 봤지만, 루가타 부족은 칼리온과 함께할 수 없다는 신의 뜻을 또다시 확인했습니다."

휜의 손짓에 가면 부대가 단상으로 모였다. 가면 부대가 루비를 둘러쌌다.

"저는 방울의 순례자를 대표해, 오늘 이 자리에서 루가타 부족의 후예뿐만 아니라, 이단자 하니 사제의 딸을 칼리온 신에게 바치려고 합니다."

휜의 말이 끝나자 가면 부대가 소랑을 단상 아래로 데려왔다. 카이와 헤어져 인파 속으로 사라졌던 소랑은 제 발로 가면 부대에 붙잡혔다. 루비가 노여운 눈으로 소랑과 소랑의 목에 걸린 진짜 빛의 열쇠를 내려다보았다.

"신의 이름을 흐리는 루가타 부족을 청산하고, 칼리온을 시험에 들게 했던 이단자의 피를 흘려야 지구들을 다시 연결할 수 있습니다. 그게 신의 뜻입니다."

가면 부대가 루비의 양팔을 붙잡아 끌어 내렸다. 루비는 반항해 보았지만 소용없었다. 신도들이 열광하는 소리가 사원을 가득 메웠다. 루비가 연설할 때보다 훨씬 더 거칠고 커다란 함성이었다.

"언니, 일이 이렇게 되어 슬퍼요."

루비가 끌려 내려온 자리에 칼리온 사제복을 갖춰 입은 루루가 서 있었다. 루루는 하나도 슬퍼 보이지 않는 얼굴로 루비를 위로했다. 루루는 더 이상 엄마와 떨어지기 싫어서 울던 아기가 아니었다. 루루는 칼리온 신도들의 추앙을 받을 준비가 되어 있었다.

"칼리온 신이 직접 뜻을 내린, 방울의 순례자를 소개합니다."

루비는 루루의 행색을 찬찬히 뜯어보았다. 검은 머리카락의, 눈을 반쯤 가릴 수 있는 주황색 가면을 쓴 채로 다 알고 있다는 듯 씨익 웃고 있었다. 훌쩍 큰 루루의 당돌한 웃음이었다.

"언니. 아버지는, 루가타 부족은 저를 버렸어요. 아기였던 저를 칼리온에 팔아 버린 셈인데, 내가 왜 루가타의 전설을 이어가야 하나요? 그때 언니는 나를 위해 무엇을 했나요?"

루루가 루비의 귓가에 속삭였다. 루루의 목소리는 여전히 사랑스럽고, 동시에 장난스러웠다.

"딱히 원한은 없어요, 언니. 다만 지금 이 자리가 적성에 맞을 뿐이에요."

루비는 자신의 기억 속 어린 동생은 없다는 것을 깨달았다. 루루의 앞에서 계획을 다 말한 자신이야말로 순진했음을, 자신이 가짜 빛의 열쇠를 들고 사원에 오는 것까지 전부 훤의 계산이었음을 비로소 알아차렸다.

"맡은 역할은 잘해 주셨어요. 언니도 부디 언니의 자리를 깨닫길 바라요."

루루가 그 말을 끝으로 단상에 올라갔다. 방금까지 루비가 서 있던 자리였다. 루비가 루루의 등 뒤에 대고 쉰 목소리로 고함을 질렀다. 루루는 루비의 광기 어린 목소리를 등지고 단상 위로 올라섰다.

"쟤도 루가타야! 심지어 조율자로 뽑혔던 애라고! 가짜 연결자야! 내가 진짜야!"

그러나 루비의 말은 가면 부대 때문에 끝내 신도들에게 닿지 않았다. 루비는 입이 틀어 막힌 채 루루의 뒷모습을 지켜볼 수밖에 없었다. 성을 내는 군중의 소란을 잠재우고, 다 안다는 듯이 여유 있는 화법으로 신도들을 홀리기 시작한 동생을 그저 바라보았다.

"그렇게 맹목적이더니 꼴 좋네요."

루비의 고함을 멈춘 사람은 소랑이었다. 소랑은 가면 부대에 붙들려 있는 와중에도 평온해 보였다.

"그쪽도 붙잡힌 처지에 비웃을 여유가 있나?"

"전 제 의지로 잡힌 거니까요. 그쪽은 이럴 줄 꿈에도 몰랐던 거고."

루비가 분노를 감추지 못하고 씩씩댔다. 10여 년을 준비했던 자신의 계획이, 한순간의 방심으로 수포가 되었다. 아니, 한순간의 방심이었을까? 루비의 사고는 샤데르발의 아름다움에 마비되어 있었다. 루비의 현명함은 욕망의 필터에 가려졌다. 루비는 훤과 루루의 속내를 알아챌 수 없었다.

"뭐, 비웃음은 충분히 당한 거 같으니까 이만할게요."

"카이는 어디 있어요? 그쪽을 쉽게 붙잡히게 하진 않았을 텐데."

루비의 물음에 소랑이 턱짓으로 연결의 우물을 둘러싸고 있는 신도들을 가리켰다. 소랑이 가리키는 방향에는 당당히 단상에 올라서 있는 루루의 뒷모습도 보였다. 한 시간 전까지만 해도 루가타의 설화 속에서 숨 쉬던 루비는 이제, 사막처럼 삭막한 무의미에 사로잡혔다. 루비에게는 삶이 끝난 것과 다름없었다. 최초의 연결자가 될 수 없다면, 무수한 지구가 존재하는 세상에 자신의 존재는 도대체 어떤 의미란 말인가? 루비는 모든 생물이 죽어 버린 정글처럼 자신의 존재 이유가 황폐해지는 것을 느꼈다.

"방송국에서 당신을 만났다면 존경했을 거예요."

소랑이 불쑥 말했다. 메말라 가는 정글에 내리는 폭우처럼 말을 쏟아 냈다.

"욕망은 왜곡되었을지언정, 당신의 용기와 끈기를 존경했을 거예요.”

루비는 소랑의 말에 눈물을 터트렸다. 시들어 가던 정글에 비가 내린 것처럼 루비의 마음이 다시 무언가로 가득 차기 시작했다.

소랑과 루비가 각자의 마음속 정글을 다스리는 동안, 단상에서는 훤과 사제단이 계획을 실행하기 위해 설교를 시작했다.

“신의 처단에 앞서, 방울의 순례자들을 대표해 신도들에게 드릴 말씀이 있습니다.”

훤이 방금까지 루비가 쥐고 있던 마이크를 잡았다.

“칼리온은 파생 지구 중 하나에서 알레프라는 방송국의 존재를 확인했습니다. 원초 지구를 포함해 다른 연결 지구를 세트장처럼 취급하는 방송국이지요.”

훤이 신도들에게 알레프 방송의 존재를 낱낱이 알렸다. 정확히 말하자면, 칼리온 신도들에게 알레프 방송에 대해 말하는 것을 연결 지구 시청자들이 보기를 의도했다.

같은 시각, 지구 1호에서는 생중계를 통해 단단해질 알레프의 입지를 계산하던 라라가 훤의 말을 듣고 의자에서 용수철처럼 튀어 올랐다. 지구 1호의 방송국 놈들이 놀라거나 말거나 두 지구의 밤은 계속되었다.

“그 방송국은 다른 지구를 수동적인 소비 지구로 전락시킵니다. 알레프 방송국은 지금 이 행사도 연결 지구 전역에 송출하고 있습니다만, 그들은 언제나 칼리온 신의 뜻을 왜곡할 것입니다.”

휜은 루비의 목걸이가 가짜라는 것과 알레프가 두 지구의 밤을 중계할 것을 예상하고 있었다. 알레프의 행동 방식은 수천 년간 멸망 기록 보관소를 통해 다른 지구의 역사와 끝을 지켜봤던 칼리온의 기록자들에게 예측 가능한 범위였다. 휜은 기록자들과 함께 지구 1호의 행동을 예상하며, 원초 지구가 멸망하더라도 칼리온의 정신을 이어 나갈 방법을 준비해 왔다. 휜의 계획은 루가타의 혈통인 루루에게 빛의 열쇠를 안기고, 루루가 연결의 우물을 열어젖혀 무지개 방울을 다른 지구로 전부 내보내는 것이었다. 그럼 무지개 방울을 받은 지구들은 종말 지구가 되고, 무사히 종말 에너지를 내보낸 원초 지구는 안전해질 것이다. 하지만 휜의 계획은 거기서 그치지 않았다. 만약 이 계획이 실패할 경우를 대비해, 알레프가 이 종교 행사를 연결 지구 전역에 방송한다고 가정하여 프레이밍 짜는 데 선수 칠 것.

휜은 이 모든 것이 자신의 사명이라고 굳게 믿었다. 설령 원초 지구가 멸망하더라도 연결될 지구가 있는 한, 칼리온의 정신은 어디로든 이어질 것이다. 그리고 그 방법은 아이러니하게도, 칼리온의 적이자 이단자인 하니에 의해 탄생한 알레프 방송을 이용하는 것이었다. 지금 알레프 방송에서는 칼리온이 악역인 것처럼 나오고 있겠지. 방송국 놈들은 캐릭터를 잘 만지니까. 그러나 방송국 놈들이 간과한 것이 하나 있다. 의심과 믿음의 씨앗을 뿌리는 건 종교 놈들의 전문이었다.

"알레프 방송에서 칼리온을 얼마나 모욕하든, 어떤 내용을 내

보내고 있든, 칼리온의 뜻을 이어받을 사람은 연결 지구 곳곳에 남을 것입니다. 지금 이 순간에도 칼리온 신의 뜻을 따르는 자들이 연결 지구 곳곳에 빛나고 있을 거라고 믿습니다."

지구들은 서로 연결되어 있다. 정신을 전파하는 것은 금방이었다. 누군가는 삶의 의미를 얻고자 칼리온에 봉사할 것이다. 오히려 알레프가 이를 도와주는 셈이었다. 휜은 이 방송을 보고 있는 누군가는 칼리온의 정신에 동의할 것이라고 확신했다. 순수한 믿음은 아니더라도 칼리온을 활용하려는 자, 혹은 필요로 하는 자가 반드시 있을 것이다. 칼리온이 다시 연결 지구의 중심을 차지하려면 시간은 걸리겠지만, 칼리온의 존재가 연결 지구 전역에 방송되기만 한다면 어떻게든 믿음은 유지될 것이라고 휜은 판단했다.

"이제 이단자의 딸을 처단할 시간입니다."

휜의 말에 신도들이 열광했다. 휜은 단상에서 내려가 배신자의 딸을 마주했다. 소랑은 가면 부대에 잡혀 있으면서도 평온했다.

"하니 사제를 무척 닮았군요."

"당신은 카이 언니와 하나도 닮지 않았고요."

휜이 웃음을 터트렸다. 과연 배신자의 딸 소랑은 하니만큼이나 당돌했다.

"그게 그 녀석의 한계였지요."

휜이 소랑을 내려다보며 소랑의 목에서 진짜 빛의 열쇠를 잡아챘다.

“배신자가 딸의 죽음을 지켜보고 있겠군요.”

훤이 붙잡힌 소랑과 함께 단상에 다시 올라서자 신도들의 함성이 더욱 거세졌다. 소랑은 적의로 가득한 사람들을 보며 예상치 못한 긴장감을 느꼈다. 동시에 이런 맹목적인 적의가 다른 곳을 향하는 일이 없었으면 좋겠다고 생각했다. 칼리온은 오늘 끝나야만 했다.

훤이 루루에게 빛의 열쇠를 넘겼다. 빛의 열쇠는 방울의 순례자를 상징하는 빗금 패턴의 망토에 감싸져 있었다. 훤은 루루가 방울의 순례자를 계승하는 의미로 망토를 받는 것처럼 모양새를 꾸몄다. 정확히 상황을 이해하고 있는 루루는 슬며시 열쇠를 손에 쥐고 망토를 둘렀다. 칼리온 신도들은 칼리시스의 존재는 알아도 빛의 열쇠는 알지 못했고, 앞으로도 이것을 모르게 하는 것이 사제단의 뜻이었다.

“새로운 방울의 순례자를 모십니다.”

루루가 신도들의 열광과 함께 손을 흔드는 동안, 가면 부대는 소랑을 연결의 우물 앞으로 끌고 갔다.

“사명을 저버린 이단자의 딸에게 신의 심판이 있을 것입니다.”

훤이 가면 부대에 이단자 처단을 지시했다. 소랑이 연결의 우물에 빠지기 직전 짧은 비명을 질렀다.

“싫어!”

가면 부대가 소랑을 연결의 우물에 빠트렸다. 소랑이 두 손이 등 뒤에 묶인 채로 저항했지만 소용없었다. 신도들의 함성이 거세졌다. 루루는 휜의 명령에 따라 빛의 열쇠를 칼리시스에 꽂기 위해 움직였다. 이제 소랑을 종말 지구에 보낼 타이밍이었다. 그러나 칼리시스는 생각보다 복잡한 기계였다. 루루는 열쇠를 구멍에 끼우는 것 말고는 아직 제대로 한 게 없었다. 휜이 시선으로 루루를 보챘다. 신도들의 아우성이 거세질수록, 루루의 손은 느려졌다. 루루가 드디어 칼리시스로 연결 지구의 문을 열어젖히려고 할 때, 누군가 칼리시스에서 빛의 열쇠를 빼 버렸다.

"당신을 닮지 않은 건 한계가 아니라 장점이에요, 아버지."

카이였다. 가면 부대는 휜의 딸이자 한때는 기록자 후보생이었던 카이를 저지해도 되는 건지 혼란스러워 보였다. 카이는 혼란을 틈타 빛의 열쇠를 손에 쥐고 단상에 올라섰다.

"카이! 지금 당장 그 열쇠를 돌려주지 않으면 후회할 거다."

카이가 루루의 몫이었던 마이크를 쥐었다.

"칼리온이라는 종교가 있습니다. 다른 지구의 멸망을 엔터테인먼트 삼아 믿음을 유지하는, 광신도들의 집단이지요. 그게 바로 우리의 모습입니다. 원초 지구의 추악한 실체고요."

카이의 말에 분위기가 순식간에 험악해졌다. 신도들이 야유와 고함을 퍼붓기 시작했고, 카이가 서 있는 연결의 우물로 삽시간에 인파가 몰렸다. 보안 요원들이 통제하기 힘들 정도로 성난 사람들이 몰려들었다.

"칼리온은 매년 다른 지구를 멸망시켜 왔습니다. 무지개 방울을 다른 지구에 전송해서 종말 지구를 만들어 왔어요. 다들 정신 차리세요. 이제 이 오만한 믿음을 깨야 합니다."

카이는 마이크를 내려놓고 제자리에서 한 바퀴를 돌며 연결의 우물을 둘러싼 인파와 다채롭게 빛나는 사원을 카메라에 담았다. 카이가 움직일 때마다 칼리온 신도들이 비난을 쏟아 내다가 급기야 자신들끼리 충돌하고 싸우기 시작했다.

"뭐 하는 거냐? 그만두지 않으면 너도 종말 지구에 보내는 수밖에 없다."

휜이 최대한 입술을 움직이지 않으려 애쓰며 카이를 윽박질렀다. 휜은 카이와 카이의 포켓 카메라를 순서대로 노려보았다.

"아버지의 표정을 가장 가까이서 찍고 싶었어요. 이젠 용기가 생겼어요."

칼리온의 광기는 저렇게 뭉쳐 있는 신도들과 종말 지구를 만드는 모습으로도 표현할 수 있지. 그렇지만 사제의 광기 어린 얼굴 주름, 근육 하나하나를 가까이서 잡은 그림이 훨씬 좋을 걸. 그게 클로즈업의 힘이니까. 그냥 인서트 컷이 아니라 하이라이트 장면이 되는 거야. 카이는 마치 소랑에게 말을 거는 느낌으로 혼자 생각했다.

"아직도 실없는 짓에 꽂혀 있구나. 네 엄마가 알면 기함하겠어, 기어코 재능을 낭비하며 사는 꼴이!"

휜이 카이의 카메라를 보며 화를 냈다. 카이는 비로소 깨달았다. 자신이 아버지 앞에서 평정심을 유지할 수 없었던 것처럼, 휜 역시 마찬가지였다는 것을. 수만 명의 신도 앞에서 흔들림 없이 설교하던 휜의 목소리에 개인적인 감정이 실려 있었다. 그건 카이를 제 뜻대로 하지 못한 분노였다. 카이를 마주한 휜의 얼굴에는 억지와 고집이 가득 담겨 있었다. 평상시의 침착한 카리스마는 없었다. 카이는 마음이 편안해졌다.

"네 남동생은 나중에 방울의 순례자가 될 거야. 가문에 민폐 끼치지 말고 지금이라도 내려가라. 아니면 나도 어쩔 수가 없다."

휜은 단상 뒤에서 불안해 보이는 아들을 잠시 쳐다보았다. 카이는 이제 휜의 말이 칼이 되어 저를 찌르지 못한다는 것을, 오히려 휜이 스스로를 찌르고 있었다는 것을 분명하게 깨달았다.

"아버지는 동생이 방울의 순례자가 되기에 부족하다고 생각했던 거군요!"

카이는 휜의 눈치를 보며 떨고 있는 자신의 남동생을 보았다. 카메라 렌즈도 카이의 시선을 따라 남동생을 향했다. 어머니가 돌아가신 뒤에 서로 간단한 인사말도 나누지 않는 사이가 되어 버렸는데, 고작 이런 이유였다니. 카이가 쓸쓸하게 웃었다.

"동생은 성에 차지 않고 오히려 내가 더 적격이라고 생각했던 거죠. 그래서 나한테 화를 냈던 거예요, 계속. 당신 스스로 분을 못 이겨 나를 학대하고 괴롭혔던 거예요. 내가 더 적격이라고 생각하면서도 나에게 그 자리를 주지 않은 건 본인인데, 스스로를 탓하지 않고, 나한테 화풀이한 거였어!"

카이는 이 순간이야말로 영화적이라고 생각했다. 칼리온 신과의 거리만큼이나 멀다고 느꼈던 휜과 자신의 거리가 실은 그리 멀지 않다는 것을 깨달은 순간이었다. 신에 미쳐 버린 납작한 인물로만 생각했던 휜이, 결국엔 열등감과 혼란, 그릇된 부성애라는 인간적인 사슬에 묶여 있는 사람이라는 것도 깨달았다. 아름다운 순간을 박제하는 것만큼이나, 인간의 심연과 진실을 포착하는 것도 영화 같았다.

"그게 뭐 어떻다는 거냐? 지금 보니 내 선택이 옳았던 것 같다만."

휜이 최대한 감정을 억누르며 말했다. 휜은 여전히 카이의 카메라를 노려보고 있었다. 가면 부대가 휜의 지시를 기다리고 있었다. 휜은 화를 추스르며 계산했다. 카이는 이름과 얼굴이 알려진 방송국 피디였다. 휜은 자신의 친딸을 무정하게 끌어내리는 것이 신도들에게 어떻게 보일지 정확하게 그림을 그리기 전까지 소란을 피우고 싶지 않았다. 잠깐의 망설임이 일을 그르칠 수도 있다는 것을 알면서도 그랬다. 카이는 틈을 놓치지 않고 휜의 가슴에 핵심을 찔러 넣었다.

"당신은 내가 잘할수록 부정하고 싶었던 거예요. 당신이 나한테 유독 화를 내고 실망스럽다고 호소하는 건, 오히려 내가 옳은 일을 강단 있게 잘하고 있다는 리액션에 불과했던 거야."

카이의 카메라가 다시 한번 휜을 향했다. 카메라와 피사체가 과감하게 가까워졌다. 휜은 카이가 들고 있는 카메라를 질린다는 듯 노려보았다.

"아버지가 모시는 신의 뜻만 따르기엔 내가 너무 아까워요."

카이는 최적의 말을 고르느라 입술을 꾹 다문 훤을 보며 드디어 하고 싶은 말이 생겼다.

"영화는 참 멋져요. 인간의 눈으로 지각할 수 없는 그림을 맘껏 펼칠 수 있으니까요."

카이의 카메라가 루비를 향했다가 다시 훤을 찍었다. 루비는 무슨 심경의 변화가 있었던 건지 겁에 질린 루루를 꽉 붙잡고 가면 부대를 협박 중이었다.

"특히 클로즈업은 정말 대단해요."

카이가 카메라의 줌을 최대한 당겨 훤의 얼굴로 프레임을 꽉 채웠다.

"이만큼 심연을 들여다볼 수 있는 도구도 없거든요."

"가문의 불명예를 스스로 기록하겠다는 거냐?"

훤은 통제가 어려울 정도로 카이를 향해 무언가를 던지는 신도들을 보며 결단을 내렸다. 훤이 가면 부대의 수장에게 눈짓했다.

"쓸모없는 짓이다. 카메라는 없애면 그만이야."

"다른 지구를 쉽게 멸망시킬 정도로 믿음에 미쳐 있는 얼굴이, 생각보다 그렇게 두렵지 않다는 걸 잘 기록해 둬야죠. 카메라만 없앤다고 그 얼굴이 사라지진 않아요."

카이가 카메라 화면 너머의 훤을 바라보며 말했다. 가면 부대의 수장이 카이의 가까이에 섰다.

"카이를 건드리면 너희의 새로운 사제를 밀어 버릴 거야."

루비가 소리쳤다. 루비는 어느새 루루의 목에 날카로운 조각칼을 대고 있었다. 루비가 루루를 끌고 점점 연결의 우물에 가까이 다가갔다. 가면 부대는 루루가 우물에 빠질까 봐 쉽게 루비에게 접근하지 못했다. 수장은 카이의 등 뒤에서 휜의 지시만 기다렸다. 휜은 당장이라도 카이와 루비에게 달려들 기세인 가면 부대를 진정시켰다. 루가타 혈통이 아니면 빛의 열쇠로 연결의 우물을 열 수 없다. 루루는 마지막으로 남은, 칼리온의 편에선 루가타 혈통이었다. 소랑은 절대 협조하지 않을 것이므로, 루비나 루루 둘 중 한 명은 살려 둬야만 했다.

"마지막으로 명령하마. 빛의 열쇠를 루루 님에게 돌려주렴. 이 상황이 어떻게 끝날지 너도 알잖니."

"돌려주다니요?"

카이가 빛의 열쇠를 쥐고 있는 손을 치켜들었다.

"이건 처음부터 소랑의 열쇠였어요."

카이가 빛의 열쇠를 있는 힘껏 허공에 던졌다. 모두가 빛의 열쇠를 따라 허공을 바라본 순간, 루비가 루루와 함께 연결의 우물로 빠졌다. 루루가 비명을 질렀고 이 모습을 지켜보던 칼리온 신도들이 삽시간에 혼란에 빠져 아우성쳤다. 휜은 빛의 열쇠가 떨어지는 곳으로 몸을 날렸다. 가면 부대가 물에 빠진 루루를 구하려고 애쓰는 동안, 소랑이 우물에서 튀어나왔다.

“소랑!”

“언니!”

카이가 흠뻑 젖은 소랑을 꽉 안았다. 소랑은 물을 뚝뚝 흘리며 기침했다. 카이는 소랑의 손에 빛의 열쇠를 쥐여 주었다.

“어땠어? 던지는 척 자연스러웠어?”

“저도 물에 빠진 척 자연스러웠어요?”

소랑은 카이가 시간을 끄는 동안 잠수하고 있었다. 연결 지구의 수영장을 사용하기 위해 배웠던 잠수 호흡을 이렇게 써먹을 줄이야. 소랑의 두 손을 묶고 있던 끈은 루비의 도움으로 애초에 풀려 있었고, 소랑은 수영해서 우물 밖으로 나올 수 있었다.

“무지개 방울 좀 봐.”

카이가 무지개 방울을 건드리며 말했다. 소랑은 머리 위에 닿는 커다란 쿠션 크기의 무지개 방울의 촉감을 느꼈다.

“얼마 남지 않았나 봐요.”

무지개 방울이 서식지를 이동하는 물고기 떼처럼 칼리온 사원 곳곳에 흘러 다녔다. 알레프 뉴스 조정실에서는 로시가 화면을 보며 감탄하고 있었지만, 지구 1호 사람들의 리액션은 중요하지 않다. 지금 우리가 주목해야 할 장면은 지구 17호에서 다가오는 종말을 직접 보고 있는 사람들의 리액션이다.

“처음 여기로 올 때요. 연결 지구로 이동할 때 무지갯빛이 막 휘감았어요.”

소랑은 처음 지구 17호로 오기 위해 수영장에 잠수했던 순간을 떠올렸다. 그날 수영장에 들어간 것은 멸망의 인서트 컷을 따서 연결 지구 방송에 데뷔하겠다는 야심 때문이었다. 고작 그 정도의 꿈을 꿨던, 지구 17호가 자신의 고향이라고는 꿈에도 생각하지 못했던 소랑.

그때의 소랑은 더는 없었다.

"카이!"

"소랑, 지금 바로 칼리시스로 가."

루비의 고함을 들은 카이가 움직였다. 루비가 홀로 가면 부대와 대치하고 있었다. 루비는 우물에 들어갔다 나와 흠뻑 젖은 상태였다. 가면 부대의 뒤로는 훤과 루루가 있었다. 훤이 직접 루루를 구한 것이다. 카이는 카메라를 집어넣고 대신 총을 잡았다. 카이는 부디 총을 쓸 일만은 없기를 바랐다.

카이가 루비와 함께 칼리온을 상대하는 동안, 소랑은 칼리시스에 가까이 다가섰다. 커다란 카메라 모양의, 렌즈 대신 아름다운 지구 모형을 끼운 기계. 네모난 프레임을 열면 아날로그 영화 편집기처럼 변신하는 기계. 원하는 지구를 선택하면 렌즈 자리에 박힌 지구가 해당 지구의 모양으로 바뀌는 기계.

영화 편집기 같아.

마침내 실물로 마주한 칼리시스는 무비올라 편집기와 스틴벡 편집기를 합쳐 둔 모양새였다. 소랑은 빛의 열쇠를 칼리시스의 열쇠 구멍에 끼우고, 능숙하게 조작했다. 하니는 소랑이 연결 지구의 실체를 알게 되는 것이 두려워 진짜 칼리시스를 소랑에게 보여 주지 않았지만, 아날로그 영화 편집기의 작동을 수년간 훈련시켰다. 소랑은 하니가 어째서 오래된 영화 편집기의 작동법을 맹훈련시켰는지 깨달았다. 영상과 필름 작업을 배운 사람이라면 직관적으로 칼리시스의 작동법을 이해할 수 있었다.

소랑은 손쉽게 칼리시스를 작동시키고 마이크를 쥐었다. 카이가 루루에게서 빼앗은 마이크였다.

"저는 하니 사제의 딸이자 알레프 회장의 딸, 소랑입니다. 음, 시간이 없어요⋯⋯. 세 가지를 말씀드리고 싶어요."

소랑의 목소리가 칼리온 사원 전체에 울렸다. 그리고 그 목소리는 알레프 방송을 타고 지구 1호부터 연결 지구 통신권에 해당하는 모든 지구에 울려 퍼지고 있었다.

"첫 번째로, 이제 원하는 사람은 누구나 연결 지구에 방송할 수 있어요. 진정한 의미의 연결이죠. 다시는, 그 누구도 방송 송출과 제작을 독점할 수 없어요. 알레프를 포함해서요."

소랑이 칼리시스를 작동시키자마자 가장 먼저 한 것은 모든 연결 지구의 통신을 열고, 통신망을 깨우는 일이었다. 소랑의 행동에 알레프 사옥에서는 라라도 로시도 심지어 하니마저 놀랐지만, 지구 1호의 방송국 놈들의 생각이 지금 무슨 상관이란 말인가? 지구 1호 방송국 놈들의 리액션은 아직 중요하지 않다.

"두 번째로, 원초 지구 사람들에게 알립니다. 이 지구는 곧 멸망할 거예요. 여러분이 동참했던 다른 지구의 종말처럼⋯⋯. 무지개 방울 보이시죠? 이게 꽉 차면 금세 종말을 맞이할 거예요.

그러니까…… 칼리온과 관계없이 어떤 지구에서든 살고 싶다면 바다든, 수영장이든, 뭐든 찾아서 물로 들어가세요. 어디든 물을 찾아요. 제가 어떻게든 시도해 볼 테니까요……."

칼리온 사원은 혼돈 그 자체였다. 대부분의 신도들이 사원을 빠져나가 샤데르발의 해안가로 달려 나갔다. 소랑은 주위를 살폈다. 가면 부대와 신도들이 뒤섞여 싸우고 있었고, 휜은 루루를 데리고 어디론가 가고 있었다.

"그리고 마지막으로."

소랑이 외쳤다. 그러나 소랑은 뒷말을 공개적으로 이어가지 않고 마이크를 내렸다. 사원의 인파는 혼란에 빠졌다. 그 누구도 소랑의 다음 말을 기다리지 않았다. 소랑은 말없이 자신을 지켜보고 있던 카이를 향해 바로 섰다. 소랑이 크게 숨을 내쉬자 카이의 표정이 바뀌었다.

"소랑, 네가 뭘 생각하는지 아는데……."

"언니."

소랑은 카이의 말을 잘랐다. 카이가 생각을 바꿀까 봐 두려운 것처럼 보였다. 소랑이 그저 듣기만 하라는 듯 확신에 찬 얼굴로 카이를 마주했다.

"마지막으로, 저는 빛의 열쇠와 함께 영원히 원초 지구에 남겠어요."

소랑은 카이의 양손을 붙잡고, 카이만 들을 수 있는 목소리로 선언했다.

“난 여기 너랑 있을 거야.”

카이가 단호하게 말했다. 누구도 막을 수 없다는 듯, 단단한 모습이었다. 종말의 인서트 컷과 어울리지 않는, 아직 할 일이 남은 주인공다운 얼굴이었다. 그래서 소랑은 또 한 번 마음을 다잡고 카이에게 다가갔다.

“마틸다는 마틸다 지구로 가세요.”

소랑이 카이를 연결의 우물로 세게 밀었다. 카이가 말을 마치지 못하고 놀라 비명을 질렀다. 카이가 소랑의 이름을 외치며 우물의 바깥으로 빠져나오려고 하자, 이번에는 인파에 숨어 있던 한 선생이 나타나 카이를 연결의 우물로 밀었다.

“소랑!”

카이가 소랑의 이름을 외치며 연결의 우물 안으로 빨려 들어갔다. 소랑은 칼리시스를 작동시켜 카이를 마틸다 지구로 이동시켰다.

“수영장에 가지 않았군요.”

“도움이 필요할 것 같아서요. 게다가 고양이를 안고 열일곱 번 잠수하는 건 무리거든요.”

한 선생은 애옹이를 안고 있었다. 소랑이 애옹이를 쓰다듬으려고 했지만, 애옹이는 사람이 많은 곳에서 스트레스를 받았는지 야옹야옹 울어 댔다. 미안해, 조금만 참아 줘. 소랑이 다정하게 말했다. 한 선생과 소랑이 눈을 마주쳤고, 이내 한 선생이 애옹이를 안고 연결의 우물로 뛰어들었다. 소랑은 연결의 우물을 내려다보았다. 카이와 한 선생과 애옹이가 사라진 흔적으로 물살이 흔들렸다. 카이도 무지갯빛에 휘감겨 수영장 이동을 했겠지? 애옹이는 물이 무섭고 혼란스러웠겠지? 하지만 무사할 거야. 안전한 곳에서 새 가족과 새 영역을 만들 거야. 그 상상만으로도 소랑은 웃을 수 있었다.

카이가 연결의 우물에서 사라진 것을 확인한 소랑은 이제 연결의 우물을 완전히 닫았다. 바다, 수영장, 어떠한 형태든 물에 들어간 사람들이 성공적으로 다른 지구로 피신했는지 확인할 길은 없었다. 하지만 어느 순간에는 연결의 우물을 닫아야만 했고 그게 지금이었다. 이곳에 모인 신도들에게는 미안한 일이었지만, 칼리온 사제들만큼은 연결 지구로 내보내고 싶지 않았다. 소랑은 알레프 뉴스의 생중계도 끊었다. 대신 이 지구의 멸망을 언제 어디서든 지켜볼 수 있도록, 원초 지구의 모습을 생중계하는 채널을 열었다. 나아가 소랑이 첫 번째로 선언한 것처럼, 모든 지구에서 자유롭게 영상을 올리고 소통할 수 있는 통로를 열어 두었다. 소랑은 빛의 열쇠를 칼리시스에서 분리해 다시 목에 걸었다. 그 누구도 채널을 통제하거나 닫을 수 없도록, 빛의 열쇠는 소랑과 함께 원초 지구에서 종말을 맞이할 것이다.

소랑은 주위를 둘러보았다. 최후를 음미할 순간이었다. 금방이라도 터질 듯 어마어마한 크기로 변하는 무지개 방울들, 해안가를 찾아 떠나는 사람들과 망가지는 사원의 조형물들, 화려한 조명과 색감의 종교 건축물들, 어두운 밤에도 존재감을 발휘하는 우거진 나무들, 그 뒤로 펼쳐진 정글과 숲.

풀숏, 미디엄숏, 클로즈업. 소랑은 커트바리 편집을 하는 피디의 시각으로 이 모든 장면을 눈에 담았다. 혼란과 아름다움은 카메라에 아무리 담아도 그대로 구현되기는 어려울 것이다. 아직은 실존이 영상 매체를 이긴다는 점에서 소랑은 다시 한번 안도했다. 어떤 진실은 카메라에 다 담기지 않는다…….

액션, 리액션, 리액션. 지금 순간이야말로 날것의 그림이다. 쪼아 주는 편집 기술도 필요 없다. 저절로 과몰입할 수 있는, 억지 리액션이 없어도 되는, 진실한 멸망의 그림이니까. 두려움과 혼란에 빠진 표정을 클로즈업할 수도 있고 이 상황을 의심하는 냉소적인 표정을 살펴볼 수도, 간절히 기도하는 이의 목소리를 가까이서 들을 수도 있겠지만.

소랑은 결국 망원렌즈로 클로즈업하기보다는 종말 전체를 기록하기로 했다. 각본 없이 날것 그대로를 담는다. 종말은 소랑을 통해 영원히 연결 지구에 생중계될 것이다. 연결 지구의 화합을 위해, 누구든 언제나 종말을 열람할 수 있게 할 것이다. 그리고 전지전능한 빛의 열쇠는 원초 지구의 종말과 함께 모습을 감출 것이다.

이제 원초 지구는 종말을 맞이한다.

동시에, 모두를 연결하는 채널이 열렸다.

누구나 연결 지구의 피디가 될 수 있다.

최후의 단계에서 진실을 편집하는 단 한 명의 절대자는 영영 존재할 수 없다.

　자, 이제 누구의 카메라가 가장 진실한가?

에필로그

멸망의 이미지는 오늘도 방송된다.

소랑은 원초 지구에 남아 멸망을 생중계했다. 기이하게도 멸망 생중계는 1년이 넘는 시간 동안 이어지고 있다. 연결 지구의 누구든 원하면 언제든지 원초 지구의 종말을 실시간으로 지켜볼 수 있다. 그 종말은 매우 느릿하고 불가해해서, 어떤 날은 컴퓨터 그래픽을 잔뜩 동원한 영화처럼 다채롭지만, 또 어떤 날은 아무 일도 일어나지 않는 것처럼 고요하다. 종말로 향하는 원초 지구는 중력과 물리 법칙이 무시되는 공간이다. 멸망 에너지 간섭체인 무지개 방울은 하나로 합쳐져 대기를 감싸는 거대한 막이 되었고, 그 아래에서 모든 것이 요동친다. 때로는 스펙터클하고, 때로는 잔혹했다. 소랑은 만들고 싶은 것을 원하는 채널에 올리는 꿈을 이뤘다.

　―소랑, 시나리오를 완성했어. 곧 크랭크인이야.

　카이는 소랑의 종말 채널에 매일 댓글을 남겼다. 소랑에게 하고 싶은 말을 짧은 문장으로 줄여 일기처럼 썼다. 카이 외에도 많은 사람이 소랑의 멸망 생중계에 찾아와 댓글을 남겼다. 사람들은 소랑의 채널에서 연결 지구의 미래를 논의했고, 소랑의 멸망 생중계가 뱅크시를 뛰어넘는 행위 예술이라는 비평부터 생명이 죽어 가는 종말을 콘텐츠로 전시하는 행위가 알레프 회장의 딸내미답다는 비난까지 오갔다. 정작 채널의 주인인 소랑의 답변은 달리지 않았다. 종말의 한가운데를 떠도는, 생사가 불분명한 소랑의 대답을 기대하긴 어려울 것이다.

　소랑이 연결 지구 모두에게 열어 준 방송 채널은 '풋사과 오두막'이라는 이름의 플랫폼이 되었다. 연결 지구 사람들은 '오두막'에 영상을 올리고, '풋사과' 모양의 '좋아요'를 받는다. 소랑의 멸망 채널 역시 풋사과 오두막에 개설되었다. 알레프 방송 체제 아래서 비활성 지구였던 곳도 풋사과 오두막 채널이 열리면서 다른 지구와 전부 연결되었다. 갑작스레 연결 지구로 이어진 각 지구의 반응은 다양했다. 활용, 의심, 착취, 돌파구, 폐쇄, 구원, 갈등, 전복……. '연결'이라는 씨앗은 소랑이 희망했던 모습부터 소랑이 미처 생각하지 못했던 모습까지, 무수한 이야기의 톱니바퀴를 돌렸다.

풋사과 오두막을 통해 모든 사람이 자유롭게 콘텐츠를 만들고 소비하고 공유하면서, 알레프 프로덕션은 처음에는 타격을 입는 듯했으나 곧바로 위상을 되찾았다. 알레프 프로덕션은 최초의 연결 지구 방송국이라는 이점을 활용하며, 기존에 하던 방송 제작에 집중했다. 다만 알레프 프로덕션은 두 번 다시 연결 지구 방송을 독점하지는 못하게 되었고, 연결 지구 곳곳에 존재하는 반알레프 세력에 대응해 나가야 했다. 로시와 강미나 앵커가 이끄는 알레프 뉴스의 시청률은 고공 행진 중이다. 알레프 프로덕션은 여전히 논란 속에서 연결 지구 공용 화폐 링크를 발행 중이고, 링크 경제는 연결 지구 방송만큼이나 세계에 많은 이야기를 불러올 예정이다. 라라와 하니는 아직 별거 중이며, 라라는 결혼 생활을 회복하느라 애쓰고 있다. 라라는 멸망 생중계를 선택한 소랑이 그 어느 때보다도 자랑스러웠지만, 하니에게는 절대로 내색하지 않았다. 라라가 하면 안 되는 말을 구분한 덕분인지 하니는 라라와 마주 앉아 차를 마실 정도의 시간을 내기 시작했다.

카이는 「종말의 틈새」라는 제목의 영화를 만들고 있다. 카이는 라라가 제안한 알레프의 총괄 프로듀서 자리도 거절하고 시나리오 작업에 매진했다. 하니가 카이의 영화제작을 전폭적으로 지원하고 있다. 하니는 연출자에게 모든 것을 맡기고 의사 결정에 관여하지 않는 투자자였다. 카이는 매일 집에서 삼색 고양이 애옹이와 함께 하루를 시작하고, 마무리한다. 요즘은 애옹이와 꽤 친해져 침대에서 같이 잠들 수 있다. 한 선생은 지구 1호에 '풋사과 오두막'이라는 이름의 카페를 새로 차렸고 오로라 티아 라테를 신메뉴로 출시했다.

한편, 연결 지구 곳곳에서는 원초 지구의 난민들이 또 다른 서사의 굴레를 시작한다. 소랑이 칼리시스를 이용해 바다든 강이든 수영장이든, 어떻게든 물에 들어간 원초 지구의 일부 사람들을 다른 지구로 이동시키는 데 성공한 것이다. 소랑은 원초 지구의 모두를 구하지는 못했지만 일부를 구했고, 그들은 연결 지구 곳곳에 퍼져 있다. 어떤 지구는 칼리온이 해 왔던 행위를 혐오하여 원초 지구의 난민들을 '칼리오니즘'이라는 이름으로 핍박했다. 또 어떤 지구에서는 원초 지구의 난민들을 '칼리온 순혈'로 받아들이고 칼리온 종교 재건에 힘을 보탰다. 살아남은 원초 지구의 난민 중 흥미로운 이름들도 있으나, 그건 다른 이야기에서 이어 나가 보자.

카이는 금요일마다 종말의 틈새 단원들과 함께 원초 지구에 닿을 방법을 연구 중이다. 멤버는 전부 방송국 놈들로 구성되어 있다. 지구 1호의 방송국 놈들뿐만 아니라 다른 연결 지구의 방송국 놈들도 합류했다. 라라와 하니가 이 모임을 전폭 지원했고, 알레프의 기술과 자금력을 총동원하여 방법을 찾고 있다. 소랑이 칼리시스를 이용해 원초 지구로 오는 모든 경로를 막아 두었기 때문에 그곳으로 가려면 새로운 기술이 필요했다. 소랑의 언니 수지도 종말의 틈새 단원으로 합류했다. 수지는 〈메가 로봇 배틀〉의 새로운 시즌을 준비 중이다. 카이와 수지는 서로 극명히 갈리는 영상 철학을 가졌고 소랑의 예상대로 자주 싸웠 지만, 소랑을 구하고 싶다는 마음이 그 둘을 묶어 주었다.

카이는 결국 모든 지구를 거슬러 소중한 사랑을 구할 것이다.

작가의 말

이 글은 하나의 심상에서 출발했다.

구슬 목걸이처럼 이어진, 무수한 지구들.

연결 지구 심상은 곧 팝업 카드처럼 다채로운 이미지로 펼쳐졌다. 새파란 수영장과 드리운 하늘, 창문마다 초록이 가득한 오두막과 무지개 방울, 렌즈 대신 지구가 달린 카메라, 정글과 고대 사원. 이 세계 안에서 인물이 살아 숨 쉬자, 사진처럼 멈춰 있던 심상이 영상처럼 움직였다. 그리고 이 심상들은 내가 오랫동안 품었던 마음과 만나 소설이 되었다. 그 마음을 말하려면 시간을 거슬러야 한다.

카메라를 잡을 때마다 전율하던 시절이 있었다.

오늘은 카메라에 무엇을 어떻게 담을지 부풀어 오르는 설렘. 내 카메라로 세상을 단번에 바꿀 순 없어도, 조그마한 톱니바퀴라도 굴려 보자는 사명감. 세상의 진실을 해석하고 내 방식대로 표현하자는 꿈. 멋진 걸 만들겠다는 패기.

다만 카메라에도 복잡한 사정이 있었다.

그날그날의 변수. 의사 결정과 번복. 예산과 일정. 사람 이슈. 이런 사정을 헤아리고 조율하던 어느 날, 문득 깨달았다.

도저히 전율할 시간이 없다…….

정신 차리면 녹화 버튼이 눌려 있었고, 나는 연출 모니터 뒤에서 어떻게든 프로젝트를 완성할 생각부터 했다. 카메라에 담기는 장면이 얼마나 의미 있는지 재미있는지 미학적으로 아름다운지 새로운지 실감할 겨를도 없이 다음 현장이, 그다음 현장이 이어졌다.

모든 현장의 조명과 카메라를 끄고, 어둠 속에서 다시 질문했다.

하나. 과연 카메라는 진실을 진실하게 보여 줄 수 있는가. 진실이라는 명분으로 리얼리티를 과장하고 있지는 않은가.

소설을 쓰는 동안, 영화가 현실을 비추듯 여러 지구의 하늘이 다채롭게 비친 수영장을 상상했다. 나에게 리얼리티는 그런 것이다. 바다를 본떠서 만든 수영장과, 그 위로 시시각각 비치는 하늘 같은 것. 언젠가 더 근사한 해답을 찾을지도 모르겠다. 그저 지금의 내가 쓸 수 있는 걸 유예하지 않고 썼다.

둘. 요즘 카메라는 어떤 거창한 꿈을 꿀 수 있는가.

이젠 휴대폰 카메라도 성능이 훌륭하고, 무언가를 광학 도구로 기록하는 건 일상을 넘어 관성이 되었다. 그래서 좋은 점도 분명 많다. 그럼에도 카메라를 열 번 잡는다면 그중 한 번 정도는 전율할 수 있는 카메라면 좋겠다고, 거창한 꿈을 펼치는 카메라면 좋겠다고, 그런 마음을 품어 왔다. 그 마음이 연결 지구 심상을 만나 이 소설이 되었다.

이 소설이 책으로 나오기까지 함께해 주신 분들이 있다.

우선 열림원 출판사 관계자분들에 감사 인사를 전한다. 특히 이 글과 함께 겨울을 보내며 마지막까지 애써 주신 이다영 편집자님께 감사드린다. 편집자와 함께 글이 어떻게 더 좋아지는지를 실감한, 든든하고 즐거운 경험이었다. 표지 일러스트를 그려 주신 NUA 작가님과 디자인을 해 주신 상록 디자이너님도 감사드린다. 마치 글의 한 장면을 특별한 카메라로 찍은 것만 같다.

추천사를 써 주신 세 분께도 감사를 전한다. 평소 심완선 평론가님의 글을 좋아했는데, 첫 장편소설에 귀한 글을 써 주셔서

영광이다. 강숙경 작가님은 내가 가장 좋아하는 예능 작가님이
다. 리얼리티, 날것, 땀방울, 이런 걸 작가님에게 배웠다. 정수연
감독님이 작업하는 사진과 영상의 톤을 사랑한다. 감독님은 언
제라도 오로라티아의 인서트 컷을 따고 있을 것만 같다. 앞으로
도 두 분의 카메라를 응원할 것이다.

윌리엄 깁슨의 『뉴로맨서』 첫 문장은 내가 SF소설을 통틀어
가장 좋아하는 첫 문장이다. 아끼는 문장을 패러디해 소설의 포
문을 열었다.

책을 쓰는 동안 마음껏 연결 지구를 오갈 수 있었던 건 소중
한 사람들의 지지 덕분이다.

엄마 아빠와 동생들에게, 고맙고 사랑한다고 말하고 싶다. 이
글의 일부를 먼저 읽고 아낌없이 응원해 준 친구들, 그 마음을
잊지 않을 것이다.

우리 집에도 삼색 고양이가 살고 있다. 동네 사람들에게 '애
옹이'라 불렸던 길고양이는 이제 '알맹이'라는 이름의 집고양이
가 되었다. 알맹이는 오늘도 내 키보드를 밟고 지나가며 고양이
의 이름값을 톡톡히 하는 중이다.

글 쓰는 동안엔 다른 세계에 빠져 있는 시간이 많다. 내가 이
야기 속 세계를 모험하고 연결 지구를 신나게 누비는 동안, 현
실 세계의 나를 돌봐 주고 아껴준 민지에게 무한한 사랑과 고마
움을 전한다.

이 소설을 읽는 분들이 풋사과 오두막부터 샤데르발까지, 채도 높은 모험을 할 수 있기를 바라며.

2026년 3월

고하나

최후의 리얼리티

ⓒ고하나, 2026

초판 1쇄 인쇄 2026년 3월 23일
초판 1쇄 발행 2026년 3월 30일

지은이 고하나
기획실 정진우 정재우
책임편집 이다영 | 편집 박서령 김혜원 이예준
디자인 강희철 | 마케팅 홍보 곽예인 | 디지털콘텐츠 구지영
제작 관리 윤준수 고은정 이원희
제작처 영신사 | 표지 디자인 상록 | 표지 일러스트 NUA

펴낸곳 열림원 | 펴낸이 정중모 방선영
출판등록 1980년 5월 19일(제406-2000-000204호)
주소 경기도 파주시 회동길 152
전화 031-955-0700 | 팩스 031-955-0661
홈페이지 www.yolimwon.com | 이메일 editor@yolimwon.com
페이스북 /yolimwon | 트위터 @yolimwon | 인스타그램 @yolimwon

ISBN 979-11-7040-376-0 03810